OLAF NÄGELE

SCHULD WAR NUR DER CASANOVA

SCHWABENKRIMI

GMEINER

Immer informiert

Spannung pur – mit unserem Newsletter informieren wir Sie regelmäßig über Wissenswertes aus unserer Bücherwelt.

Gefällt mir!

Facebook: @Gmeiner.Verlag
Instagram: @gmeinerverlag
Twitter: @GmeinerVerlag

Besuchen Sie uns im Internet:
www.gmeiner-verlag.de

Im Ehnried 5, 88605 Meßkirch
Telefon 07575/2095-0
info@gmeiner-verlag.de

1. Auflage 2023

Herstellung: Mirjam Hecht
Umschlaggestaltung: U.O.R.G. Lutz Eberle, Stuttgart
unter Verwendung der Fotos von: © Clker-Free-Vector-Images / Pixabay; moritz320 / Pixabay; paulbr75 / Pixabay
Druck: GGP Media GmbH, Pößneck
Printed in Germany
ISBN 978-3-8392-0411-5

Personen und Handlung sind frei erfunden.
Ähnlichkeiten mit lebenden oder toten Personen
sind rein zufällig und nicht beabsichtigt.

VORBEREITUNGEN

Das leise Glucksen der Flüssigkeit im Einfülltrichter klang nach Bestätigung, der scharfe Geruch des Benzins beruhigte ihn. Ein prüfender Blick, dann stellte er die Flasche zu den anderen in den Karton. Sechs stolze Kamikaze-Krieger, bereit, im Kampf für Gerechtigkeit zu fallen. Mit zerstörender Wirkung. Jeder Tropfen seiner kleinen Molotow-Armee war dazu auserkoren, seinen Durst nach Vergeltung zu stillen.

Bislang war alles nur ein Spiel gewesen, bei dem es nicht darum ging zu gewinnen. Kräfte messen, mit Säbeln rasseln, einschüchtern, abschrecken. Eine Demonstration der Macht, der die Ohnmacht gefolgt war, weil er das Unvermeidliche nicht früh genug erkannt und verhindert hatte. Blind war er gewesen oder einfach nur durch seine Naivität verblendet, vielleicht hätte er sich früher einmischen sollen. Er spürte, wie sich die schmerzende Erinnerung wie ein dunkler Umhang um ihn legte, ihn einhüllte. Alles war ihm genommen worden, wirklich alles: die Zuversicht, dass sich alles zum Guten wenden konnte. Das Vertrauen in die Menschen, der Glaube an die Liebe, die Hoffnung auf Anerkennung. Aufgefressen von purer Gier.

In dieser Nacht würde er alles nehmen und seine Trauer in Genugtuung verwandeln. Tanzen auf den Trümmern einer Existenz. Vorsichtig bettete er das Feuerzeug neben seine Armee, atmete tief durch, roch das Aroma der Vernichtung, das seine Krieger verströmten. Sie waren bereit, er war es auch.

Sein Puls ging immer ein wenig schneller, wenn er den wöchentlichen Kontencheck begann. Seine Hände schwitzten, wenn er die PIN eingab und durch die Enter-Taste bestätigte. Ein kurzer Moment der Unsicherheit, er schloss die Augen, atmete tief ein, Augen auf, dann die Erleichterung. Sie hatte bezahlt. Den gesamten fünfstelligen Betrag, mit dem Vermerk »Für eine Zukunft in Freiheit«. Sein Herz machte einen Sprung. Der Anblick der neuen Zahl bedeutete für ihn pures Glück. Und die Aussicht darauf, dass er es am Wochenende so richtig krachen lassen konnte. No limits.

Auch auf dem Konto in Liechtenstein hatte sich einiges getan, ebenso in Tschechien und Luxemburg. Er wischte sich die Hände an der Hose trocken und bemerkte, dass er eine Erektion hatte.

»Na, Herr Kollege, was Schönes vor am Wochenende?«

Morten Nadler klappte seinen Laptop hektisch zu und blickte auf. Werner Richter, Schadenregulierer der Abagarion Oberschwaben AG, hatte sich vor seinem Tisch aufgebaut und grinste ihn an, als hätte er Morten bei einer Untat ertappt.

»Nichts Besonderes«, sagte er leise und hoffte inständig, dass sein Gegenüber sich mit dieser Antwort zufriedengab. »Relaxen. Vielleicht mit Freunden etwas essen gehen. Möglicherweise fahre ich am Wochenende an den See. Aber das entscheide ich kurzfristig.«

»Im Fernsehen läuft am Samstagabend ›Die Lange Comedy-Nacht‹. Das dürfte doch nach Ihrem Geschmack sein, in so einem Angestellten-Leben gibt es doch wirklich nicht viel zu lachen, oder?«

Richter ließ der sinnfreien Bemerkung ein kehliges Lachen folgen. Nadler hasste seinen Kollegen für die Überheblichkeit, mit der er ihm gegenüber auftrat. Offensichtlich hielt er sich für etwas Besseres, weil er im Außendienst durch seine Expertisen Einfluss nahm, ob ein Schadenfall bezahlt oder abgelehnt wurde. Kleine und große Schicksale hingen von seiner Meinung ab. Das befeuerte offenbar sein Ego und an Selbstbewusstsein hatte es Richter wahrlich noch nie gefehlt. Daher störte es ihn auch nicht sonderlich, dass er im Team nicht sehr beliebt war. Und er arbeitete auch kontinuierlich daran, sein Stinkstiefel-Image zu wahren. Mit großem Erfolg.

»Was ist eigentlich aus der Vandalismus-Sache an Ihrem Auto geworden? Wurde der Täter gefasst?«, erkundigte sich Richter mit gespieltem Interesse.

Morten schüttelte den Kopf. »Die Polizei ermittelt noch, aber die Chancen, die Täterin oder den Täter zu erwischen, sind gering.«

»Na ja, soll ja schlechtes Wetter geben. Da können Sie eh nicht offen fahren. Und ganz ehrlich: Cabriolet fahren ist für Männer in Ihrem Alter nicht gesund. Da holt man sich gern ein steifes Genick. Wenigstens etwas, was steif wird, was?« Richter krakeelte vor Vergnügen, machte kehrt und verließ den Raum.

Morten Nadler lächelte bittersüß und sandte ihm eine obszöne Geste hinterher. Was wusste er schon, dieser Einfaltspinsel. Der Fensterheber seines Mercedes 190 SL hatte mehr Stil als die gesamte langweilige Angeber-Karosse dieses Großmauls, die er sich von der Firma bezahlen ließ. Was wusste er denn davon, was es für ein Hochgefühl war, mit dem offenen Verdeck durch die Landschaft zu fahren, die Sonne, den Wind zu spüren, den Duft der Jahreszeiten einzusaugen? Richter hatte keine Ahnung davon, wie gut es Morten tat, wenn sich die Köpfe nach ihm umdrehten, wenn er durch die Innenstadt brauste. Und er hatte nicht den blassesten Schimmer, wie sehr seine Anziehungskraft auf Frauen gewonnen hatte, seit er dieses Auto besaß. Leider gab es auch Neider, die es offenbar nicht ertragen konnten, dass andere sich den Luxus eines mobilen Schmuckstücks gönnten. Die ihrer Zerstörungswut Raum gaben, die sie am Eigentum anderer ausließen. Erst vor wenigen Wochen waren alle vier Reifen an seinem Wagen zerstochen und die Seiten zerkratzt worden. Allein die Lackierung hatte mehrere Tausend Euro gekostet. Summen, die zum Glück von der Versicherung übernommen worden waren.

»Von wegen ›Lange Comedy-Nacht‹. Die kannst du selbst anschauen, du selbstgefälliger Trottel. Ich hab was viel Besseres vor«, murmelte Nadler. Er zog sein Smartphone hervor und prüfte die eingegangenen Nachrichten. Kira hatte ihm ein Foto geschickt, das sie in verführerischen Dessous zeigte. »Ich freue mich auf unser Wochenende«, lautete der Text darunter, der mit einem Kuss-Smiley schloss.

»Die Freude ist ganz auf meiner Seite, du kleine Hexe«, raunte Nadler. Er beeilte sich, seine Sachen zusammenzupacken, und verließ grußlos das Büro. Eine Frau wie Kira ließ man nicht warten.

»Jetzt sieh dir das an. Sie hat es schon wieder getan.«

Yoselin hielt kurz in ihrer Bewegung inne, um den bislang gelungenen Kayalstrich nicht zu gefährden. Sie zog ihrem Spiegelbild eine Grimasse.

»Was ist denn los?«, erkundigte sie sich lautstark. Die Tür zum Badezimmer flog auf und ihre aufgebrachte Mutter schoss herein, in den Händen einen Blumentopf, aus dem kahle Stiele ragten. »Deine Großmutter hat schon wieder die gesamte Kapuzinerkresse abgeerntet.«

Judith Blaichs Lippen bebten, als sie ihr den Trog mit den Pflanzenresten entgegenhielt. »Die blüht doch immer so schön und jetzt ist sie hin.«

Yoselin legte ihrer Mutter tröstend eine Hand auf die Schulter. »Ich kaufe dir eine neue Pflanze. Schöner, größer, bunter. Und am besten eine, die sich gegen das unbefugte Abernten wehrt. Indem sie Oma in den Finger beißt, sollte sie sich ihr nähern.« Yoselin lächelte, konnte jedoch die Stimmung ihrer Mutter nicht heben. Im Gegenteil.

»Immer wieder vergreift sie sich an meinen Dingen«, schluchzte Judith Blaich. »Ich bin wirklich froh, wenn sie wieder nach Jamaika fliegt. Dann haben wir unsere Ruhe.«

Yoselin umarmte die Unglückliche und drückte sie an sich. Zugegeben, ihre Großmutter Lourdes nervte zuweilen, wenn sie ihre schamanischen Rituale zelebrierte und dazu Dinge aus ihrem häuslichen Umfeld zur Zutat erklärte. Oft genügte es nicht, eine Zimmerpflanze zu entlauben. Je nachdem, welches Unheil oder welche Krankheit es abzuwenden oder zu vertreiben galt, waren auch Tiere des Gartens in Gefahr. Die Katze der alten Frau Schneider hatte bereits drei Schnurrhaare verloren, weil Lourdes' Zaubertrank ohne diese Ingredienz keine Wirkung entfalten konnte. Vögel trauten sich schon lange nicht mehr in die Nähe der Greisin, und so wie es schien, hatten auch Insekten einen lebenserhaltenden Instinkt. Dennoch: Wenn ihre Großmutter bei ihnen wohnte, war die Stimmung in der Drei-Generationen-WG eine andere. Unterhaltsam, voller Energie und Überraschungen und auch viel witziger, wenn man das Tun der Großmutter mit heiterer Gelassenheit nahm. Was im Grunde nur Yoselin gelang.

Alle sechs Monate musste die alte Dame nach Jamaika zurück, weil sie nur ein Touristen-Visum besaß. Und in dieser Zeit war Yoselin den Launen ihrer Mutter ausgesetzt. Oft lag zwischen himmelhoch jauchzend und zu Tode betrübt nur der Bruchteil einer Sekunde, an manchen Tagen war das Gejammer über die Verdorbenheit der Welt und die Beschränktheit der Männer, die sich für alles interessierten, nur nicht für Judith Blaich, nicht zu ertragen. Oft hatte Yoselin sich gefragt, ob es nicht besser wäre, eine eigene Wohnung zu suchen, aber irgendwie schöpfte sie auch Kraft aus der ungewohnten Konstellation. Großmutter Lourdes, die Schamanin, Judith, ihre stetig nach der großen Liebe suchende Mutter und sie, Yoselin, die einzige schwarze – sie hätte ihre Hautfarbe eher mit »hellem Nougat« angegeben – Hauptkommissarin Oberschwabens. Größere Unterschiede in Lebensführung und Philosophie konnte es kaum geben, und doch funktionierte das Zusammenleben, bis auf wenige Ausnahmen, ganz gut.

Judith befreite sich aus der Umarmung und musterte ihre Tochter. »Du bist geschminkt. Gehst du aus?«

»Ja. Ins ›Slainte‹. Da ist heute Pub-Quiz und im Anschluss Schlager-Karaoke. ›Ein Bett im Kornfeld …‹«

Judith gab ihrer Tochter einen Klaps auf die Schultern, um ihren Gesang des bekannten Schlagers zu unterbinden. Yoselin mochte einige Talente besitzen, das Singen gehörte nicht dazu. Was sie jedoch nicht davon abhielt, es oft und lautstark zu tun.

Aber einen Abend im Pub konnte sich Judith offenbar vorstellen. »Oh, im ›Slainte‹ war ich ja auch länger nicht mehr. Die haben da so einen hübschen Burschen am Ausschank. Vielleicht komme ich mit?«

Yoselin dachte nicht daran, mit ihrer Mutter einen Abend im Pub zu verbringen, daher zögerte sie nicht, ihren Trumpf auszuspielen. »Kann ich mir nicht vorstellen, dass du das willst. Ich treffe mich nämlich mit Konstantin und Betty.«

Ihre Mutter verzog das Gesicht. »Mit dem Spinner und der roten Socke? Oh mein Gott. Nee, da bleib ich lieber zu Hause.«

»Konstantin ist kein Spinner. Er hat halt ein eher wissenschaftliches Interesse am Leben. Und weiß demnach viel. Ich mag ihn. Und Betty auch. Ihre Ansichten mögen manchmal ein wenig schräg sein, aber sie hat immer etwas zu erzählen«, fauchte Yoselin und drehte sich dem Spiegel zu. Sie mochte es nicht, wenn ihre Mutter despektierlich über ihre Freunde sprach. Konstantin war ein Tüftler, ein Nerd, ein Wissenshungriger in Sachen Künstliche Intelligenz. Derzeit arbeitete er an einer Lösung, medizinische Pflegedienste zu entlasten: durch den Einsatz von Robotern. Er hatte einen Algorithmus entwickelt, der effiziente Dienstpläne für Krankenhäuser erstellte. Und so wie es aussah, war die Geschäftsführung des St. Elisabethen-Klinikums in Ravensburg sehr interessiert an seinen Ideen. Klar gab es auch die andere Seite, wenn er Dinge in Angriff nahm, die für Außenstehende abstrus anmuteten. Seine Nachbarn hatten zum Beispiel kein Verständnis für seinen Rasenmäher-Roboter aufgebracht, der wie eine Schildkröte aussah, sich allerdings in rasender Geschwindigkeit über Stock und Stein hinwegbewegte und sich alles einverleibte, was der gefräßige Schnabel erreichen konnte. Zwischen Gras, Blumen und Menschenbein unterschied das Gerät nicht, wie Konstantin bereits mehrfach schmerzhaft hatte erfahren müssen.

Betty war aus einem ganz anderen Holz geschnitzt. Sie war lebendig, friedensbewegt, im Auftrag von

Umwelt- und Klimaschutz unterwegs, ging keinem Streit aus dem Weg. Mit ihr konnte man Pferde stehlen, sie war für jeden Unfug zu haben, was ihr als Realschullehrerin so manchen Ärger eingebracht hatte. Das machte sie vor allem bei den Schülerinnen und Schülern beliebt, die im Unterricht verhaltensauffällig waren, denn die versuchten die eigenen Untaten durch den Hinweis auf die schrille Paukerin zu rechtfertigen. Yoselin kannte die beiden seit der Schulzeit. Damals war Konstantin noch ein unförmiger Junge mit Brille und Zahnspange gewesen, der von den anderen Kindern ebenso gemieden wurde wie sie selbst. Betty wiederum war die schlecht gelaunte Punkerin gewesen, der sich Mitmenschen nur behutsam näherten. Hätte Yoselin nicht den ersten Schritt getan und die beiden angesprochen, wäre die Freundschaft sicher nicht entstanden. Betty und Konstantin hatten ihre Art gefunden, mit ihren Sonderlingsstellungen umzugehen. Konstantin schien es überhaupt nicht zu interessieren, was die anderen von ihm dachten. Es war, als würde er es noch nicht einmal bemerken, dass über ihn gelacht und gespottet wurde. Er saß in den Pausen in der hintersten Ecke des Schulhofs und war immer mit etwas beschäftigt. Mal schrieb er etwas in ein Notizbuch, mal zeichnete er eine Art Plan auf den Asphalt, dann wieder bastelte er Modelle aus Papier. Flugzeuge, Schiffe, Maschinen, Weltraumfahrzeuge, Autos, Motoren, Roboter und vieles mehr. Er war der erste Schüler in seiner Jahrgangsstufe, der Spiele am Computer programmieren konnte, und das in einer Zeit, in der behauptet wurde, Computer würden sich nicht durchsetzen. Den alten Kassettenrekorder seines Vaters hatte er zu seinem ureigenen Walkman umgebaut, der zwar sehr viel klobiger war als die Modelle, die es zu kaufen gab, aber funktionsfähig. Selbst vor der Elektronik, mit der die Schulglocke gesteuert wurde, machte er nicht halt. Er arrangierte, dass die Unterrichtseinheiten bereits nach 30 Minuten durch das Pausensignal beendet wurden. Sehr zur Freude der Schülerschaft, sehr zum Leid des Hausmeisters, dem dafür die Schuld in die Schuhe geschoben wurde. Von diesen Fähigkeiten war selbst Betty beeindruckt gewesen. Und so war ein unschlagbares Trio entstanden: der Freak, die Punquette und die Schwarze, die nicht selten das böse N-Wort zu hören bekam – die Parias des Albert-Einstein-Gymnasiums waren geboren.

»Als Frau in deiner Position könntest du wirklich etwas anspruchsvoller in der Auswahl deiner Freunde sein«, sagte ihre Mutter und entfernte sich.

»Mal sehen, vielleicht reiße ich heute einen auf, der dir gefällt. Es sei denn, Betty ist schneller!«, rief ihr Yoselin hinterher.

Sie wusste, wie sehr ihre Mutter unter der Tatsache litt, keinen Partner an ihrer Seite zu haben. Sie hatte kein glückliches Händchen in der Männerwahl. Bereits die erste große Liebe hatte im Desaster geendet: Am Hotelstrand in Ocho Rios lernte die damals frischgebackene Abiturientin Judith den jamaikanischen Surflehrer Buster Lee kennen und verliebte sich in den zehn Jahre älteren Mann. Und er erwiderte diese Liebe. Er entführte sie auf eine rosarote Wolke, überschüttete sie mit Zärtlichkeit und Zuneigung und schwor, dass diese Liebe für die Ewigkeit geschaffen war. Das hätte funktionieren können, wenn die junge Judith bereit gewesen wäre, den Preis für diese Liebe zu bezahlen. Buster liebte sie, aber er liebte sein Leben noch viel mehr. Pferdewetten, sich mit Freunden betrinken, Ganja rauchen und Musik machen waren für ihn mindestens ebenso wichtig wie das »deutsche Fraulein«. Und er blieb auch keinem weiteren Flirt abgeneigt, schließlich lebte er von den Trinkgeldern der überwiegend weiblichen Kundschaft.

In ihrer Verzweiflung wandte sich Judith an Busters Mutter Lourdes, die sofort sah, was mit dem bleichen Mädchen mit den rot geweinten Augen los war. Ihr Sohn, den sie für einen furchtbar faulen Tunichtgut hielt, der nicht einmal ein Huhn schlachten, geschweige denn eine Hütte bauen konnte, hatte der jungen Frau komplett den Kopf verdreht. Sie musste ihr die Wahrheit sagen: Judith erfuhr, dass Buster bereits zwei Kinder von zwei Frauen hatte und sich nicht im Geringsten darum scherte. Die Mütter bekamen ein wenig Geld von ihm, als könnte er sich damit von der Verantwortung freikaufen. Als Vater war er ein Komplettausfall, als Ehemann sowieso.

Geläutert und frustriert kehrte Judith nach Ravensburg zurück, allerdings nicht allein. Als die morgendliche Übelkeit nicht verschwinden wollte und die Monatsblutung ausblieb, ging sie zum Arzt und bekam die Bestätigung für ihren Verdacht: Sie war im dritten Monat schwanger. Sie schrieb Briefe an Buster, wollte sich ihm mitteilen, ihn zu sich locken, doch Antwort bekam sie von Lourdes, die im Gegensatz zu ihrem Sohn ein großes Interesse hatte, nach Deutschland zu kommen und ihre Enkeltochter kennenzulernen.

Yoselin war der Überzeugung, dass ihre Mutter die Partnersuche zu verkrampft anging. Judith war eine attraktive Frau, die sich etwas zu grell schminkte und zu jugendlich kleidete. Sie war am Zeitgeschehen interessiert, noch mehr allerdings an der Glitzerwelt der Stars und Sternchen, konnte grandios kochen und machte den besten Kartoffelsalat der Welt. Gut, sie redete womöglich etwas zu viel, vor allem wenn sie aufgeregt war, und hatte zuweilen sehr konservative Ansichten. Aber das waren sicherlich keine Gründe dafür, dass sie bei den ganzen Flirtportalen und Singlebörsen, bei denen sie sich angemeldet hatte, nur die seltsamsten Vögel an Land zog. Es lag an Judith selbst und ihrem immer stärker werdenden Bedürfnis, geliebt zu werden. Offenbar war ihr da jeder recht, der es verstand, ein Kompliment zu machen. Es war sehr einfach, Judiths Herz zu entflammen, und ebenso einfach, sie zu enttäuschen.

Yoselin überprüfte ihr Make-up, fuhr mit einer Hand durch die blond gefärbten krausen Haare, drehte sich noch einmal in alle Richtungen und befand, dass sie gut aussah. Der Abend konnte kommen.

BEGEGNUNG

Warten. Er hasste dieses zähe Dahinschleichen der Zeit, dieses untätige Verharren. Aber die Dunkelheit war seine Verbündete, bot ihm Schutz, ohne sie ging es nicht. Und sie meinte es gut mit ihm und seinem Vorhaben, indem sie ihm eine sternlose Nacht schenkte. Er verließ das Fahrzeug, das er am Ende des Grundstücks geparkt hatte, machte seine Armee bereit, verstaute sie in seinem Rucksack und sah sich um. Die Straße war menschenleer, in einigen Fenstern der angrenzenden Häuser brannte Licht, hin und wieder mischte sich das bläuliche Flackern von Fernsehbildschirmen hinzu. Nahezu kein Geräusch war zu hören. Nur das sanfte Schmatzen, wenn eine Welle das Ufer des Sees küsste.

Er hatte Geschmack, das musste man ihm lassen. Er wusste zu leben. Ließ es sich etwas kosten. Eine Villa am Ufer des Bodensees, nicht weit vom Zentrum Überlingens entfernt und doch abgeschieden genug, um das Wochenende ungestört genießen zu können. Ein schönes Auto. Bestimmt nicht billig. Womöglich nicht das einzige. Und mit Sicherheit besaß er auch andere kostspielige Dinge. Um damit zu prahlen. Um andere von sich einzunehmen. Um Frauen kennenzulernen. Um sie zu benutzen, sie auszunutzen. Um sie nach kurzer Zeit wegzuwerfen wie einen unnütz gewordenen Gegenstand.

Sein Atem ging schnell, er hörte seinen Magen rumoren. Das Grundstück war durch eine hohe Hecke und einen Maschendrahtzaun geschützt, aber seine Vorbereitungen hatten ergeben, dass es eine Stelle im ansonsten dichten Buschwerk gab, die es ermöglichte, den Draht zu durchtrennen. Er schob die Äste geräuschlos auseinander und schlüpfte durch die Lücke. Im Schatten der großen Bäume schlich er zum Haus. Ein fahler Lichtschein beleuchtete die Terrasse, leise Musik drang an sein Ohr. Es war die Art von Musik, die in Filmen erotische Szenen einleitete. Seicht, zu viele Streicher, eine sonore Männerstimme. Die Schiebetür zur Wohnung stand offen. Leichtes Spiel für ihn und seine Armee.

In der Nähe wurde eine Tür zugeschlagen, ein Motor angelassen, ein Fahrzeug entfernte sich. Er zögerte einen Moment, duckte sich, hielt den Atem an und lauschte. Minutenlang blieb er in dieser kauernden Stellung, bis er das Ausbleiben weiterer Geräusche zum Anlass nahm fortzufahren.

Er stellte seinen Rucksack ab, reihte die Soldaten vor sich auf und entnahm das Feuerzeug. Er drehte am Zündrad, betrachtete die Flamme und hielt sie dann an die Lunte seines ersten Geschosses. Es war, als würde ein Staffelstab übergeben, ein feierlicher Augenblick.

Dem ersten Krieger sah er noch nach, beobachtete, wie sich seine zerstörerische Kraft in den Raum hineinfraß. Das Feuer hatte etwas Magisches an sich, setzte Erinnerungen frei. An Situationen, die weit zurücklagen, emotionsgeladene Momente, in denen er so etwas wie Glück verspürt hatte. Er lächelte, dann schickte er seine gesamte Armee los, um das Gebäude zu erobern und es in Schutt und Asche zu verwandeln.

Das »Slainte« in der Eichelstraße war gut besucht. Überwiegend junge Menschen saßen an den Tischen, tranken und lachten oder genossen die herzhaften Speisen. Yoselin, Betty und Konstantin hatten es zu ihrer Tradition gemacht, in dem Irish Pub Burger zu bestellen. Betty, die sich auch als Tierschützerin verstand, wurde nicht müde, den beiden das Mahl wortreich zu vermiesen, konzentrierte sich jedoch irgendwann auf ihre Soja-Bowl und beließ es dabei, mürrisch dreinzublicken. Während Yoselin und Betty sich ein Guinness dazu genehmigten, trank Konstantin stets eine Holunder-Schorle. Er lehnte alle Substanzen ab, die seinen Verstand auch nur eine Sekunde beeinträchtigen könnten. Womöglich war der Eintritt in seine Gedankenwelt aphrodisierend genug. Wenn er über das referierte, was ihn beschäftigte, dann verwandelte er sich in einen Menschen, der von innen leuchtete. Eben sprach er von den Vor- und Nachteilen von »autonomen Fahrzeugen«, Autos, die imstande waren, ohne Fahrzeuglenker auszukommen, und unterbrach seinen Redeschwall durch ein hingeworfenes Wort, das in keinem Zusammenhang zum bisher Gesagten stand.

»Anatidaephobie!«

»Was?«

Yoselin blickte Betty an, die mit den Schultern zuckte.

»Die Angst davor, von Enten beobachtet zu werden, heißt Anatidaephobie.«

»Und die bekommt man in selbstfahrenden Fahrzeugen?«, fragte Yoselin.

»Quatsch, der Quizmaster hat danach gefragt.«

»Oh Mann!«, murrte Betty und schüttelte den Kopf.

Yoselin lachte. »Wer immer noch behauptet, dass Männer nicht multitaskingfähig sind, der hat dich noch nicht kennengelernt. Ich habe die Frage gar nicht gehört.«

»Das beweist, dass du mir zugehört hast. Das mag ich so an dir. Es gibt nicht viele Menschen, die das freiwillig tun.«

Konstantin ergriff sein leeres Glas und prostete seinen Begleiterinnen zu.

»Und es gibt nur einen, der über diffizile Sachverhalte sprechen und gleichzeitig an einem Quiz teilnehmen kann. Du bist ein Phänomen. Ich hole uns etwas zu trinken. Betty, noch ein Guinness?«

»Unbedingt, der Kerl hier ist nur besoffen zu ertragen.« Sie gab Konstantin einen Stoß und lachte dröhnend.

Yoselin stand auf und ging hinüber an den Tresen, hinter dem Steven stand und Bier zapfte. Ihre Mutter hatte recht. Der Mittdreißiger mit der drahtigen Figur, die sich unter seinem Motörhead-T-Shirt abzeichnete, fiel durchaus in die Kategorie »sexy«. Sein Bart war eine Nuance zu lang und das kleine Büschel, das von einem Haargummi umschlungen vom Hinterkopf abstand, hätte es nach Yoselins Geschmack auch nicht gebraucht, aber dies ließ sich mittels einer Schere leicht korrigieren. Sie gab Steven ein Zeichen, wies auf ihre Gläser, der Barkeeper nickte und bereitete die Getränke zu.

Ein junger Mann war neben Yoselin getreten und fixierte sie. Die Hauptkommissarin wusste, dass er auf ein Zeichen von ihr wartete, einen Blick oder ein Lächeln, um ein Gespräch zu beginnen. Darauf hatte sie aber im Moment keine Lust, sie beobachtete lieber Steven, der mit eleganten Bewegungen seinem Job nachkam. Der Typ neben ihr räusperte sich, reflexartig wandte ihm Yoselin das Gesicht zu. Sie erntete ein selbstgefälliges Lächeln.

»Hi, bisch du neu hier? Wo kommsch her?«

Yoselin sah den jungen Mann, der sich neben sie an die Theke gesetzt hatte, fragend an.

»Nee, bin nicht neu. Ich komme aus Ravensburg. Wieso?«

Der Typ strich sich mit einer Hand eine Strähne aus der Stirn und lachte.

»Noi, so ursprünglich. Von wo stammsch du ab?«

Yoselin verschränkte die Arme vor der Brust. Diese Art von Gespräch hatte sie Tausende von Malen geführt. Klar, sie fiel durch ihre Hautfarbe auf, vielleicht machte dies auch neugierig, und manche hielten diese Frage nach ihrer Herkunft für einen geistreichen Gesprächsauftakt, aber inzwischen war sie es leid, dass sie in einer Multikulti-Gesellschaft immer noch gestellt wurde. Auch wenn sie nicht diskriminierend gemeint war. In ihrem 35-jährigen Leben hatte sie jede Form von Alltagsrassismus erlebt, sodass sie nichts mehr schocken konnte. Sie hatte sich an Begriffe wie »dunkelhäutig«, »farbig« gewöhnt, hatte die seltsame Diskussion mit Leuten ausgehalten, die ihr vorschreiben wollten, sich selbst als »schwarz« zu bezeichnen oder als Angehörige der »People of Color«. Wer legte solche Prinzipien fest und war diese Aneignung der Rolle als Kümmerer nicht auch eine Art der Missachtung von Menschen und Kulturen? Konnte sie nicht einfach nur als Mensch gesehen werden, der genauso individuell mit Stärken und Schwächen ausgestattet war wie alle anderen auch? Sie sah ihrem Gegenüber in die Augen. Der Typ schielte leicht, war eindeutig zu besoffen für Grundsatzdiskussionen, zudem wollte sich Yoselin nicht den Abend verderben.

»Ich stamme von meinen Eltern ab. Und zumindest meine Mutter kommt aus Ravensburg.«

»Ah, aber dein Vadder kommt von wo andersch her.« Der Typ nickte, als hätte er das größte Rätsel des Universums gelöst. Yoselin schnaubte, bezahlte ihre Getränke und wollte zu ihrem Platz zurückgehen, doch der junge Mann rückte nahe an sie heran.

»Jetzt sag halt. Wo kommt dein Alter her? I mog's exotisch.«

Die Hauptkommissarin hätte ihm gern ihr Guinness ins Gesicht geschüttet, doch sie war Schwäbin genug, es nicht zu tun. Schließlich war das Getränk schon bezahlt.

»Mein Vater kommt aus dem Schwarzwald«, raunte sie ihrem Nebenmann in verschwörerischem Tonfall zu. »Und er gehört zu der Generation, auf die das Umfeld enorm abfärbt. Wenn sich so einer fortpflanzt …«

Sie wies auf sich und nickte.

Der Typ sah sie unsicher an, dann fiel der Groschen. Seinem Mienenspiel nach zu urteilen, wusste er nicht, ob er lachen oder sich ärgern sollte. »Ah so, des war an Witz. Okay, aber mr wird ja mol froga dirfa«, knurrte er und wandte sich ab.

»Fragen darf man«, erwiderte Yoselin. »Aber man muss dann auch mit einer Antwort rechnen.«

Wenig später, sie hatte gerade Platz genommen und einen Schluck ihres Bieres genommen, klingelte ihr Smartphone. Sie betrachtete das Display, das den Namen ihres Kollegen Norman Säger anzeigte. Sie stöhnte und nahm ab. »Herr Säger, Sie stören. Gleich geht die Karaoke-Sause los.«

Ihr Lächeln gefror. Sie lauschte den Ausführungen des Hauptkommissars, nickte stumm und schloss das Gespräch mit »Okay, ich mache mich auf den Weg«.

Konstantin und Betty sahen sie fragend an.

»Tut mir leid. Meinen großen Auftritt als Schlagerqueen werde ich heute versäumen. Ich muss los. In Überlingen-Nußdorf ist eine Villa abgebrannt. Und so wie es aussieht, hat es eine Bewohnerin nicht überlebt. Mein Kollege ist schon vor Ort.«

»Soll ich dich hinbringen?«, fragte Konstantin. »Ich habe sonst nichts weiter vor. Karaoke ist ja eh nicht so mein Ding und Betty scheint schon eine andere Gesprächspartnerin im Visier zu haben.« Er deutete auf die gemeinsame Freundin, die eine große blonde Frau in einem schwarzen Overall antänzelte.

Yoselin strahlte ihn an. »Das wäre natürlich super. Aber nur, wenn du selbst am Steuer sitzt und nicht eine

Künstliche Intelligenz. Obwohl ich gar nicht sicher bin, was die bessere Alternative ist …«

Die Einsatzkräfte der Feuerwehr standen kurz davor abzurücken, als Yoselin am Tatort ankam. Die Schläuche wurden zusammengerollt, Ausrüstung wurde in die Löschfahrzeuge verstaut. Die Enttäuschung, weder das Gebäude noch die Bewohnerin gerettet zu haben, war den erschöpften Gesichtern der Männer anzusehen. Yoselin kannte das Gefühl, das einen beschlich, wenn man alles gegeben hatte und die große Katastrophe doch nicht verhindern konnte. So etwas wirkte nach, kostete Schlaf, bescherte schlechte Träume.

Sie verabschiedete Konstantin, stieg aus dem Wagen, ließ die Absperrung hinter sich und schritt auf das Gemäuer zu, das einst zu den beeindruckendsten Gebäuden am Bodensee gehört hatte. Nun atmete es den aschig-muffigen Hauch der Zerstörung aus. Sie entdeckte ihren Kollegen Norman Säger, der von vielen »Nerven-Säger« genannt wurde, wohl wegen seiner unnachgiebigen Art, sich in Fälle zu vertiefen und unbequeme Fragen zu stellen. Im Moment stakste er in seiner individuellen Gangart, die an einen Fischreiher erinnerte, durch das, was mal das Wohnzimmer gewesen sein musste, und wurde vom Chef der Spurensicherer dafür ruppig zurechtgewiesen. Säger ließ sich dadurch nicht beirren, sah sich gründlich um und fertigte Notizen an. Yoselin drückte sich an den Kollegen von der Spurensicherung vorbei, bahnte sich einen Weg durch die verkohlten Reste der Inneneinrichtung. Auch wenn sie keine Expertin war, erkannte sie, dass hier Millionenwerte durch das Feuer und das Löschwasser vernichtet worden waren.

»Das sieht gar nicht gut aus, was?«, sagte sie, als sie ihren Kollegen erreicht hatte.

»Falls Ihre Bemerkung einen Hauch von Ironie enthielt, darf ich Ihnen vergewissern, dass ich sie bemerkt habe. Von ›gar nicht gut‹ kann im Zusammenhang mit dem Zustand des Gebäudes nicht gesprochen werden. Es wäre durchaus angemessen, es als eine Katastrophe zu bezeichnen.«

Säger sah sie streng an. Yoselin fühlte sich, als wäre sie beim verbotenen Griff in die Zuckerdose erwischt worden. Die schulmeisterliche Art ihres Kollegen flößte ihr zuweilen Respekt ein.

»Entschuldigung. Natürlich ist es eine Katastrophe. Was haben wir?«

Er blätterte in seinem Notizbuch und las vor. »Es liegt eindeutig Brandstiftung vor. Wir haben die Reste von mehreren Brandkörpern gefunden, die unter der landläufigen Bezeichnung ›Molotowcocktail‹ bekannt sind. Sie wurden durch die Terrassentür geworfen, die offen stand. Als die ersten Fenster aufgrund der hohen Temperaturentwicklung geplatzt sind, hat das eine sogenannte Kaminwirkung ausgelöst. Das Feuer geriet außer Kontrolle. Keine Chance zu entkommen.«

»Wem gehört das Haus?«

»Die Villa gehört einem gewissen Georg von Rechberg, der in Stuttgart ein Immobilienunternehmen führt. Mit großem Erfolg, allerdings hat die Firma ein Imageproblem. Ich sage nur Gentrifizierung. Das kommt bei vielen Menschen nicht gut an. Vor allem nicht, wenn sie betroffen sind.«

Säger schnaubte, was bei ihm als Höchstmaß der Empörung einzuordnen war.

»Das heißt, er kauft Gebäude auf, saniert sie und vermietet die Wohnungen dann zu einem horrenden Preis. Vielleicht will sich hier ein Mieter rächen? Oder jemand, der durch seine Sanierungen sein Obdach verloren hat.«

Säger zuckte mit den Schultern. »Da gibt es noch viele andere Möglichkeiten. Wenn man den einschlägigen Zeitungsberichten glauben darf, ist von Rechberg ein ziemlich abgebrühter Zeitgenosse. Und er hängt offensichtlich nicht allzu sehr an dieser Villa. Er hat eine ansässige Agentur damit beauftragt, sie an Urlauber zu vermieten. Um sich zu rächen, hätte die Täterin oder der Täter ein anderes Objekt ins Visier nehmen müssen. Eines, das ihm am Herzen liegt.«

»Unglaublich, was Sie alles in der Kürze der Zeit herausgefunden haben. Wie machen Sie das nur?«, fragte Yoselin.

Säger zuckte die Schultern. »Ich habe eben Kontakte und stelle die richtigen Fragen. Das nennt man auch Effizienz.«

Yoselin rollte mit den Augen. Den letzten Satz hätte sich ihr Kollege getrost schenken können, Selbstgefälligkeit stand ihm so gar nicht.

Sie sah sich um. Der Raum, in dem sie sich befand, war großzügig geschnitten, und auch wenn die Inneneinrichtung kaum mehr zu erkennen war, konnte sie ihren Wert erahnen. Das Wohnzimmer grenzte direkt an die Terrasse. Der See war nur wenige Meter entfernt, sein silberner Glanz hatte fast etwas Versöhnliches. »Die Urlaubsgäste, die hierherkommen, müssen sehr wohlhabend sein. So ein Domizil kostet doch sicher ein Vermögen. Wer kann sich so etwas leisten?«

Hauptkommissar Säger nickte in die Richtung, in der ein Rettungssanitäter neben einem in Decken gehüllten Mann stand. Dieser war ungewöhnlich blass und zitterte.

»Wer ist das?«, erkundigte sich Yoselin.

»Morten Nadler aus Ravensburg. Er hat die Villa für das Wochenende gebucht. Offensichtlich wollte er sich mit dem Opfer … äh … vergnügen. Wenn Sie wissen, was ich meine.«

»Was meinen Sie denn? Dass die beiden hier Sex haben wollten? Das wäre ja …«, Yoselin senkte ihre Stimme, »… ungeheuerlich.«

Säger reagierte nicht auf den ironischen Zwischenton. »Leider wissen wir noch nicht, wie das Opfer heißt. Nadler kennt sie nur unter ihrem Pseudonym Lady Kira. Sie arbeitete als Escort-Model. Er hat sie, wie das Gebäude auch, für das gesamte Wochenende gebucht. Sie liegt im Schlafzimmer im oberen Stock. Ich kann Sie nur warnen: kein schöner Anblick.«

»Und wo war ihr Galan, als das Feuer ausbrach? So wie es aussieht, ist er verschont geblieben.«

»Er hat bei einem Nobelitaliener das Essen für den heutigen Abend abgeholt. Die beiden wollten es sich hier gemütlich machen. Als er zurückkam, stand das

Haus schon in Flammen. Er hat versucht, über die Terrasse in die Villa hineinzukommen, aber das ist ihm nicht gelungen. Vermutlich hätte er Lady Kira eh nicht mehr helfen können.«

Yoselin bewegte sich auf Morten Nadler zu. Sie schätzte ihn auf Mitte 40. Mittelgroß, volles, dunkles Haar, das an den Schläfen von schmalen Silberstreifen durchzogen war. Seiner Statur nach zu urteilen, machte er Sport. Ein attraktiver Mann, auch wenn er im Moment ein wenig hilflos wirkte. Sein Blick wanderte unstet im Raum herum, seine Lippen formten lautlose Worte. Er stand offensichtlich unter Schock.

»Herr Nadler? Ich heiße Yoselin Blaich und leite die Ermittlungen in diesem Fall. Fühlen Sie sich gut genug, um mir ein paar Fragen zu beantworten?«

Der Sanitäter neben Nadler zog die Brauen in die Höhe und schnaubte, als wollte er ihr andeuten, dass es wesentlich bessere Momente für eine Befragung gab. Doch darauf konnte Yoselin keine Rücksicht nehmen. Es galt, schnell zu handeln.

Nadler sah sie mit leerem Blick an. »Was soll das alles? Was wollen die von mir?«, stammelte er.

»Wer sind *die*? Gehen Sie von mehreren Tätern aus? Werden Sie bedroht?«

Nadler schüttelte den Kopf, aber diese Geste war nicht als Antwort zu verstehen. Er war in seiner eigenen Gedankenwelt, vorerst nicht zu erreichen. »Ich will doch nur ein gutes Leben. Da ist doch nichts dabei. Das wollen doch alle«, bemerkte er und sah sich unsicher um. Dann kippte sein Kopf nach vorn, als wäre er kurz eingeschlafen, um im nächsten Augenblick wieder aufzuwachen und mit großen Augen in die Ferne zu starren.

»Wir haben ihm etwas zur Beruhigung gegeben. Ich glaube nicht, dass er Ihnen in diesem Zustand weiterhelfen kann«, bemerkte der Sanitäter.

Yoselin ignorierte seinen Einwand. »Was meinen Sie damit, wenn Sie sagen, es ist nichts dabei? Wenn Sie einen Verdacht haben, müssen Sie uns das sagen. Jeder Hinweis kann für die Aufklärung dieser Tat hilfreich sein«, hakte sie nach.

Nadler vergrub das Gesicht in seinen Händen und schluchzte. Der Sanitäter legte ihm eine Hand auf die Schulter. »Kommen Sie. Ich bringe Sie in ein Krankenhaus. Sie brauchen jetzt Ruhe«, sagte er. Und an die Hauptkommissarin gewandt: »Sie sehen es ja selbst: Er steht unter Schock. Es kann eine Weile dauern, bis er vernehmbar ist.«

Yoselin unterdrückte die anrollende Zorneswelle, so gut es ging, und nickte.

»Gut, verschieben wir das Gespräch auf später«, knurrte sie. »Ich geh nach oben und schau mich dort um.«

Ein Stock höher bot sich ein ähnliches Bild der Zerstörung wie im Erdgeschoss. Mit dem Unterschied, dass sich unter den modrigen Gestank ein anderer Geruch mischte. Es roch nach verbranntem menschlichem Fleisch, was bei Yoselin sofort einen Würgereiz auslöste. Sie hielt sich den Ärmel ihres Hemds vor die Nase, widerstand erfolgreich dem Drang, sich zu übergeben, und wandte sich an den Herrn, der neben dem Leichnam stand und in ein Diktiergerät sprach. Er sah Yoselin an, als sie neben ihn trat, und brach seine Aufzeichnung ab.

»Oskar Leibinger, Uni-Klinik Ulm. Ich bin der zuständige Gerichtsmediziner«, stellte er sich vor.

»Yoselin Blaich, Kripo Ravensburg. Können Sie schon irgendetwas sagen?«

»Nicht viel. Die Frau ist circa 35 Jahre alt, einen Meter 70 groß, schlank. Womöglich wurde sie im Schlaf vom Feuer überrascht oder durch die Rauchentwicklung ohnmächtig. Vielleicht ist sie erstickt oder bei lebendigem Leib verbrannt. Mehr kann ich Ihnen erst nach der Obduktion sagen. Wollen Sie einen Blick auf die Leiche werfen? Viel werden Sie jedoch nicht mehr erkennen.«

Yoselin sah auf den mit einem Leintuch bedeckten Körper und schüttelte den Kopf. Welche Rückschlüsse hätte sie aus einem verbrannten Körper ziehen können? Außerdem wollte sie es sich und den anderen Ermittlern ersparen, in die Wohnung zu kotzen. »Ich warte lieber Ihren Bericht ab.«

Sie verabschiedete sich von Doktor Leibinger und ging nach unten. Gerade noch rechtzeitig, um zu sehen, wie Morten Nadler auf einer Bahre in einen Rettungswagen geschoben wurde.

»Wo bringen Sie ihn hin?«, rief sie den Sanitätern hinterher.

»St. Elisabethen-Klinikum«, sagte eine Stimme hinter ihr, die eindeutig Norman Säger gehörte. »Er ist kollabiert. Der Kreislauf. Nichts Ernstes. Der Arzt meint, dass er morgen möglicherweise schon wieder auf dem Damm sein wird, dann können wir ihn befragen. Und wenn nicht, kümmern wir uns erst einmal um Georg von Rechberg. Vielleicht kann er uns weiterhelfen.«

»Hoffentlich kollabiert er nicht auch, wenn er erfährt, wie es um sein Schmuckstück am Bodensee bestellt ist«, erwiderte Yoselin.

»Unwahrscheinlich. Einer wie von Rechberg lässt andere kollabieren«, antwortete Säger und trottete zu seinem Wagen.

GEWISSENSFRAGEN

Dieser Schrei, dieser entsetzliche Schrei.

Er konnte nicht von einem menschlichen Wesen stammen. Kein menschliches Wesen schrie so. Ein Mann schon gar nicht. Ton gewordene Todesangst, so hatte er geklungen. Auch Tiere stießen Schreie aus, wenn sie sich in großer Gefahr befanden. Katzen kreischten, Hunde jaulten, Hasen quiekten. Nicht wie Schweine quieken, sondern höher, schriller. Das wusste er aus eigener Erfahrung. Tiere zu töten, war in seiner Jugend ein wichtiges Experiment für ihn gewesen: Er wollte sie sehen, die Gesichter des Todes. Es war seine Art, sich mit dem Sterben auseinanderzusetzen, die Veränderung zu begreifen. Er wollte den Austritt der Seele aus dem toten Körper dokumentieren, sie im besten Fall sogar einfangen. Aber womöglich hatten diese Tiere gar keine Seele gehabt. Seine Forschungen hatten nichts dergleichen ergeben. Wie verhielt es sich jedoch bei einem Menschen?

Dieser Schrei.

Er wälzte sich auf die andere Seite, drückte das Kissen auf sein Ohr, als könnte er damit dieses furchtbare Geräusch verbannen. Was wollte die Frau in diesem Haus? Sie durfte doch gar nicht da sein.

Seit dem frühen Morgen war klar, dass er davongekommen war. Eine Meldung im Internet hatte über den Brand informiert. Und über die Tote, deren Identität noch nicht festgestellt werden konnte. Und über ihn, der in ein Krankenhaus eingeliefert worden war. Andersherum wäre es gerecht gewesen, leichter zu ertragen. Zudem hätte der Kampf ein Ende gehabt. Er drehte sich auf den Rücken und starrte an die Decke. Ihn traf keine Schuld an diesem Schrei. Nicht direkt. Schuld daran war wieder einmal er. Und dafür musste er zusätzlich büßen.

»Donauschwabenstraße 16. Da drüben muss es sein.«

Hauptkommissarin Blaich deutete auf ein unscheinbares Gebäude, in dem sich laut Recherche ihres Kollegen Konietzny die Escort-Agentur »Mirabelle« befand. Auf deren Homepage bot eine Lady Kira ihre Dienste an, die von der Statur und dem Alter dem Brandopfer entsprach. Yoselin hatte sich die Bilder angesehen. Lange dunkle Haare, weibliche Figur, schön geformte Beine, großer Busen. Das Gesicht war verpixelt, zudem war die Dame nur von hinten und aus einer seitlichen Perspektive zu sehen. Der Rest blieb der Fantasie der Männer überlassen, von denen sie gebucht wurde.

Die Hauptkommissare stiegen aus, suchten nach der Klingel und betraten das Gebäude, als der Türsummer betätigt wurde. Eine ältere, elegant gekleidete Dame erwartete sie in der Wohnungstür. »Wollen Sie zu mir?«, fragte sie erstaunt mit Blick auf Yoselin.

Die Hauptkommissarin stellte sich und den Kollegen Säger vor. »Wir ermitteln in einem Fall von Brandstiftung. Eine Villa am Bodensee in Nußdorf wurde zerstört und bei diesem Feuer ist leider eine Frau verbrannt, die unter dem Pseudonym Lady Kira arbeitete. Wie wir wissen, wird sie von Ihrer Agentur betreut.«

Die Dame schlug eine Hand vor den Mund: »Claudia? Verbrannt? Das ist ja entsetzlich.« Sie schwankte und hielt sich am Türrahmen fest.

Yoselin trat an ihre Seite, um sie zu stützen. »Kommen Sie. Ich bringe Sie hinein. Da können wir uns besser unterhalten als auf dem Gang.«

Die Betagte nickte und ließ sich von der Hauptkommissarin in eine Art Salon geleiten. Yoselin fühlte sich beim Anblick der Sitzgruppe mit barockem Touch in eine andere Zeit versetzt. Vier hellblau gepolsterte Stühle mit hohen Rückenlehnen umsäumten einen niedrigen weißen Tisch, der von einem fulminanten Strauß roter Rosen dominiert wurde. Die weißen Stores mit goldfarbenen Borten verliehen dem Raum etwas Herrschaftliches, ein nussfarbener Sekretär hätte diesen Eindruck verstärken können, doch der aufgeklappte Laptop auf der Arbeitsplatte egalisierte ihn ein wenig.

Die Hausherrin setzte sich umständlich auf einen der schweren Stühle und lud die Polizisten mit einer schwachen Geste ein, ebenfalls Platz zu nehmen. Yoselin kam dieser Aufforderung nach und setzte sich ihr gegenüber. »Sie haben gesagt, Lady Kira hieß Claudia. Kennen Sie auch ihren Nachnamen, Frau …«

»Weidle. Evelyn Weidle. Ich leite die Agentur und kümmere mich um die organisatorischen Abläufe und die Werbung. Ich kann es gar nicht glauben, dass die Claudia …« Sie schluchzte. »Entschuldigung.«

Yoselin blickte zu Säger, der vor einer Wand mit Fotografien nackter Frauen stand. Er hatte die Brille auf die Stirn geschoben und betrachtete die Bilder aus nächster Nähe, als wollte er gynäkologische Details überprüfen. Was natürlich nicht möglich war, da die primären Geschlechtsteile verpixelt oder bedeckt waren. Er nahm eine Fotografie ab und hielt sie Evelyn Weidle hin. »Ist das Lady Kira?«, fragte er.

»Ja, das ist sie. Sie heißt Claudia Salzmann und kam vor nicht allzu langer Zeit zu uns. Aber sie hat eingeschlagen wie eine Bombe. Wenn sie wollte … gewollt hätte … hätte sie jeden Tag einen Herrn begleiten können. Aber da hatte ihr Ehemann etwas dagegen. Er ist extrem eifersüchtig.«

Säger zückte sein Notizbuch und begann zu schreiben.

»Eifersucht wäre ein starkes Motiv«, brummelte er, während sein Bleistift über das Papier flitzte. »Ein sehr starkes sogar.«

»Aber so weit würde er doch nicht gehen«, platzte es aus Evelyn Weidle heraus. »Ich meine, die Claudia hatte wegen ihrer Tätigkeit oft Streit mit ihm, er tauchte auch einmal bei einem Treffen im Hotel auf und hat randaliert. Die Security-Leute haben ihn rausgeschmissen. Seitdem gab es keine Vorfälle mehr, soviel ich weiß, und das ist auch gut so. Schließlich war er auf das Geld, das Claudia verdiente, angewiesen. Er ist schon seit Jahren arbeitslos.«

»Gab es Freier, von denen sich Frau Salzmann bedroht fühlte?«

Evelyn Weidle warf Hauptkommissar Säger einen zornigen Blick zu und richtete sich auf. Ihre Haltung passte nun zu dem aristokratischen Ambiente des Zimmers. »Unsere Damen stellen ihre Dienste keinen Freiern zur Verfügung. Sie werden von Herren gebucht, die das Besondere schätzen, und zwar in jeder Hinsicht. Unsere Damen sind gebildet, sehen fantastisch aus und bieten sinnliche Momente, die ihresgleichen suchen. Das hat seinen Preis. Freier gehen zu Prostituierten und holen sich dort schnellen Sex für wenig Geld.«

»Danke für die Aufklärung. Ich kenne mich in Ihrer Branche nicht so aus. Gab es denn einen Herrn, der Frau Salzmann bedrohte?«, entgegnete Säger schnippisch.

Evelyn Weidle winkte ab. »Davon weiß ich nichts. Claudia hätte mir bestimmt davon erzählt. Herren, die sich nicht benehmen können, werden bei uns gesperrt. Ihnen wird kein Kontakt mehr vermittelt. Das kam aber schon sehr lange nicht mehr vor.«

Yoselin nickte und ging in Gedanken die nächsten Schritte durch. Das Alibi des Ehemanns von Lady Kira galt es zu überprüfen. Außerdem musste er die Identität seiner Frau bestätigen. Sie zog ihr Smartphone aus der Tasche, tippte die Nummer ihres Kollegen Konietzny ein und gab ihm Anweisungen, sich mit dem Ehemann des Opfers in Verbindung zu setzen und ihm die traurige Nachricht mitzuteilen. Außerdem sollte sich Salzmann bei Yoselin melden.

Der junge Mann, der noch nicht allzu lange zu ihrem Team gehörte, war nur mäßig begeistert. »Könnt ihr das nicht machen? So etwas übermittelt man doch nicht am Telefon, sondern überbringt die Nachricht persönlich«, maulte er.

»Meinetwegen kannst du auch bei ihm vorbeifahren, wenn es dir damit besser geht«, erwiderte Yoselin und beendete das Telefonat.

Sie musste dringend auch mit Morten Nadler reden. Möglich, dass der Anschlag ihm gegolten hatte. Seine vagen Andeutungen in der Tatnacht ließen den Rückschluss zu. Doch welchen Grund konnte es dafür geben? Wer wusste davon, dass er an diesem Wochenende am Bodensee war? Dass er sich in dieser Villa aufhalten würde?

»Kennen Sie diesen Morten Nadler, der Lady Kira gebucht hat?«, fragte sie.

Evelyn Weidle zuckte mit den Schultern. »Morten Nadler? Den Namen habe ich noch nie gehört. Nein, Lady Kira wurde von einem Herrn gebucht, … wie hieß der doch gleich? Warten Sie …«

Sie wuchtete sich aus dem Polstermöbel, schlurfte zu ihrem Sekretär, hämmerte etwas in die Tastatur des Computers. »Ah, hier, der Kunde heißt Boris Drescher. Ich kenne ihn nicht persönlich. Die Kontaktaufnahme erfolgt entweder per E-Mail oder telefonisch. Die Herren geben an, wen sie sich als Begleiterin wünschen und wie lange sie die Dienste der Dame beanspruchen möchten. Danach richtet sich der Preis. Wenn das Geld überwiesen ist, wird ein Treffpunkt vereinbart. Dieser Drescher scheint wohlhabend zu sein. Er hat Claudia oft für das gesamte Wochenende gebucht. Mal waren sie auf seiner Jacht, mal bei den Bregenzer Seefestspielen, mal in einem Berghotel. Solche großzügigen Stammkunden gibt es nicht zu oft. Und Claudia hat das sehr genossen. Aber eines ist seltsam. An diesem Wochenende war sie nur für den Sonntag gebucht. Vielleicht war es ja gar nicht Claudia, die in der Villa verbrannt …« Evelyn Weidle sah die Polizisten hoffnungsvoll an.

»Dass sie nur für Sonntag gebucht war, ist tatsächlich eigenartig. Sie hätte also gar nicht in der Villa sein dürfen. Aber der Name Lady Kira wurde uns von ihrem Freier … äh, von dem Herrn, den wir am Tatort angetroffen haben, genannt. Und der hieß eindeutig Nadler. Ich habe seine Daten persönlich aufgenommen. Kann es sein, dass er bei Ihnen einen falschen Namen angegeben hat?«, mischte sich Säger ein.

Evelyn Weidle zuckte mit den Schultern. »Gut möglich. Das überprüfen wir nicht. Wir erwarten den Geldeingang und organisieren das Treffen. Ich habe nicht die Zeit, über jeden Kunden eine Schufa-Auskunft einzuholen.«

»Was kostet denn ein Wochenende mit einer Dame?«

Evelyn Weidle zog die Augenbrauen nach oben und musterte den Hauptkommissar vom Scheitel bis zur Sohle. Dieser hob abwehrend die Hände. »Ich frag aus rein beruflichem Interesse.«

»Mit 3.000 Euro sind Sie dabei.«

»Respekt«, entfuhr es Yoselin. »Da lohnt es sich direkt, über einen Branchenwechsel nachzudenken.«

Die Alte sah Yoselin prüfend an und nickte: »Eine rassige Exotin wie Sie würde gut in unser Programm passen. Allerdings müssten Sie ein bisschen abnehmen.«

»Und damit bin ich raus. Das Einzige, was abnimmt, ist meine Laune, wenn ich auf der Waage stehe. Aber mal im Ernst: Wissen Sie, was dieser Drescher, also der Nadler, beruflich macht, dass er eben mal ein paar Tausend Euro am Wochenende ausgeben kann?«

»Nein, das weiß ich nicht. Wie gesagt, wir fragen in diesen Dingen nicht nach. Vielleicht ist er Schauspieler oder etwas in dieser Art. Claudia hat erzählt, dass er einen ausgeprägten Drang zu Rollenspielen hat. Er gab zum Beispiel gern den Chefarzt, der eine Krankenschwester verführt. Oder den Piloten, der es mit einer Flugbegleiterin treibt. Oder den Kapitän, der eine blinde Passagierin entdeckt und sich sein Schweigen in natura bezahlen lässt. Claudia hat sich sehr darüber amüsiert.«

Die Miene der Seniorin verfinsterte sich. »Das ist alles so schrecklich. Die arme Claudia.« Evelyn Weidle schluchzte laut.

Yoselin gab Säger ein Zeichen, dass es Zeit war, sich zu verabschieden.

»Komisch«, sagte sie, als sie wieder im Auto saßen. »Was hat Claudia Salzmann in dieser Villa gemacht, obwohl sie nicht gebucht war? Und alle gehen bislang von einem Täter aus. Was ist jedoch, wenn sich eine betrogene Ehefrau an Lady Kira rächen wollte? Wissen wir, ob Nadler verheiratet ist? Vielleicht hat er deshalb einen falschen Namen angegeben, damit ihm seine Frau nicht auf die Schliche kommt?«

»Das wird er uns demnächst erzählen. Aber erst sollten wir diesem von Rechberg einen Besuch abstatten. Mich würde interessieren, ob ihn der Verlust des Gebäudes tatsächlich kaltlässt«, nuschelte Säger.

»Bei dem bekommen wir doch keinen Termin. Das ist sicher einer, der Tag und Nacht arbeitet. Und wenn er nur sein Geld zählt.«

Säger sah sie kurz an. »Das lassen Sie mal meine Sorge sein.«

24, 25, 26 …

Morten Nadler zählte die Tropfen, die aus dem Infusionsbehältnis langsam in die Kanüle in seinem rechten Arm flossen. Er versuchte sich abzulenken, sein Gewissen zu beruhigen. Er hätte den Abend mit Lady Kira ganz anders planen müssen. Wenn er sie zum Essen ins Restaurant ausgeführt hätte, wäre sie womöglich noch am Leben. Stattdessen hatte seine Geilheit den Verstand außer Kraft gesetzt. Er wollte keine Zeit verlieren. Er wollte sie spüren, sie berühren, sich berühren lassen, es hemmungslos mit ihr treiben. Schon als sie sich zu ihm ins Auto gesetzt hatte, ihr Rock hochgerutscht war und einen kurzen Moment der Saum ihrer halterlosen Strümpfe sichtbar wurde, wäre er am liebsten über sie hergefallen. Darum hatte er vorgeschlagen, es sich in der Villa gemütlich zu machen und Essen vom Italiener zu holen. Um sich zwischen den Liebesrunden zu stärken. Kira hatte gelächelt, sich zu ihm hinübergebeugt, ihm eine Hand auf den Oberschenkel gelegt und einen Kuss auf die Wange gehaucht. »Wir machen das alles so, wie du es möchtest. Wir haben viel Zeit.«

Und nun war sie tot. Verbrannt. Durch seine Schuld. Durch seine Gier. Durch seine Lust. Durch seine Abgebrühtheit.

Dabei hätte er doch die Zeichen deuten müssen. Der Vandalismus an seinem Wagen, der Buttersäureanschlag auf sein Segelboot. Das waren doch keine Zufälle. Irgendjemand wollte ihm schaden, ihn bestrafen, und war nun im wahrsten Wortsinn über Leichen gegangen. Doch warum? Wegen ein paar harmloser Geschichten? Wegen des bisschen Geldes, das er für seine Dienste nahm? Das war doch nur gerecht, schließlich war er ein Garant für eine gute Zeit. Was konnte noch geschehen? Gaben die erst Ruhe, wenn auch er tot war? Er fröstelte bei dem Gedanken und versuchte, sich wieder auf die Tropfen zu konzentrieren. Doch der Behälter war leer.

»Das müssen Sie mir jetzt aber erklären, wie Sie es geschafft haben, so schnell einen Termin bei diesem von Rechberg zu bekommen.«

Säger lächelte, was bei ihm leicht nach einer Grimasse aussah, denn ein freundlicher Gesichtsausdruck war ihm fast so fremd wie ein Lachanfall. »Ich habe beste Beziehungen zum Betrugsdezernat. Und wie es der Zufall so will, wird gegen von Rechberg schon seit geraumer Zeit ermittelt. Er soll Schwarzarbeiter auf seinen Baustellen beschäftigen. Also Leute, die nicht gemeldet sind, und nicht Leute, deren Hautfarbe …«

»Oh Mann, Säger, was soll das denn jetzt? Wollen Sie witzig sein? Dann muss ich Sie enttäuschen, das kenne ich alles schon. Yoselin, wenn du arbeitest, kann man das Schwarzarbeit nennen? Und wenn du Lohn bekommst, ist das dann Schwarzgeld? Wollen Sie noch mehr Witze hören oder reicht das?«

Säger starrte geradeaus. Offensichtlich erkannte er, dass er in seiner Erklärung etwas über das Ziel hinausgeschossen war.

Yoselin lehnte sich zurück. Im Grunde tat es ihr leid, dass sie ihren Kollegen so angefahren hatte. Der Hauptkommissar war der Letzte, der einen rassistischen Witz auf ihre Kosten riss. Und eigentlich konnten ihr solche Sprüche nichts mehr anhaben. Früher in der Schule hatte sie es geärgert, wenn Mitschüler sie mit allen Variationen des N-Worts aufgezogen hatten. Es waren dumme Kindersprüche gewesen, in einer Zeit, in der Diskriminierung an der Tagesordnung war, weil sich niemand daran zu stören schien und die Betroffenen es nicht wagten, sich dagegen zu wehren. Mit dem Aufkommen der sozialen Medien regte sich erst das hochempfindliche und reizbare Gewissen der Allgemeinheit, Wokeness wurde wiederentdeckt. Begriffe sollten aus dem Sprachgebrauch eliminiert werden. Wer sich nicht daran hielt, wurde schnell in die politisch rechte Ecke gestellt. Das war geradezu lächerlich im Vergleich zu den unzähligen Diskriminierungen im Alltag, denen ein Mensch mit einer anderen Hautfarbe ausgesetzt war. Wie oft war Yoselin als Kind traurig gewesen, weil keine ihrer Mitschülerinnen sie zum Kindergeburtstag eingeladen hatte? Wie oft musste sie sich gegen Gemeinheiten und Streiche anderer Jugendlicher wehren? Wie oft war sie als Einzige im Bus nach ihrer Fahrkarte gefragt worden? Wie oft bei angeblichen Routinekontrollen der Polizei nach Drogen untersucht? Die Vorurteile wollten nicht enden und es geschah immer noch täglich, dass jemand wegen seiner Hautfarbe anders behandelt wurde.

Yoselin sah zu Säger, der wie paralysiert auf die Straße starrte. Die nur spärlich ausgeprägte Verschmitztheit war verschwunden. Yoselin hätte gern gewusst, was ihr Kollege in diesem Moment dachte, doch ihr war klar, dass sie es nicht erfahren würde, wenn sie ihn danach fragte.

»Kommen Sie, Säger, spielen Sie nicht die beleidigte Leberwurst. Es tut mir leid. Ich wollte Ihnen keinen Rassismus unterstellen. Es ist nur … manchmal … haben Sie so eine Art …«

»Ich weiß, ich weiß. Ich muss an meinem Humor arbeiten«, unterbrach sie ihr Kollege. »Das haben Sie mir ja schon mehrfach gesagt.«

»Genau. Und bitte lassen Sie mich bei der Pointenbildung außen vor. Okay?«

Yoselin boxte Säger freundschaftlich gegen die Schulter. Er erwiderte die Geste mit einem abweisenden Blick. Körperkontakt unter Kollegen hielt er für unverzeihlich. Aber er schwieg und das blieb bis zum Eintreffen in der Landeshauptstadt so.

Georg von Rechbergs Büro war in etwa so groß wie die Wohnung, die Yoselin Blaich mit ihrer Mutter und

Großmutter teilte. Mit dem Unterschied, dass in der Frauen-WG bedeutend mehr Möbel und Gegenstände standen. Der Chef des Immobilienunternehmens, das seinen Sitz im obersten Stock eines Gebäudes am Rotebühlplatz hatte, schien es eher schlicht zu mögen. Außer einem großen, schweren Schreibtisch, einer Sitzecke und einer unförmigen Skulptur, die aussah, als wäre sie vor Vollendung verkauft worden, befanden sich keine Gegenstände im Raum. Die Wände waren kahl und bilderfrei, allerdings bot eine über die gesamte Breite gezogene Fensterfront einen Blick auf Stuttgarts Stadtmitte. Eine Aussicht, die alles andere als vergnügungssteuerpflichtig war. Im Moment rissen Bagger Gebäude ein und verwandelten sie in staubige Schuttflächen.

Von Rechberg selbst thronte hinter dem Schreibtisch, bellte kurze Befehle in sein Telefon und hatte es nicht besonders eilig, sich zu den Polizisten zu gesellen. Yoselin hätte den geschniegelten Herrn gern am Revers seiner Gucci-Anzugjacke gepackt und ihn der Befragung zugeführt. Auch entwickelte sie eine große Lust, ihn mit seinem Mont-Blanc-Füller in den Hintern zu piksen. Was bildete sich dieser Schnösel ein, sie warten zu lassen?

Kollege Säger sah dies offenbar sehr viel gelassener. Er stand am Fenster und beobachtete das Treiben in der Calwer Passage.

Als von Rechberg sein Telefonat beendete, um sofort eine neue Nummer zu wählen, wurde es Yoselin zu viel. »Herr von Rechberg. Wir sind hier, um Ihnen ein paar Fragen zu stellen, und nicht, um ein Praktikum bei Ihnen zu absolvieren. Unsere Zeit ist mindestens so kostbar wie Ihre. Wenn Sie die Freundlichkeit hätten und zu uns herüberkommen würden …«

Die Hauptkommissarin funkelte den Immobilienmogul wütend an. Von Rechberg ließ sein Smartphone sinken, drückte den Knopf seiner Gegensprechanlage und blaffte »Ich will jetzt nicht gestört werden« hinein.

Mühsam erhob er sich aus seinem Stuhl und hinkte zur Besuchergruppe.

»Sind Sie verletzt?«, fragte Säger, dem der unrunde Gang des Unternehmers aufgefallen war.

»Eine alte Geschichte«, ächzte von Rechberg. »Jagdunfall. Hab einen Querschläger abbekommen, der mein Hüftgelenk verletzt hat. Die Operation kann man als nur mäßig gelungen bezeichnen. Seitdem habe ich diesen erotischen Seithüftschwung. Aber Sie sind sicher nicht hergekommen, um sich nach meinem Gesundheitszustand zu erkundigen.«

Er ließ sich auf einen Stuhl fallen. »Kaffee!!!«, brüllte er in Richtung Tür.

Yoselin schüttelte den Kopf. Benehmen war offenbar nicht von Rechbergs Stärke.

»Sie wurden ja sicher bereits informiert, dass Ihre Villa in Nußdorf abgebrannt ist. Wir gehen von Brandstiftung aus. Bei dieser Tat starb eine Frau. Eine Escort-Dame aus Ravensburg, die mit einem Kunden dort das Wochenende verbringen wollte. Uns würde interessieren, wem dieser Anschlag galt. Was meinen Sie?«

Von Rechberg zog die Stirn kraus und sah Yoselin streng an. »Deswegen kommen Sie extra aus Ravensburg her, um mich nach meiner Meinung zu fragen?

Haben Sie nichts Besseres zu tun? Woher soll ich denn wissen, wem dieser Anschlag galt? Vielleicht dieser Nutte! Oder ihrem Kunden!«

Die Hauptkommissarin überging die barsche Antwort. »Offensichtlich habe ich mich nicht klar genug ausgedrückt. Meinen Sie, dass der Anschlag Ihnen galt? Haben Sie Feinde?«

Der Unternehmer lachte und entblößte eine schneeweiße, akkurate Zahnreihe. »Sie sind ja drollig. Wer in meinem Business keine Feinde hat, der ist entweder bankrott oder hat verdammt viel falsch gemacht. Das Immobiliengeschäft ist kein Streichelzoo. Da geht es darum, schneller und effizienter zu sein als die Konkurrenz. Schließlich stehen Millionen auf dem Spiel. Da haben Skrupel keinen Platz. Die habe ich nicht und meine Mitbewerber auch nicht.«

»Klingt interessant«, meldete sich Säger zu Wort. »Aber würde ein Konkurrent so weit gehen, das Haus eines anderen anzuzünden, weil er bei einem Geschäft das Nachsehen hatte? Wäre das nicht ein wenig übertrieben?«

Von Rechberg holte ein Lederetui aus seiner Anzugjacke, entnahm eine Zigarre, knipste die Spitze ab, zündete sie umständlich an und blies den Rauch in Richtung Yoselin. Er grinste die Hauptkommissarin spöttisch an.

»Was meinen Sie, was die Leute anstellen, um andere aus dem Geschäft zu drängen? Da werden Komplotte geschmiedet, um Existenzen zu zerstören. Da werden Gerüchte gestreut, Familien mit hineingezogen. Warum nicht zur Abwechslung eine Villa in Brand setzen? Das ist zwar nicht die feine englische Art, aber es wäre durchaus möglich.«

Es klopfte an der Tür, von Rechbergs Sekretärin betrat den Raum, ein Tablett auf den Händen balancierend. Sie sah ihren Chef unsicher an.

»Stellen Sie den Kaffee auf den Tisch, schenken Sie dem Herrn Kommissar und seiner Assistentin eine Tasse ein und dann machen Sie die Tür von außen zu«, grummelte er.

Die Sekretärin tat, wie ihr geheißen, und verließ grußlos den Raum.

»Wir müssen Sie enttäuschen. Frau Blaich ist keineswegs meine Assistentin, sondern die leitende Ermittlerin. Und wir sind Hauptkommissare. So viel Zeit muss sein«, klärte Säger auf.

»Ach so, ich dachte nur, weil ...«

»Ich weiß, was Sie dachten«, unterbrach ihn Yoselin, »aber das spielt jetzt keine Rolle. Haben Sie einen Verdacht, wer den Anschlag auf Ihr Gebäude verübt haben könnte?«

Der Immobilienmogul zog an seiner Zigarre, ließ ein paar Rauchkringel steigen, sah ihnen einen Moment hinterher, dann schüttelte er den Kopf. »Wenn ich es wüsste, müsste ich dem- oder derjenigen einen Dankesbrief schreiben. Das Gebäude ist sehr hoch versichert und ich hatte eh keine Verwendung mehr dafür. Wer verbringt denn heute noch seine Wochenenden am Bodensee? Nur Leute, die sich Saint-Tropez nicht leisten können.«

Die Hauptkommissarin schnaubte. Warum mussten reiche Menschen immer wieder unterstreichen, was sie von Menschen ohne Vermögen hielten? Ohne Werte gleich wertlos? Sie bemühte sich, ihre Wut zu unterdrücken. Von Rechberg beobachtete sie mit einem abfälligen Schmunzeln. Er wusste, dass seine Worte Wirkung auslösen konnten.

»Was hat denn eine Übernachtung in Ihrer Villa gekostet?«, fragte Yoselin.

Von Rechberg stöhnte und machte eine abwehrende Geste: »Das weiß ich nicht. 1.000 Euro? 2.000? Ich habe dieses Touristengeschäft an eine Agentur in Überlingen abgegeben. Ich selbst habe keine Zeit für solche Kinkerlitzchen. Sollen die sich um den ganzen Kram kümmern. Ich bekomme am Ende des Monats eine Überweisung abzüglich 20 Prozent und damit ist der Fall für mich erledigt. Aber jetzt entstehen durch diesen warmen Abriss ganz neue Perspektiven. Ich könnte eine Seniorenresidenz auf dem Grundstück bauen lassen. Für Leute, die sich keine auf den Malediven leisten können. Das wäre ein Bombengeschäft.«

Er lachte kehlig, tippte die Asche seines Glimmstängels ab, verfehlte den Aschenbecher knapp. Es klopfte an der Tür. Die Sekretärin steckte den Kopf herein.

»Was wollen denn Sie schon wieder? Ich hatte gesagt, dass ich nicht gestört werden will. Sind Sie schwer von Begriff oder setzt Ihnen die Menopause zu? Und machen Sie diese Sauerei hier weg.« Mit einer ruppigen Geste wies er auf das Aschehäufchen auf dem Tisch.

Seine Assistentin lief dunkelrot an, ihre Lippen zitterten. »Ich wollte Ihnen nur sagen, dass der Herr Baubürgermeister jetzt da ist. Sie wollten mit ihm über das Karstadt-Areal sprechen …«

»Soll reinkommen. Wir sind hier eh fertig.«

Er ließ die Hauptkommissare stehen, um zu seinem Thron zurückzukehren.

»Gut, dann war es das für den Moment«, sagte Yoselin schnippisch. »Melden Sie sich, wenn Ihnen noch etwas einfällt. Sonst melden wir uns bei Ihnen.«

Die Rückfahrt nach Ravensburg verlief überwiegend schweigend. Yoselin hing ihren Gedanken nach, die sich um das Gespräch mit von Rechberg drehten, und ihrem Kollegen Säger ging es wohl ähnlich. Bei Böblingen gerieten sie vor einer Baustelle in einen Stau, was dem Hauptkommissar ein mürrisches »Werden die denn hier nie fertig« entlockte.

»Sie fahren die Strecke wohl öfter«, hakte Yoselin nach.

»Ich hatte in Stuttgart mal eine Tanzpartnerin. Da bin ich hin und wieder hingefahren«, murmelte er.

Yoselin wandte sich ihm interessiert zu. »Sie tanzen? Das wusste ich gar nicht! So richtig mit Figuren und Drehungen?«

Säger nickte kaum merklich.

»Mensch, das ist ja toll. Das hätte ich Ihnen wirklich nicht zugetraut, also nicht von Ihnen gedacht. Ich hätte Sie mehr für einen …«

»… Langweiler gehalten?« Er bedachte Yoselin mit einem scharfen Blick.

»Nein, ich habe Sie mehr als Geistesmensch eingeschätzt. Der viel liest und darüber nachdenkt und so.«

Die Hauptkommissarin merkte, dass sie die von ihr so gehasste Vorurteilsschiene nun selbst befuhr. Hieß es nicht, man sollte ein Buch nicht nach seinem Einband beurteilen? Ihr wurde klar, wie wenig sie über den Menschen wusste, der mit ihr einen Großteil der Zeit verbrachte, und das, obwohl sie schon einige Jahre zusammenarbeiteten. Säger sprach nicht viel, und wenn, dann war er sehr auf die beruflichen Angelegenheiten fixiert. Er erzählte selten bis gar nicht, was er in seiner Freizeit unternahm. Am Anfang der Zusammenarbeit hatte Yoselin versucht, mehr über den privaten Säger zu erfahren, hatte es jedoch irgendwann aufgegeben, weil dieses zähe Frage-und-Antwort-Spiel im Grunde nichts Erhellendes ergab. So hatte sie ein Bild von ihm entwickelt, das in die Langweiler-Schublade gehörte. Dass ausgerechnet Säger ein Tänzer sein sollte, passte nicht zu ihrer Schablone, die sie von ihm entworfen hatte. Auch die Art, wie er sich bewegte, hatte nichts Geschmeidiges, Graziles oder Fließendes, was darauf hätte hinweisen können.

»Was tanzen Sie denn so? Standard? Latein? Ich bin ganz gut im Discofox. Wir können ja mal gemeinsam zu einer Schlagerparty gehen.«

Säger sah sie an, als hätte sie ihm vorgeschlagen, in einer Wanne voller Motoröl zu baden.

»Swing«, sagte er leise.

»Was?«

»Ich habe Swing getanzt. Lindy Hop, Charleston, Boogie-Woogie, Jive. Solche Sachen eben. Ich mag Big-Band-Musik.«

Yoselin pfiff durch die Zähne. »Wow, da erfahre ich nach Jahren der Zusammenarbeit, dass ein zweiter Fred Astaire mit mir Kriminalfälle löst. Warum haben Sie denn nie etwas darüber erzählt?«

»Es hat sich weder im Revier noch an den Tatorten ergeben, dieses Thema anzusprechen. Außerdem ist das schon eine Weile her.«

Seine Miene verfinsterte sich. Yoselin schloss daraus, dass mit dem Ende des Tanzvergnügens auch eine zwischenmenschliche Verbindung beendet worden war. Die Frage danach brannte auf ihrer Zunge, aber noch mehr intime Geständnisse wollte sie Säger nicht zumuten.

»Gibt es denn in Ravensburg und Umgebung keine Möglichkeit, Swing zu tanzen? Ich meine, das ist doch ein super Ausgleich zu unserem Job. Wenn ich meine Schlagerpartys nicht hätte …«

»Ich habe in Ravensburg nichts Adäquates gefunden«, antwortete Säger scharf. »Ich habe im Moment auch nicht die Zeit. Wir sollten uns jetzt ganz auf unseren Fall konzentrieren.«

Yoselin hob abwehrend die Hände, ließ sich in den Beifahrersitz sinken und sah zum Seitenfenster hinaus. Es begann zu dämmern, die untergehende Sonne verabschiedete den Tag mit einem Lichterspiel aus allen Nuancen von Gelb und Rot. Der Stau vor ihnen löste sich auf, vor Einbruch der Dunkelheit würden sie in Ravensburg sein.

»Und was bringt der Abend noch?«, fragte sie, um irgendetwas zu sagen.

Säger blickte sie verwundert an. »Wir statten Morten Nadler einen Besuch im Krankenhaus ab. Er hat uns schließlich einiges zu erzählen.«

Yoselin seufzte. »Klar, natürlich, wollte ich eben vorschlagen. Ich hatte eh nichts anderes vor. Und morgen wäre es vielleicht für die Befragung zu spät. Kann ja nicht warten, so eine Befragung.«

»Gut, dass Sie das genauso sehen«, erwiderte Säger, ohne auf ihren zynischen Ton einzugehen. Und somit war vorerst alles gesagt.

Morten Nadler telefonierte, als die beiden Polizisten eintrafen. Er saß auf der Kante seines Bettes, seine Blöße war nur spärlich von einem Flügelhemd bedeckt. Er erschrak, legte sich hin, deckte sich zu. Er senkte die Stimme und hielt eine Hand vor den Mund, damit Blaich und Säger nicht hören konnten, worüber er sprach. Dem Tonfall nach zu urteilen, schien es sich um eine sehr intime Angelegenheit zu handeln, denn er beendete das Gespräch mit einem Kusslaut und einem genuschelten »Ich liebe dich auch«.

»Na? Geht es Ihnen wieder besser? Mit wem haben Sie denn telefoniert? Mit Ihrer Frau?«, begann Yoselin die Befragung.

Nadler wurde blass, sein Atem ging schwer. »Nein, ich bin nicht verheiratet. Das war meine Mutter«, sagte er mit belegter Stimme. »Sie hat von dem Brand erfahren und ist sehr in Sorge. Sie wusste, dass ich vorhatte, mein Wochenende in Nußdorf zu verbringen. Und ihre Sorge war ja berechtigt.«

»Ja, Sorge ist jeder Mutter zweiter Vorname«, erwiderte Yoselin. »Das kenne ich aus eigener Erfahrung, also von meiner Mutter. Allerdings lebe ich nicht so aufregend und abenteuerreich wie Sie. Und wenn, dann eher durch meinen Beruf. Apropos: Was machen Sie eigentlich beruflich?«

Der Befragte ließ sich in die Kissen fallen und starrte an die Decke. »Ich arbeite bei einem Versicherungsunternehmen, in der Schadenregulierung«, antwortete er leise.

»In führender Position, Herr Nadler? Oder soll ich Sie ab jetzt Boris Drescher nennen?«, hakte Säger nach.

Nadler richtete sich ein wenig auf, verzog das Gesicht und stöhnte. »Okay, ich verstehe. Sie haben mit der Agentur von Lady Kira gesprochen. Ich habe mich dort nicht mit meinem wirklichen Namen angemeldet. Aus reiner Vorsicht. Kann ja sein, dass Kira mit einem Mann verheiratet ist, der mir an den Kragen will. Oder dass die Agentur mit üblen Schurken kooperiert, die es auf mein Geld abgesehen haben.«

»Das Geld, das Sie bei diesem Versicherungsunternehmen verdienen? Und von diesem Gehalt können Sie sich eine Bodensee-Villa mieten, in der Sie mit einer Escort-Dame, die 3.000 Euro aufruft, ein Wochenende verbringen?« Säger schnaubte seinen Unglauben in den Raum. »Sie müssen zugeben, Herr Nadler, Drescher, oder wie Sie auch heißen, da kann was nicht stimmen.«

»Ich habe geerbt«, erwiderte Nadler schwach. »Eine Tante hat mir ihr Vermögen vermacht. Und damit kann ich tun und lassen, was ich will. Ich verstehe auch gar nicht, was meine Vermögensverhältnisse mit dem Brand und vor allem mit dem furchtbaren Tod von Lady Kira zu tun haben. Was soll das alles?« Seine Lippen bebten, er rang um Fassung.

Yoselin trat neben das Bett, um dem Befragten direkt in die Augen zu sehen. Wenn er log, dann würde sie das erkennen. Sie stellte fest, dass er die Augenfarbe eines Huskys hatte. Strahlendes Eisblau. Aber in seinem Blick lag so gar nichts Kaltes, eher im Gegenteil, sie erkannte eine tiefe menschliche Wärme darin, die jeglichen Zweifel an der Glaubhaftigkeit seiner Person auszuräumen schien. »Herr Nadler, Sie hatten in der Brandnacht angedeutet, dass es Menschen gibt, die Ihnen Ihren Wohlstand nicht gönnen. Wer sind diese Menschen? Warum sind die so neidisch, dass sie sogar eine Villa abfackeln, die Sie für ein Wochenende anmieten? Ein Gebäude, das Ihnen noch nicht einmal gehört.«

Nadler zuckte die Schultern: »Das weiß ich nicht. Das müssen Sie herausfinden. Und möglichst schnell, bevor denen noch etwas anderes einfällt.«

Nadler zog sich am Haltegriff über seinem Bett in eine sitzende Position.

»Werden Sie bedroht?«

»Ja, zum Teufel. Oder wie würden Sie das nennen, wenn Ihr Auto demoliert wird und Ihr Schiff nach einem Buttersäureanschlag stinkt wie eine öffentliche

Toilette, die schon lange niemand mehr gereinigt hat. Natürlich fühle ich mich bedroht. Aber ich weiß nicht, wer so etwas tut, und ich weiß auch nicht, warum.«

Yoselin runzelte die Stirn. »Es ist also nicht der erste Anschlag auf Sie oder Ihr Eigentum. Haben Sie die anderen Fälle zur Anzeige gebracht?«

Nadler funkelte Yoselin zornig an. Nun bekamen die Husky-Augen den harten Glanz von Stahl, die Wärme war aus seinem Blick gewichen.

»Natürlich. Was denken Sie denn? Ohne Anzeige bezahlt keine Versicherung. Aber Ihre Kollegen haben nicht das Geringste herausgefunden, sie haben keine Spur zu dem oder den Tätern. Wahrscheinlich interessieren sie sich noch nicht einmal dafür, wenn so etwas passiert. Ist ja schließlich nur ein Sachschaden.«

»Wir werden das prüfen«, raunte Säger und machte sich eine Notiz.

»Haben Sie in der Tatnacht irgendjemanden in der Nähe der Villa gesehen? Jemanden, der nicht unbedingt in diese Gegend passt?«

Nadler lachte schrill. »Waren Sie mal tagsüber in Nußdorf? Wissen Sie, wie viele E-Biker an diesem Haus täglich vorbeikommen? Hunderte. Keiner von diesen in Wurstpellen steckenden Pseudo-Radlern passt in diese Gegend. Jeder von ihnen hätte die Möglichkeit, das Grundstück auszukundschaften und es in der Nacht ungesehen zu betreten.«

Yoselin legte die Stirn in Falten, wie immer, wenn sie nachdachte.

»Wer wusste denn, dass Sie das Wochenende in der

Villa verbringen wollten? Haben Sie das irgendjemandem erzählt?«

Nadler schüttelte den Kopf. »Nur Lady Kira und ich wussten davon. Und wahrscheinlich hat sie in der Agentur Bescheid gesagt. Es gibt offenbar so eine Art Schutzmannschaft, die ausrückt, falls eine Dame sich nicht regelmäßig meldet. Aber sonst wusste niemand davon.«

»In der Agentur war nur bekannt, dass Lady Kira am Sonntag von Ihnen gebucht war. Wie erklären Sie sich das?«

Nadler runzelte die Stirn. »Keine Ahnung. Kann sein, dass ich mit ihr erst nur den Sonntag vereinbart und dann verlängert habe. Ich erinnere mich nicht genau. Was spielt denn das für eine Rolle?«

»Das werden wir herausfinden. Könnte es denn sein, dass Ihr Smartphone gehackt wurde und der Täter so erfahren hat, wo sie sich aufhalten?«, warf Säger ein.

»Ich habe kein Smartphone.« Nadler deutete auf das kleine Telefon, das auf dem Beistelltisch lag. »Viel zu kompliziert, zu kleine Tasten. Wenn ich im Internet etwas zu erledigen habe, benutze ich den Computer. Ansonsten reicht mir dieses kleine Ding da. Und das schalte ich am Wochenende meistens aus. Ich will meine Ruhe haben. Außerdem rufen mich eh nicht viele Menschen an.«

»Außer Ihrer Mutter.«

Nadler errötete. »Außer meiner Mutter. Stimmt.«

»Und es hat auch niemand eine Geldforderung gestellt? Ich meine, welchen Sinn macht es, um Sie herum ohne Grund eine Spur der Verwüstung zu legen? Wer profitiert davon?«

»Es gab weder eine Nachricht noch eine Forderung. Ich weiß nicht, was das soll und was mich noch erwartet«, erwiderte Nadler und ließ sich zurück in die Kissen sinken.

Yoselin zog eine Visitenkarte aus ihrer Jackentasche und reichte sie ihm.

»Für den Fall, dass Ihnen noch etwas einfällt. Und sollte sich jemand bei Ihnen melden, der Sie bedroht oder erpresst, dann melden Sie sich bitte bei uns«, sagte sie.

Nadler blickte auf den kleinen Karton in seiner Hand und nickte.

Yoselin gab ihrem Kollegen ein Zeichen, dass sie die Befragung für beendet hielt. Säger steckte sein Notizbuch ein und folgte der Hauptkommissarin zur Tür.

»Ich sage Ihnen was, mit diesem Herrn stimmt etwas nicht«, raunte Yoselin ihrem Kollegen zu, nachdem sie das Krankenhaus verlassen hatten. »Ein falscher Name. Sein unerklärliches Vermögen, das er für ein Wochenende mit einer Prostituierten ausgibt, anstatt sich ein vernünftiges Smartphone zu kaufen. Mit diesem kleinen Ding telefoniert nicht mal mehr meine Großmutter.«

Säger hielt den Blick starr auf den Boden gerichtet, den Rücken leicht gebeugt, die Arme hinter dem Rücken verschränkt, sodass er wie ein Fischreiher mit angelegten Flügeln aussah.

»Was ist? Woran denken Sie?«, bohrte Yoselin Blaich nach.

Säger sah kurz vom Boden auf. »Ich kann mich täuschen. Aber soviel ich weiß, werden mit Telefonen dieser Art dunkle Geschäfte geführt.«

»Wie jetzt? Das verstehe ich nicht.«

»Die Teile sind günstig und können im Bedarfsfall, zum Beispiel bei einer Razzia oder einer Personenkontrolle, schnell entsorgt werden. Der Verlust ist gering. Meistens haben die entsprechenden Personen mehrere dieser Geräte, sodass es keine Rolle spielt, wenn eines fehlt.«

»Sie halten Nadler für einen Drogendealer? Ist das die Erklärung für sein ausschweifendes Leben oder sein Vermögen?«

Säger schüttelte den Kopf. »Er ist nicht der Typ für Drogengeschäfte, aber das muss ja nichts heißen. Es gibt sicher noch andere Betätigungsfelder, bei denen Telefone dieser Art von Vorteil sind. Auf jeden Fall scheint er ein sehr vorsichtiger Mensch zu sein, der seine Identität streng hütet. Dafür gibt es mit großer Wahrscheinlichkeit einen Grund.«

Yoselin nickte. »Den er uns verheimlicht.«

Sie zog ihr Smartphone hervor, wischte auf dem Display herum und hielt es sich an ihr Ohr. »Konietzny? Ja, überprüfen Sie doch mal, ob Sie irgendetwas über einen Morten Nadler und einen Boris Drescher herausfinden. Wohnort, Beruf, Familienstand, eventuelle Vorstrafen – eben alles, was der PC so hergibt. Es müssen auch zwei Anzeigen wegen Sachbeschädigung vorliegen, die unter diesen Namen aufgegeben wurden ... Nein, nicht gegen Nadler oder Drescher, von Nadler oder

Drescher. Gegen Unbekannt ... Herrgott, wenn i wüsst, gegen wen die Anzeige aufgeba worda sen, dann dät i net ›Unbekannt‹ saga. Leg des älles auf mein' Tisch.« Yoselin legte auf.

Säger grinste.

»Was isch? Der Typ isch manchmol derartig schwer von Kappé.«

»Sie haben es wieder getan. Sie reden Schwäbisch, wenn Sie sich aufregen. Das ist echt seltsam, um nicht zu sagen furchteinflößend.«

Yoselin fühlte, wie ihr das Blut zu Kopf stieg. Diese Angewohnheit hatte sie zwar inzwischen besser im Griff als früher, aber sie brach immer wieder durch. Sie atmete aus, wartete, bis ihr Puls im normalen Bereich angekommen war. »Was soll ich machen? Bin eben ein Kind von hier. Das darf man auch hören.«

»Klar. Aber seltsam ist es schon«, gab Säger zurück und ging zum Wagen.

»Seltsam. Das sagt ja der Richtige«, maulte Yoselin und trottete ihm hinterher.

Die Vermessung seiner Welt ergab 14 Schritte. Drei nach vorn, vier nach links, nochmals drei nach hinten, noch mal vier nach links. Wie ein unruhiges Tier im Käfig schritt er den Raum ab. Unablässig. Er hätte gern jemanden angerufen, mit jemandem gesprochen, aber es waren ihm nicht die richtigen Personen eingefallen. Den Jungs von früher hatte er den Rücken gekehrt. Aggressive Schwachköpfe waren das, Mitläufer, die bedenkenlos alles nachplapperten, was ihre vermeintlichen Anführer in den asozialen Medien herausposaunten. Die Feindbilder waren klar definiert: Ausländer, Flüchtlinge, Juden und natürlich alle sogenannten »bürgerlichen« Parteien. Früher hatte er die Nähe zu diesen Leuten gesucht. Weil sie anders dachten, weil sie anders lebten, sich nicht unterdrücken ließen. Er hatte ihnen geglaubt, wenn sie von den Weltverschwörungen sprachen, die nur ein Ziel hatten: die Kontrolle von Macht. Halte alle klein, versorge sie mit vorgefertigten Meinungen, manipuliere die Medien und fertig ist die Schlafschaf-Gesellschaft, die ohne Fragen alles mitmacht, was die Regierenden in die Wege leiten.

Vor gefühlt tausend Jahren war das gewesen. Um dazuzugehören, um Anerkennung zu erfahren, um zu zeigen, dass er es draufhatte, hatte er sich ihnen angeschlossen. Er kannte sich schon damals mit Waffen aus, hatte viel darüber gelesen, ohne je eine Pistole oder ein Gewehr, geschweige denn eine Bazooka in der Hand gehabt zu haben. Bei den Jungs hatte er die Gelegenheit bekommen, mit einer Walther PPK im Wald herumzuballern, später hatte er ein älteres Modell auf dem Dachboden seiner Eltern gefunden. Möglich, dass sie seinem Großvater gehört hatte, der bei der Wehrmacht Offizier gewesen war. Sie funktionierte. Es war ein gutes Gefühl, sie zu besitzen.

Er blieb vor einem Bild von ihr stehen. Es zeigte sie in einem bunten Sommerkleid, inmitten eines Sonnenblumenfeldes. Sie lächelte den Betrachter an, so als wollte sie ihn auffordern, sich mit ihr einen Weg durch die goldgelben Blüten zu bahnen. Scheu und doch verführerisch. Der Gedanke an sie versetzte ihm einen Stich in der Herzgegend. Mit ihr hätte er jetzt gern gesprochen. Er hätte sie gern gefragt, was zu tun sei. Sie hätte eine gute, die richtige Antwort gewusst. Sie hätte ihn mit ihren gütigen Augen angeblickt, hätte ihm eine Hand an die Wange gelegt und sanft genickt. Ist gut jetzt. Oder: Es wird alles gut. Oder: Geh deinen Weg.

Der Weg war das Problem. Er kannte ihn nicht und er konnte sie nicht danach fragen. Nicht mehr. Also musste er selbst die Richtung bestimmen. Die ersten Schritte waren kinderleicht gewesen. Ein Anruf im St. Elisabethen-Klinikum ergab, dass Nadler am nächsten Tag das Krankenhaus verlassen konnte. Er war mit dem Schrecken davongekommen, doch das reichte nicht aus. Er hatte es ihr versprochen. Und sich selbst. Nadler durfte nicht mehr zur Ruhe kommen. Oder eben doch: zur letzten Ruhe.

Yoselin Blaich und ihr Kollege Säger hatten Rainer Salzmann nicht zu Hause angetroffen. Eine Nachbarin hatte den Tipp gegeben, dass er sich des Öfteren in der Autowerkstatt eines Bekannten aufhalte, wo er kleinere Aufträge übernehme. Die Dame war offensichtlich nicht gut auf die Salzmanns zu sprechen, berichtete im Flüsterton von häufigen, lautstarken Auseinandersetzungen und äußerte den Verdacht, dass es mitunter zu Handgreiflichkeiten gekommen sei. Claudia Salzmann habe an manchen Tagen eine Sonnenbrille getragen, obwohl das Wetter dies nicht erfordert hätte.

»I glaub aber au, die war a klois Luder. Die hot nix abrenna lassa. Wie die manchmol azoga war. Awa, azoga isch koin Begriff, die war mehr auszoga als azoga, faschd a bissle anzüglich … Aber i sag besser nix, dann komm i in nix nei«, lautete der Kommentar der Nachbarin, bevor sie den Polizisten den Weg zur Werkstatt wies und die Tür schloss.

»Ist das nicht verwunderlich, dass Salzmann einen Tag nach dem Tod seiner Frau bereits wieder arbeitet?«, fragte Norman Säger seine Kollegin, als sie vor dem Gebäude in der Raiffeisenstraße anhielten.

Yoselin nickte: »Trauer sieht definitiv anders aus. Aber vielleicht will Salzmann in dieser Situation nicht allein sein? Oder sich bei seinem Freund alles von der Seele reden? Wir werden es sicher gleich erfahren.«

Sie überquerten den Hof und steuerten direkt auf die Montagehalle zu, in deren Mitte drei Männer in blauen Overalls in den Motorraum eines Oldtimers starrten. Links von ihnen stand ein Fahrzeug, dessen komplette Front fehlte, daneben lagen diverse Autoteile. Es sah so aus, als hätte ein Spieler sein Puzzle vorzeitig verlassen.

»Ah, sieh an. Ein Alfa Romeo Giulia«, bemerkte Säger und wies auf den Wagen, der im Interesse der Monteure stand. »Tolles Auto. So ein Modell fuhr ein Onkel von mir. Und wenn ich das nötige Kleingeld hätte, würde ich auch gern so ein Fahrzeug kaufen. Vielleicht nicht in diesem knalligen Rot, eher gediegener. Beige zum Beispiel.«

Yoselin runzelte die Stirn, erwiderte aber nichts. Ihr Kollege schaffte es immer wieder, sie zu überraschen.

Sie hätte ihm keinerlei Leidenschaft für irgendwen oder irgendetwas zugetraut. Und nun kamen gleich zwei Herzensangelegenheiten zutage. Erst das Swing-Tanzen und nun auch noch ein Faible für Autos. Sie zückte ihren Ausweis und näherte sich den Mechanikern.

»Guten Tag, die Herren. Mein Name ist Yoselin Blaich, das ist mein Kollege Säger. Wir sind von der Kripo Ravensburg. Wer von Ihnen ist Rainer Salzmann?«

Die zwei Männer rechts und links des Fahrzeugs sahen den Typen in der Mitte an. Der zeigte erst keine Regung, blickte sich dann unsicher um und rannte unvermittelt los, direkt in die Lücke zwischen Yoselin und ihrem Kollegen. Geistesgegenwärtig schob Säger einen Rollwagen, der neben ihm stand, dem Flüchtenden entgegen, was diesen zu Fall brachte.

»Au, voll auf die Fresse. Ich glaube, das hat wehgetan«, sagte einer der Mechaniker. Salzmanns Stöhnen gab ihm recht.

Säger kniete neben dem Gestürzten und drehte ihm die Hände auf den Rücken, um ihm Handschellen anzulegen. »Reine Vorsorge. Es ist nur zu Ihrer und unserer Sicherheit«, knarzte er.

»Da hat aber jemand ein schlechtes Gewissen«, ergänzte Yoselin. Gemeinsam mit ihrem Kollegen zog sie Salzmann in die Vertikale und sah ihn fragend an. Eine stattliche Alkoholfahne wehte sie an, die er mit jedem Atemzug mehr zum Flattern brachte.

»Das ist doch eine riesengroße Scheiße«, lallte Salzmann. »Was wollt ihr von mir? Reicht es euch nicht, dass meine Claudi tot ist? Ich hab sie doch geliebt.«

Ein Zittern durchlief seinen aus der Form geratenen Körper, seine Mundwinkel zuckten und seine Augen füllten sich mit Tränen.

»Wir wollen nur in Ruhe mit Ihnen reden. Mehr nicht. Aber Ihre Reaktion und die Tatsache, dass Sie einen Tag nach dem Tod Ihrer Frau hier sind und nicht zu Hause, ist ein wenig ungewöhnlich. Um nicht zu sagen: abnormal. Das müssen Sie zugeben«, sagte Säger.

»Ich geb gar nix zu, ihr Arschlöcher«, brüllte Salzmann. »Ich hab nix gemacht. Und meine Claudi ist tot. Dabei hab ich immer zu ihr gesagt, sie soll mit dem Job aufhören. Der ist gefährlich. Und weil ich das nicht aushalte, wenn andere Männer ihre Schwänze …«

Yoselin machte eine abwehrende Handgeste. »Herr Salzmann, mein Kollege Säger und ich verfügen über genug Vorstellungskraft, um uns auszumalen, was der Beruf Ihrer Gattin mit sich brachte. Die Frage ist, warum wollen Sie mit uns nicht vernünftig reden? Warum versuchen Sie abzuhauen, anstatt uns zu helfen, den Brandstifter und damit den Mörder Ihrer Frau zu finden?«

Salzmanns Miene erstarrte. »Ich sage überhaupt nichts mehr. Ihr wollt mich fertigmachen, nur weil ich ihr mal eine reingehauen habe. Nur ein einziges Mal. Sie hat mich provoziert. Hat mich einen Versager genannt. Der nichts auf die Kette bekommt. Und was macht sie? Sie fickt fremde Typen gegen Geld. Da bin ich ausgerastet.«

In seinen Mundwinkeln hatten sich Speichelfäden gebildet, die sich in seinem ungepflegten Bart verfingen. Er roch, als hätte er tagelang nicht geduscht, er dünstete eine Mischung aus scharfem Schweiß, Schnaps und Motoröl aus. Und dennoch erkannte Yoselin, dass in dieser ungepflegten Schale ein attraktiver Mann steckte, der es sich jedoch nicht gestattete, in Erscheinung zu treten.

»Sie rasten ziemlich häufig aus, haben wir gehört.«

Yoselin bemerkte, dass Salzmann in einer emotionalen Verfassung war, in der er sich nur durch gezielte Provokation zu helfen wusste. Er war nicht der Typ, der bluffen konnte. Beim Pokerspiel wäre er derjenige, der als Erster die Runde verlassen musste.

Er lief rot an, versuchte, sich aus Sägers Griff zu lösen. »Die Schulze, die alte Hackfresse, hat gequatscht, stimmt's? Der haue ich auch irgendwann eine auf ihr vorlautes Maul. Euch allen. Und dir zuerst.«

Er spuckte vor Yoselin aus.

»Gut, das reicht. Sie kommen jetzt mit aufs Revier. Und dann werden wir uns in aller Ruhe unterhalten«, erwiderte Yoselin. »Und glauben Sie mir: Es gibt Menschen, denen würde ich auch gerne eine reinhauen. Sie sind jetzt schon ganz weit oben auf meiner Liste.«

FORTSETZUNG

Von: Giacomo2023
An: Rubens Muse
Betreff: Unfassbares ist geschehen

Heidrun, Geliebte,

mein Schmerz ist so groß, dass ich ihn kaum in Worte fassen kann. Das Schicksal, oder das Universum, wie du es nennst, will uns nicht zueinanderkommen lassen. Wieder einmal werden uns Steine in den Weg gelegt, um die so innigst ersehnte Begegnung zu verhindern.

Etwas Schreckliches ist geschehen, unfassbar und niederträchtig. Es raubt mir den Atem, wenn ich daran denke, das Blut pocht in meinen Schläfen, mein Magen rebelliert.

Ich war auf dem Weg vom Konsulat in mein Apartment. Mein Fahrer hatte seinen freien Abend, sodass ich selbst am Steuer meiner Limousine saß. Ich fahre nicht gern Auto in São Paulo, niemand hält sich an die Verkehrsregeln beziehungsweise jeder legt sie so aus, wie er oder sie es für richtig hält. Jeder pocht auf sein Recht, und Verstöße werden so gut wie nicht geahndet. Hier ist deine gesamte Konzentration gefragt, die kleinste Unachtsamkeit kann dein Leben kosten.

Es liegt wahrscheinlich an meiner Erziehung und dem ausgeprägten Gerechtigkeitssinn, dass ich mich an Regeln halte. Was mir zum Verhängnis wurde. Ich hielt vorschriftsgemäß an einer roten Ampel an und es ist meiner seit Tagen währenden Übermüdung zuzuschreiben, dass ich nicht aufmerksam genug war, den Mann zu bemerken, der sich von der Seite an mein Auto angeschlichen hatte. Er riss die Beifahrertür auf, hielt mir eine Pistole an den Kopf, ließ sich auf den Sitz fallen und befahl loszufahren. Ich war zu perplex, um zu reagieren. Was hätte ich auch tun sollen? Von Überfällen wie diesen hatte ich schon gelesen, sie sind nicht selten in Brasilien, aber dass mir so etwas einmal passieren konnte, hielt ich für ausgeschlossen. Ich fragte, was er von mir wolle, bot ihm Geld an, doch er bellte nur den Befehl, dass ich zu meinem Apartment fahren solle. Er boxte mir in die Seite, um seiner Forderung Nachdruck zu verleihen, so stark, dass ich fast keine Luft mehr bekam. Ich hatte Todesangst. Natürlich hätte ich den Wagen irgendwohin steuern können, vielleicht sogar in die Nähe einer Polizeistation, aber mit einer Pistole am Kopf fällt es schwer, geistesgegenwärtig zu handeln.

In meiner Wohnung angekommen schlug er mich bewusstlos. Als ich wieder aufwachte, lag ich gefesselt und geknebelt in meinem Schlafzimmer. Eine Reinigungskraft hat mich so entdeckt und befreit. Du kannst dir nicht vorstellen, wie herabwürdigend das war. Und damit nicht genug: Der Täter hat wirklich alles mitgenommen, was er fassen konnte. Geld, Wertsachen, meine Papiere, einfach alles. Die Polizei machte mir wenig Hoffnung, den Unmenschen zu ermitteln. Zu oft kämen solche Fälle vor, sie sagten, ich könne froh sein, dass ich noch am Leben sei.

Ich schreibe dir aus einem Internetcafé, denn natürlich hat dieser Bandit auch meinen Computer mitgenommen. Ich benötige dringend Hilfe und ich weiß nicht, an wen ich mich sonst wenden könnte. Ich hatte dir ja geschrieben, dass meine Familie nicht gut auf mich zu sprechen ist, weil ich mich geweigert habe, den Betrieb des Vaters weiterzuführen. Von meiner Sippschaft wird mir niemand helfen, so viel ist klar. Mehr noch, sie würden mich verspotten, weil mir so etwas widerfahren ist. Sie sind schuld, dass ich drauf und dran war, den Glauben an das Gute im Menschen zu verlieren.

Du, liebe Heidrun, hast mir geholfen, diesen Glauben wiederzufinden. Durch deine Offenheit, dein Vertrauen, deine Zuneigung, nein, ich nenne es Liebe, die in jeder deiner Zeilen steckt. Wie sehr hatte ich mich darauf gefreut, dich schon bald in die Arme zu schließen und deine Nähe, deinen Körper zu spüren. Und nun scheint dieses Glück wieder in die Ferne gerückt. Das macht mich sehr traurig, Geliebte, du kannst dir nicht vorstellen, wie sehr.

Denn: Um nach Deutschland zurückzukehren, brauche ich Geld, aber ohne meine Unterlagen komme ich an meine Konten nicht heran. Allein für die Umzugskosten, die der Spediteur aufruft, werden noch diese

Woche 20.000 Euro fällig und ich weiß nicht, wie ich die bezahlen soll.

Leider sind brasilianische Behörden nicht so zuverlässig wie die deutschen und allein die Ausstellung eines Passes kann Wochen dauern. Schneller geht es, wenn man seinem Gesuch nach neuen Unterlagen ein wenig nachhilft. Und ein paar Scheine in die Unterlagen schmuggelt. Es ist eine korrupte, schlechte Welt, die ich mir als Exil erwählt habe, und ich kann es nicht abwarten, von hier wegzukommen. Ich bitte dich, Heidrun, mein Augenstern, mein Sehnsuchtsmensch, hilf mir. Ich trau mich kaum, die Frage zu stellen. Ich schäme mich, es ist mir unendlich peinlich, aber könntest du mir kurzfristig 30.000 Euro leihen? Du bekommst das Geld sofort zurück, wenn ich Zugang zu meinen Konten erhalte, mit Zins und Zinseszins. Ich gebe dir mein Ehrenwort, ich schwöre bei allem, was mir heilig ist.

Ich weiß, diese Bitte ist fast so ungeheuerlich wie das, was mir angetan wurde. Eine harte Probe, auf die unsere noch junge Liebe gestellt wird. Und natürlich kann ich verstehen, wenn dir dieses Pfand zu hoch ist. Aber ich verspreche dir, ich werde jeden Cent millionenfach in Küsse und Liebkosungen verwandeln. Jeden Wunsch werde ich dir von den schönen Augen ablesen, wenn wir erst vereint sind.

Bitte, du Schöne, hilf mir. Nur dieses eine Mal. Du kannst das Geld an mein Konto bei Western Union überweisen, das ich extra für diesen Zweck eingerichtet habe. Die Bankverbindung teile ich dir mit, wenn du bereit wärst, diese Großtat für mich zu erbringen.

Ich liebe dich von Herzen und bin erfüllt von der Sehnsucht, dich lieben zu dürfen, für den Rest meines Lebens.

Ich sende dir tausend Küsse,

Dein Giacomo

Hauptkommissarin Blaich und ihr Kollege Säger saßen schon im Verhörraum, als Rainer Salzmann von einem Polizeibeamten in Handschellen hereingeführt wurde. Offenbar zeigte der Alkoholkonsum nun seine andere Seite, der Mittvierziger sah mitgenommener aus als vor ein paar Stunden. Sein Hemd hing aus der Hose, die Haare waren zerzaust und der Blick war dezent trübe.

Yoselin wies den Schutzbeamten an, Salzmann von den Handschellen zu befreien. Er streckte die Arme aus und massierte sich die Handgelenke.

»Und? Haben Sie sich wieder ein bisschen beruhigt? Können wir nun normal mit Ihnen reden?«, eröffnete die Hauptkommissarin das Gespräch.

Salzmann fuhr sich mit einer Hand durch die wirre Frisur und knurrte.

»Ich deute das mal als ein Ja«, sagte Yoselin an Säger gewandt. »Also, wollen Sie uns irgendetwas erzählen, Herr Salzmann? Zum Beispiel, warum Sie es gestern so eilig hatten, als wir nach Ihnen gefragt haben. Haben Sie ein schlechtes Gewissen?«

Salzmann ließ sich gegen die Lehne des Stuhls fallen, verschränkte die Arme vor der Brust. »Ich weiß doch, wie das bei euch läuft. Wenn Ihr einen Verdacht habt, dann ist man schneller im Knast, als man ›unschuldig‹ sagen kann.«

»Sind Sie denn unschuldig?«

Salzmann schwieg. Yoselin sah ihm an, dass es in seinem Hirn arbeitete.

Säger beugte sich über den Tisch. »Herr Salzmann, die Hauptkommissarin hat Sie was gefragt. Liegt es an den Ohren oder an dem vermeintlichen Vakuum dazwischen, dass Sie nicht antworten?«

»Ich habe nichts mit dem Feuer zu tun«, murmelte Salzmann. »Gut, ich habe es gehasst, wenn Claudia wieder einmal mit einem Mann ein Wochenende lang weg war. Und ich habe sie mehrfach angefleht, den Job sausen zu lassen. Wissen Sie, wie sich das anfühlt, wenn man zu Hause sitzt und genau weiß, dass die eigene Frau mit einem anderen Mann Sex hat? Beschissen fühlt sich das an, absolut beschissen.«

Er atmete rasselnd, seine Nüstern blähten sich.

»Ja, das kann ich mir vorstellen. Da wird man schon mal wütend und hat Rachegedanken, oder? Und es kommt sicher auch mal vor, dass einem die Hand ausrutscht.«

Salzmanns Körper schoss nach vorn, seine Brust prallte gegen die Tischkante, als wollte er sich auf Säger stürzen, doch er blieb sitzen und blinzelte den Hauptkommissar wütend an.

»Ich habe sie nur einmal geschlagen! Das habe ich doch schon gesagt. Okay, in letzter Zeit haben wir uns oft gestritten. Und es flog auch mal eine Tasse, aber ich habe sie nie wieder hart angefasst.«

»Ihre Nachbarin sagt aber etwas ganz anderes«, erwiderte Yoselin. »Ihre Frau hat sich wohl öfters nur mit Sonnenbrille aus dem Haus getraut. Womöglich, um Blessuren zu verbergen.«

Salzmann lachte verächtlich. »Kann aber auch sein, dass der Beruf einer Hure das mit sich bringt. Sie wollte unerkannt bleiben. Gar nicht so leicht in einem Kaff wie Ravensburg. Da spricht sich das rum, wenn eine für Geld die Beine breit macht.«

Salzmann schwitzte und fuhr sich mit dem Ärmel seines Hemdes über die Stirn. »Kann ich ein Glas Wasser haben?«, fragte er.

»Später. Ich habe den Eindruck, dass Sie über den Tod Ihrer Frau nicht richtig traurig sind. Sie wirken so gefasst. Oder ist das jetzt die gerechte Strafe, weil sie nicht mit der Prostitution aufgehört hat?«

Salzmann erhob sich blitzschnell von seinem Stuhl und raste auf Yoselin zu. Mit einer geschickten Drehung ließ sie den Angreifer ins Leere laufen, gab ihm einen heftigen Stoß in den Rücken, sodass er frontal gegen die Wand prallte. Er stöhnte, griff sich an die Nase, aus der Blut troff. Säger drehte Salzmann die Hände auf den Rücken und fixierte sie.

»Immer ein bisschen drüber in der Reaktion. Das spricht nicht für Sie, Herr Salzmann«, sagte Yoselin, während sie mit einem Taschentuch versuchte, die Blutung seiner Nase zu stillen. »Wo waren Sie vorgestern Nacht zwischen 22 und 23 Uhr?«

»Zu Hause. Hab mich besoffen!«

»Kann das jemand bezeugen?«

»Ja, Jack Daniel's.«

Yoselin drückte ihm das Tuch stärker gegen die Nase, als es notwendig gewesen wäre, Salzmann schrie auf.

»Sie können ja sogar witzig sein. Schade nur, dass hier keiner lacht. Sie waren also allein zur Tatzeit?«

Salzmann nickte. »Ja, verdammt noch mal. Ich hatte einen Durchhänger, da kann ich niemanden um mich herum brauchen. Außerdem hatte ich gehofft, dass Claudia früher zurückkommt. Weil sie die Nase voll hat von dem feinen Pinkel.«

»Kennen Sie den feinen Pinkel?«

Salzmann schüttelte stumm den Kopf. Es war die Reaktion eines trotzigen Kindes, zusammengekniffene Lippen, Zornesfalte auf der Stirn, gesenkter Blick. Die Blutungsstiller aus Papier in seinen Nasenlöchern verstärkten den Eindruck der Infantilität. Yoselin sah ihm tief in die Augen. »Den Namen Boris Drescher haben Sie noch nie gehört?«

Kopfschütteln.

»Und wie ist es mit Morten Nadler?«

»Nee, kenn ich nicht. Wer sind diese Typen?«

»Drescher und Nadler sind ein und dieselbe Person. Ein offensichtlich sehr wohlhabender Mann, der Ihre Frau oft gebucht hat. Einige Male auch für das ganze Wochenende. Hat sie diese Namen nie erwähnt?«

Salzmann ging zu seinem Platz zurück, ließ sich auf den Stuhl sinken und verbarg das Gesicht in den Händen. Eine Weile saß er so da, dann nahm er die Hände weg. Sein Blick war wässrig. »Ich wollte die Namen dieser Scheißkerle nicht wissen. Und auch nicht, was die von Claudia verlangten. Mir genügte meine eigene Vorstellung, was die mit ihr anstellen. Und ob Sie es glauben oder nicht: Es tat mir weh zu wissen, dass Claudia mit diesen Typen Sex machte.«

Salzmann stand auf, ging langsam auf und ab, bis ihn Säger wieder zu seinem Stuhl geleitete, was er widerstandslos geschehen ließ.

»Ich habe versucht, mich mit dem Gedanken zu arrangieren, dass es nur ein Übergang ist, bis ich wieder eine Stelle habe. Hundertmal habe ich mir das eingeredet. Ich habe auch alles versucht, eine Zeit lang habe ich als Pizzakurier gearbeitet, dann wieder als Lagerarbeiter. Aber wissen Sie was? Ich glaube, ihr hat der Job sogar Spaß gemacht. Die hätte gar nicht aufgehört, selbst wenn ich im Lotto eine Million gewonnen hätte.«

»Und da wurden Sie einmal so wütend, dass Sie ihr zu einem Treffen gefolgt sind. Was wollten Sie denn dort?«

Salzmann sah Säger verdutzt an. Er zog eine Grimasse.

»Was wollten Sie denn dort?«, äffte er den Hauptkommissar nach. »Was wohl? Mit ihr reden. Ihr sagen, dass sie nach Hause kommen soll. Dass ich jeden Job annehme, damit sie sich nicht von anderen ficken lassen muss. Aber sie hörte mir gar nicht zu, und der Typ, der mit ihr zusammen war, hat mich dumm angemacht. Ich solle verschwinden, er habe für meine Frau bezahlt, sie gehöre ihm für die nächsten vier Stunden. Da bin ich ausgerastet, und wenn dieser Privatbulle nicht gekommen wäre, dann …«

»Was dann?«

»Keine Ahnung!« Salzmann wischte sich mit einer Hand über die Augen. Yoselin bemerkte sein Gefühlschaos aus Anspannung, Verzweiflung und Wut, in das sich nun auch Trauer mischte. Er tat ihr ein bisschen leid.

»Und das war das einzige Mal, dass Sie ihr hinterhergefahren sind?«, hakte Säger nach.

Salzmann verschränkte die Arme vor der Brust.

»Sie sind ihr also öfter gefolgt?«

»Zwei, drei Mal«, platzte aus ihm heraus. »Weil ich wissen wollte, was das für Typen sind, mit denen sie sich trifft. Da ist mir halt dieser feine Pinkel aufgefallen, mit diesem Cabrio. Der war mehr als einmal mit ihr unterwegs. Vielleicht war es dieser … Wie hieß der doch gleich?«

»Nadler. Aber wahrscheinlich kannte ihn Ihre Frau nur unter dem Namen Drescher.«

»Egal. Sie saß neben ihm und ich habe ihr angesehen, dass sie es genossen hat, von ihm herumkutschiert zu werden. Klar, das kannte sie ja von mir nicht. Die Kohle für so ein Auto hab ich nicht. Und auch für nichts anderes, was eine Frau sich so wünscht. Sie hat einen Arm um seine Schultern gelegt, ihn angehimmelt und gestrahlt. Ich habe sie lange nicht mehr so glücklich gesehen.«

Salzmanns Mundwinkel zuckten, es war eine Frage der Zeit, bis Tränen fließen würden.

»Und eines Abends gehe ich durch die Stadt und sehe diese Angeber-Karre vor dem Hotel Residenz in der Herrenstraße stehen. Und ich bin ja nicht blöd. Da wusste ich natürlich, was Sache war.«

Yoselin setzte sich ihm gegenüber. »Sie haben vermutet, dass Ihre Frau mit dem feinen Pinkel im Hotel ist. Und was passierte dann?«

»Ich hatte ein bisschen was getrunken, war also nicht mehr so klar im Kopf. Und da ich diesem Typen nicht beikam, musste halt sein Auto dran glauben.«

»Ach, Sie waren das!«, riefen Blaich und Säger gleichzeitig.

»Sie haben die Reifen zerstochen und die Seiten zerkratzt«, präzisierte Yoselin.

Salzmann sah die beiden verdutzt an. »Ja, okay. Das gebe ich zu. Aber mit dem Feuer in dieser Villa hab ich nichts zu tun. Ich hatte doch keine Ahnung, wo Claudia an dem Wochenende war.« Er schluchzte.

»Und wie ist das mit dem Buttersäureanschlag auf Dreschers Boot? Geht das auch auf Ihre Kappe?«

Rotz lief aus Salzmanns Nase, er wischte ihn mit dem Ärmel ab.

»Was? Nein! Ich weiß nix von einem Boot!«

Säger trat hinter Salzmann, beugte sich vor, ganz nah an dessen Ohr.

»Angenommen, wir würden bei Ihnen eine Hausdurchsuchung machen: Würden wir Bügelflaschen und Benzin finden?«

»Wie? Nein, das heißt, ja, also kann schon sein. Mein Lieblingsbier gibt es nur in Bügelflaschen und einen Ersatzkanister Benzin habe ich immer im Auto. Den betanke ich immer dann, wenn die Spritpreise fallen. Aber was beweist das denn? Hat doch jeder, oder nicht? Das ist doch ganz normal.«

»Okay, Herr Salzmann, für Sie ist jetzt der Zeitpunkt gekommen, einen Anwalt anzurufen. Wir müssen Sie leider dabehalten. Sie stehen im Verdacht, das Feuer in Nußdorf gelegt und den Tod Ihrer Frau damit billigend in Kauf genommen zu haben.«

Salzmann sackte auf seinem Stuhl in sich zusammen. Säger klopfte gegen die Tür des Verhörraums, der Kollege betrat den Raum, nahm Salzmann in Empfang. Der Verdächtigte ließ sich, ohne Widerstand zu leisten, abführen. Vor der Tür drehte er sich zu Yoselin um. »Bitte, das können Sie nicht machen. Ich fackele doch meine Frau nicht ab. Ich habe die doch geliebt. Ich habe doch gehofft, dass alles gut wird. Warum glauben Sie mir denn nicht?«

Yoselin wartete, bis er außer Sichtweite war. Sie trommelte mit den Fingern einen Takt auf die Tischplatte. »Okay, er hat Nadlers Wagen demoliert. Aber reicht das wirklich aus, um ihm auch so eine große Sache wie Brandstiftung zu unterstellen? Selbst wenn er Nadler und seiner Frau gefolgt ist, musste er doch wissen, dass sie sich in dem Gebäude befindet. Das erscheint mir alles ziemlich dünn. Was meinen Sie?«

Ihr Kollege kratzte sich am Kinn. »Ich bin mir nicht sicher. Er ist ein jähzorniger Schwachkopf, sehr reizbar. Und offensichtlich spricht er auch dem Alkohol zu. Das macht ihn unberechenbar. Wir sollten ihm nochmals auf den Zahn fühlen, solange er unser Gast ist. So eine Nacht in einer Zelle wirkt oft Wunder.«

Er erwachte von seinem eigenen Schluchzen. Er hatte geträumt. Von ihr. Er war bei ihr gewesen, sie hatten getanzt, herumgealbert. Sie hatten sich eine Kissenschlacht mit ihren teuren Designer-Kissen geliefert, Federn waren um sie herum geschwebt, ihr Lachen hatte den Raum gefüllt. Doch irgendwann ging das Lachen in Geheul über, die weißen Federn verfärbten sich dunkelrot. Blutrot. Ihr Bild veränderte sich, wurde unscharf, und plötzlich stand seine Mutter vor ihm, einen toten Vogel anklagend vor sich haltend. Sie sah ihn mit zugekniffenen Augen an. »Sieh an, was du getan hast«, raunte sie. »Geh weg. Du bist ein böser Junge, schlecht und gemein. Ich will dich nie wieder sehen.«

»Wo soll ich denn hin?«, hatte er in jammerndem Tonfall gefragt. »Irgendwo muss er doch sein, mein Platz im Leben.«

Die Mutter hatte gegrinst und eine Reihe verfaulter Zähne war zum Vorschein gekommen. »Du bist unsichtbar, du brauchst keinen Platz im Leben. Du bist das Gegenteil von Materie, nicht einmal ein Moment in der Menschengeschichte, verschwendete Atemluft.«

Hinter der Mutter trat sie hervor und gemeinsam hatten die beiden Frauen weitergesprochen: »Du bist ein Baum ohne Blätter, ein Fluss ohne Wasser, ein Weg ohne Richtung …«

Er hatte sich die Ohren zugehalten, um den grausamen Choral nicht mehr hören zu müssen, doch das monotone Gemurmel ließ sich nicht abstellen. »… du bist das Feld ohne Frucht, das Haus ohne Leben, ein Stern ohne Glanz …«

»Hört auf, hört auf, hört auf!«, hatte er geschrien. Und tatsächlich waren die Stimmen verstummt. Nur noch sein Schluchzen hatte er vernommen. Und davon erwachte er.

Er richtete sich auf und fuhr sich mit einer Hand über das Gesicht. Er spürte, dass seine Wangen feucht waren, er hatte im Schlaf geweint. Er ertastete den Schalter der Nachttischlampe und wurde von dem aufflammenden Schein geblendet. Auf seinem Nachttisch lag ein Stück Papier, beschriftet. Die Härchen auf seinen Unterarmen richteten sich auf. Er hätte schwören können, dass dieser Zettel Stunden zuvor noch nicht dort gelegen hatte. Mit zitternden Fingern faltete er das Papier auseinander. Eine Nachricht. Nur für ihn bestimmt. Er las sie unzählige Male, bevor er die Notiz sinken ließ. »Es ist an der Zeit. Setz ein Zeichen«, lautete die Botschaft. Wenige Worte, deren Bedeutung er allzu gut kannte. Wer auch immer dieses Notat an ihn verfasst hatte, würde sein Zeichen bekommen.

ÜBERRASCHUNGEN

»Hallo, mein Schatz, da bist du ja!«

Heidrun Koester zuckte zusammen, der Wohnungsschlüssel entglitt ihr und schlug klirrend auf dem Steinboden des Hausflurs auf. Sie blickte ihrem feist grinsenden Ehemann ins Gesicht. Noch-Ehemann, um genau zu sein.

»Was willst du? Mich erschrecken?«, fuhr sie ihn an.

Sie schob ihn zur Seite, um den Briefkasten zu öffnen. Rechnungen, Werbung von einem Kosmetikanbieter und ein Mitteilungsblatt einer politischen Vereinigung. Reine Papierverschwendung. Sie stopfte die Post, ohne sie weiter zu beachten, in ihre Handtasche.

Viktor packte sie an der Schulter und drehte sie zu sich herum. »Ich muss mit dir reden«, sagte er. »So geht das nicht weiter.«

Heidrun spürte, wie eine Mischung aus Angst und Wut in ihr hochkochte. Er hatte ihr überhaupt nichts mehr zu sagen, sie gingen seit drei Monaten getrennte Wege. Es war ihr Entschluss gewesen, das gemeinsame Haus in Stuttgarts Höhenlage zu verlassen und eine kleine Wohnung in der Benckendorffstraße im Westen der Stadt zu beziehen. Zu lange hatte ihre Ehe dahingedümpelt, seit die Kinder ausgezogen waren, gab es keine

Gemeinsamkeiten mehr. Früher hatten sie Ausflüge unternommen, hatten Theater und Konzerte besucht, mit befreundeten Familien gefeiert. Doch mit der wachsenden Stille im Haus war ihr bewusst geworden, dass die Kinder der Kitt in ihrer Ehe gewesen waren. Als Eltern hatten sie funktioniert, als Partner nicht. Er kümmerte sich nur noch um die Firma, sie versorgte das Haus und den Garten. Die wenigen Momente der Zweisamkeit verbrachten sie vor dem Fernseher und in Sachen Sexualität herrschte schon seit Jahren Flaute. Mit Ende 50 schienen sie bereits auf dem Weg der Vergreisung zu schreiten, das genügte Heidrun nicht. Als sie ihre Koffer gepackt und ihrem verdutzten Mann eröffnet hatte, dass sie ihn verlassen werde, war es, als sei ihr tonnenschwerer Ballast von den Schultern genommen worden.

Und nun stand dieser Ballast vor ihr, sah sie von oben herab an, mit diesem tadelnden Blick, mit dem er wahrscheinlich auch seine Angestellten ansah, wenn er mit deren Leistung nicht zufrieden war.

»Also? Was gibt es so Dringendes, dass du mich hier überfällst? Hättest du nicht anrufen können?«, fragte sie barsch.

»Müssen wir das hier im Hausflur besprechen? Es muss ja nicht jeder mitbekommen, was wir zu klären haben.«

Was wir zu klären haben. Das war so eine Formulierung, die sie abgrundtief verabscheute. Warum sagte er »wir«, wenn er sich selbst meinte. Sie hatte nichts zu klären.

»Ich habe nicht aufgeräumt«, erwiderte sie, ging die Treppe nach oben in den zweiten Stock. Wie zu erwarten, ließ sich Viktor nicht abhalten, ihr zu folgen. Sie öffnete die Wohnungstür, trat zur Seite, um ihm den Vortritt zu lassen, hängte die Tasche an die Garderobe. Er war vorausgegangen, um ihre neue Bleibe zu inspizieren. Bislang hatte sie sich geweigert, ihn zu empfangen, und hätte er sie nicht durch sein Aufkreuzen überrascht, hätte sich daran nichts geändert.

»So wohnst du also. Wenn ich gewusst hätte, dass du so genügsam bist …«, sagte er. Er schritt die beiden Räume ab, inspizierte das Bad und die Küche. Höchst korrekt, er scannte jeden Winkel, aber er berührte nichts. Heidrun wusste, dass er jedes Detail zur Kenntnis nahm und abspeicherte. So war das wohl, wenn man zu lange in der IT-Branche arbeitete. Das Sammeln von Daten hörte nie auf.

Klar, dass er auch das transparente Negligé entdeckte, dass sie über einen Stuhl im Schlafzimmer gelegt hatte. Giacomo2023 liebte es, wenn sie es trug. Das las sie aus seinen E-Mail-Reaktionen auf ihre Fotos heraus, die sie ihm geschickt hatte. Und sie liebte es auch, sie fühlte sich begehrenswert, sexy, weiblich, wenn sie es trug.

Sie beobachtete ihren Noch-Mann wortlos. Er war immer noch eine attraktive Erscheinung. Groß, schlank, das Haar nicht mehr ganz so voll wie früher, aber auch die zunehmenden Geheimratsecken standen ihm gut. Im Gegensatz zu anderen Männern in seiner Branche kleidete er sich eher bieder. Schwarzer Anzug, weißes Hemd, schwarze Sneakers. Eine Kombination, die er dutzendfach im Schrank hatte. Sein nicht existenter Style war nur ein Teil seiner generellen Fantasielosigkeit, die sich durch fast alle Lebensbereiche zog.

»Bist du fertig mit deinem Rundgang? Dann kannst du mir ja endlich sagen, was du zu sagen hast«, forderte sie ihn auf.

»Ja, natürlich«, erwiderte er leise und schob seine randlose Brille zurecht. »Es geht um unser Konto oder sagen wir besser, um einige Bewegungen darauf. In den letzten Tagen hast du insgesamt 30.000 Euro abgehoben. Ohne dies mit mir abzusprechen. Wozu brauchst du so viel Geld?«

Heidrun errötete, fühlte sich ertappt und peinlich berührt. Sie hätte damit rechnen müssen, dass er es nicht widerspruchslos akzeptierte, wenn sie einen so hohen Betrag abhob.

»Das geht dich nichts an. Ich brauch es eben«, erwiderte sie trotzig. »Ich richte schließlich eine Wohnung ein, das kostet.«

»Ich sehe hier keine Einrichtung, die diesen hohen Betrag rechtfertigt.«

Sie holte tief Luft, ihre Empörung amüsierte ihn.

»Was ist? Glaubst du, ich erkenne Ikea-Möbel nicht? Wenn ich mich hier umsehe, dann kann ich das Knarzen des Inbusschlüssels hören. Also, wofür hast du das Geld benötigt?«

Seine überhebliche Art ärgerte sie. Sie ließ sich auf ihr Sofa fallen, streifte sich die Schuhe von den Füßen, schlug die Beine übereinander.

»Vielleicht kaufe ich ein Auto«, sagte sie schnippisch.

»Du hast keinen Führerschein. Schon vergessen?«

»Dann mache ich den eben noch.«

Sie bemerkte, dass die Unterhaltung in eine ergebnislose Richtung abdriftete. Wie so oft in den letzten Monaten. Er klagte an, sie verteidigte sich. Allerdings hatte sie sonst bessere Argumente. Dieses Mal geriet sie in Erklärungsnot, mit dem wahren Grund für die Abbuchung konnte sie unmöglich herausrücken. Er war ihr unangenehm und er würde sie auch nicht verstehen.

»Erzähl mir keine Märchen«, knurrte er. Er sah sie über den Rand seiner Brille an, mitleidig fast und doch schulmeisterlich. »Du hast doch bislang keinen Führerschein gebraucht und jetzt wohnst du mitten in der Stadt. Die Stadtbahn fährt fast an deiner Haustüre vorbei. Und die Parkplatzsituation ist ja wohl sehr mittelmäßig …«

»Ich weiß nicht, was das soll«, unterbrach sie ihn schrill. »Wir hatten ausgemacht, dass du mich dabei unterstützt, auf eigenen Beinen zu stehen. So lange, bis ich einen Job gefunden habe, was für eine Frau mit Ende 50, die nur wenig Berufserfahrung mitbringt, weil sie es vorzog, bei ihren Kindern zu bleiben, nicht so einfach ist.«

Tatsächlich hatte sie sich noch nicht nach einer Stelle umgesehen. Die gewonnene Freiheit fühlte sich so gut an, dass sie es mit der Suche nach neuen täglichen Pflichten nicht so eilig hatte. Aber auch das musste er nicht wissen. Es ging ihn schlicht und ergreifend nichts an.

»Das ist richtig«, sagte Viktor ruhig. »Ich unterstütze dich, das habe ich dir versprochen. Aber bei einer so großen Summe möchte ich wissen, wofür du mein Geld ausgibst.« Er sah sie scharf an, mit todernster Miene.

Heidrun fühlte sich an ihren Vater erinnert, der eine ähnliche Art hatte, Gespräche zu führen. Immer anklagend, immer Rechenschaft fordernd, ohne Empathie.

»Dein Geld?«, brach es aus ihr heraus. »Wer hat dir denn den Rücken freigehalten, damit du es verdienen kannst? Wer hat die Kinder fast im Alleingang großgezogen? Wer hat in den ganzen Jahren den Haushalt geschmissen mit allem, was dazugehört? Waschen, bügeln, putzen, kochen, den Garten pflegen? Wer hat dafür gesorgt, dass es dir in jeder Beziehung gut ging, auch im Bett? Das war ja wohl ich. Für die ganzen Jahre, die ich für dich geschuftet habe, sind 30.000 Euro ein Hühnerschiss.« Sie stand auf, schob ihn unsanft zur Seite und ging zu einem kleinen Tisch, auf dem eine Karaffe mit einer dunkelbraunen Flüssigkeit stand. Sie brauchte dringend einen Cognac. Sofort.

»Wie oft wollen wir diese Diskussion noch führen?«, sagte er. »Ich kann es nicht mehr hören. Und darum geht es auch nicht. Ich will nicht, dass du innerhalb weniger Tage eine Riesensumme vom Konto abhebst, ohne mich zu fragen. Wenn du das nicht begreifen willst, dann sperre ich deinen Zugang.«

Sie trank das Glas in einem Zug leer, schenkte nochmals nach und schob sich bedrohlich auf ihn zu. »Das wagst du nicht!«, knurrte sie.

Seine Gesichtszüge versteinerten. »Sei dir da nicht so sicher. Ein Anruf genügt.«

Sie wusste, dass er recht hatte. Sein Bankberater und er waren seit Langem Mitglieder im Rotary Club, das schweißte zusammen. Zornestränen stiegen ihr in die Augen. Sie wusste nicht, was sie mehr ärgerte: dass er am längeren Hebel saß oder dass sie in diesem Moment auch noch weinen musste.

»Das kannst du nicht machen. Das wäre so mies!«

»Dann sag mir, wofür du das Geld brauchst.«

Sie gab einen wütenden Grunzlaut von sich, drehte sich um und ging mit betont stampfenden Schritten ins Schlafzimmer. Sie hielt seine Gegenwart nicht mehr aus. Was wusste er schon von Liebe? So wenig wie von Leidenschaft, Hingabe und Lust. Sie nahm einen großen Schluck Cognac, spürte, wie die scharfe Flüssigkeit ihre Speiseröhre hinunterfloss, um wohlig warm im Magen zu explodieren. Sie nahm das Negligé vom Stuhl, strich mit den Fingerkuppen über den Stoff und lächelte.

»So etwas hast du in unserer Ehe nie getragen. Schade.«

Er war ihr gefolgt, stand im Türrahmen, noch immer mit dieser versteinerten Miene. »Gibt es einen neuen Mann? Ist er der Grund für deine Freiheitsanwandlung? Bezahlst du ihn sogar für seine Zuneigung?«

Das reichte. Sie schoss auf ihn zu und schlug ihm mit der flachen Hand hart ins Gesicht. Er zuckte zusammen, sah sie zunächst überrascht, dann zornig an, hob die Hand, um den Schlag zu erwidern, ließ sie langsam sinken.

»Es wäre besser, wenn du jetzt verschwindest. Und lass dich erst wieder blicken, wenn du wirklich einen Grund dafür hast«, fauchte sie.

Er massierte sich die getroffene Wange, die rot glühte, nickte. Es war ein Nicken der Sorte »Wir sind noch nicht fertig miteinander«. Dann drehte er sich um und ging.

Yoselin hatte den Schlüssel noch nicht ins Schloss gesteckt, als ihre Großmutter die Tür aufriss. »Deine Mutter! Sie ist verrückt geworden! Du musst sie verhaften!«

Lourdes packte sie am Revers ihrer Jacke und zog sie in Richtung Küche. Dort saß ihre Mutter und blickte sie an wie ein Schulmädchen, das den Eltern eine schlechte Zensur beichten musste. »Geschnappt über ist sie! Großes Unglück für ganze Familie droht«, zeterte die Großmutter. Yoselin befreite sich aus ihrem Griff.

»Was ist hier los?«, fragte sie.

»Weiß auch nicht. Ich habe nichts gemacht«, antwortete Judith leise. Die Hände lagen in ihrem Schoß und Yoselin sah, dass sie ihre Finger knetete.

»Okay, Mama, wenn meine Klienten so dasitzen wie du jetzt und behaupten, sie hätten nichts gemacht, dann dauert das genau zehn Minuten und ich kann sie dem Haftrichter übergeben. Also erspar uns das, bitte! Was regt Oma so auf?«

Lourdes packte sie wieder am Revers. »Sie hat Yombé verkauft. Mein Yombé. Kein Schutz mehr für Familie. Ab jetzt alles verschissen.«

Noch einmal riss sich Yoselin los, und hätte die alte Dame keinen so verzweifelten Eindruck gemacht, hätte sie über die nicht sehr gelungene Formulierung gelacht.

Stattdessen sah sie ihre Mutter grimmig an. »Du hast was gemacht?«

Judith Blaich sah zu Boden. »Die Statue im Flur. Die stand doch nur im Weg. Ein nutzloser Staubfänger. Und hässlich war sie auch. Das hast du selbst gesagt. Ich hab sie verkauft.«

Yoselin schloss die Augen und schüttelte den Kopf. Natürlich stand die Statue nur im Weg und ja, sie war auch mehrfach darüber gestolpert, vor allem, wenn sie angetrunken nach Hause kam, was zum Glück nicht so oft passierte. Und es war durchaus möglich, dass sie sich abfällig darüber geäußert hatte, aber das gab ihrer Mutter doch nicht das Recht, die Statue zu beseitigen.

»Spennsch du komplett? Die Figur hot dr Oma ghört. Die kannsch du doch et oifach verkaufa. Was kommt als Nächschdes dra? Verscheuersch du mein' Schmuck?«

Ihre Mutter stieß verächtlich Luft aus. »Das ist doch alles wertloser Plunder, hat der Pfandleiher gesagt. Außerdem reg dich ab. Du sprichst schon wieder Schwäbisch. Das steht dir so gar nicht.«

Judith biss sich auf die Unterlippe und sah ihre vor Wut bebende Tochter beschämt an. »Ich meine, die Statue war aus Elfenbein, das ist doch bei uns eh verboten. Die dürfen wir doch gar nicht haben. Nicht, dass wir eine Strafe aufgebrummt bekommen«, schob sie eilig nach.

»Nix Bein von Elfe, Zahn von Elefant!«, kreischte Oma Lourdes. »Kein Schutz mehr für Familie, oijojioi. Alles verschissen.«

Sie presste die Hände gegen die Schläfen und bewegte den Kopf hin und her. Es sah ein bisschen so aus, als wollte sie das Haupt vom Hals abdrehen. Yoselin legte ihr eine Hand auf den Rücken und atmete tief ein und aus. Sie musste einen kühlen Kopf bewahren und eine Lösung finden. »Ganz ruhig, Oma Lourdes. Vielleicht ist es noch nicht zu spät und wir können die Figur zurückholen.«

»Das glaub ich kaum. Der Typ vom Antiquariat hat sie bereits weiterverscherbelt«, mischte sich Judith ein. »Die Figur stand keine Stunde bei ihm im Schaufenster, hat er gesagt. Manche Leute haben einfach keinen Geschmack und kaufen jeden Schnickschnack.«

»Woher weißt du das?« Yoselin bemühte sich, die Wut auf ihre Mutter zu unterdrücken und einen angemessenen Ton zu finden.

»Ich bin natürlich noch einmal hingefahren, nachdem sie …«, sie wies mit dem Zeigefinger auf die jammernde Lourdes, »… so ein Theater gemacht hat. Konnte ich doch nicht wissen, dass sie so an dem Staubfänger hängt.«

»Fängt nicht Staub, fängt böse Geister, aber jetzt nicht mehr, oijoijoijoijoi«, klagte Oma Lourdes. Yoselin strich ihrer Großmutter mitfühlend über den Kopf. Lourdes umklammerte die Enkelin. So aufgebracht hatte die Hauptkommissarin die Alte noch nicht erlebt. Es war meist ihre Mutter, die ihren Trost benötigte, wenn die Schamanin ihr mitunter destruktives Unwesen trieb.

»Das ist echt eine Schweinerei. Wie konntest du nur?«, schimpfte sie.

»Ich brauch das Geld«, sagte Judith leise. Ihre Mundwinkel bebten, sie war kurz davor, in Tränen auszubrechen. Yoselin war zu zornig, um Mitleid zu empfinden.

»Ach so! Und wenn du's nächschde Mol Geld brauchsch, überfällsch a Bank, oder wie? Du ticksch doch et ganz sauber!«

Bei Judith brachen die Dämme. Die Mutter schluchzte, die Oma jammerte und Yoselin kochte vor Wut. Sie ballte die Fäuste und zählte bis 10, dann noch einmal bis 20. Langsam senkte sich ihr Puls.

»Kannst du uns verraten, wozu du Geld brauchst? Du verdienst doch genug. Und wenn du mich gefragt hättest, hätte ich dir vielleicht etwas leihen können.«

»Das ist privat, darüber möchte ich nicht sprechen«, heulte Judith.

»Die Statue von Oma war auch privat. Und jetzt ist sie weg. Du kannst doch wenigstens versuchen, es uns zu erklären.«

Judith weinte weiter vor sich hin, die Großmutter verließ klagend die Küche.

Yoselin schüttelte den Kopf. In ihr wuchs das große Verlangen nach einem Bier und einem Schnaps. Und vor allem nach Abstand zu den beiden Mitbewohnerinnen, die sich gegenseitig um den Verstand brachten. Eine kurze, heftige Betäubung, das war es, wonach ihr der Sinn stand.

»Wozu brauchst du das Geld, Mama?«, fragte sie eindringlich.

Ihre Mutter sah sie mit verweinten Augen an. »Um auch mal was Schönes zu erleben«, flüsterte sie. Sie nahm ein Tuch von der Küchenrolle, schnäuzte die Nase und verließ schniefend die Küche.

Nur wenige Sekunden später ertönte ein Schrei. »Oh nein, mein Ficus benjamini. Du widerwärtige alte Hexe!«, kreischte Judith.

»Ficus auch gut. Schützt die Familie«, erwiderte die Großmutter.

Yoselin eilte aus der Küche und sah, wie Oma Lourdes die Blätter der Zimmerpflanze in der Wohnung verteilte und eine Art Mantra murmelte. Judith versuchte, sie daran zu hindern, gab aber nach einer Weile auf und sammelte die Blätter wieder ein.

»Des hält koi Sau aus«, grantelte Yoselin. Der Ruf des kalten Bieres war zu stark geworden. Es konnte auch sein, dass sich mehrere Hopfengetränke zu einem Chor zusammengeschlossen hatten.

Der Chor der Biere bestand aus zwei »Solosängern«, die sie in der Markthalle erstanden hatte. Sie beschloss, zur Veitsburg hochzusteigen, einem ihrer Lieblingsplätze, wenn sie allein sein wollte. Oben angekommen setzte sie sich auf die Mauer der Aussichtsplattform und genoss den herrlichen Panoramablick über die sich in die Nacht hüllende Stadt Ravensburg. Von hier oben sah die Oberschwaben-Metropole aus wie ein Dorf in einer Schneekugel. Bewegungslos, unaufgeregt, idyllisch. Sie zählte die sieben Türme ab, als wollte sie sich vergewissern, dass noch alle da waren.

Es war ruhig in der Stadt, kein Geräusch fand zu ihr herauf, nur ein Pärchen, das einige Meter neben ihr auf einer Parkbank eng aneinander gekuschelt saß, tuschelte und kicherte. Die beiden schienen sehr verliebt zu sein und boten einen Anblick, der Yoselin melancholisch stimmte. Sie hob eine Flasche an den Mund und nahm einen tiefen Schluck. »Auf die Liebe«, japste sie atemlos und musste im nächsten Moment kichern. Ausgerechnet sie trank auf die Liebe, als wäre es nicht Monate her, dass sie so etwas wie eine Affäre gehabt hatte. Pascal war Fotograf gewesen, sie hatte ihn auf der Vernissage einer seiner Ausstellungen in einer Galerie in der Kantstraße kennengelernt. Ihre Freundin Betty hatte sie mitgeschleppt, von seinen Arbeiten und noch mehr von ihm als Mann geschwärmt. Seine Bilder, überwiegend Frauenkörper in seltsam anmutenden Posen und eigentümlichen Verkleidungen, fand Yoselin wenig beeindruckend, doch bei der Schilderung des etwa 50 Jahre alten Mannes hatte Betty nicht übertrieben. Pascal hatte markante Gesichtszüge, ein fast klassisch griechisches Profil, das von halblangen grauen Haaren eingesäumt wurde. Er war groß, schlank, für sein Alter ein wenig zu jugendlich gekleidet, aber in einer Art, die sie gerade noch akzeptieren konnte, zumal er sich keine Gedanken über seine Garderobe zu machen schien. Ihre Blicke hatten sich während der Eröffnungsrede des Galeristen mehrfach getroffen und irgendwann hatte er mit zwei Gläsern Sekt vor ihr gestanden und sie angelächelt. Und Yoselin hatte zurückgelächelt, einfach so. Ohne frechen Spruch, ohne Kommentar. Betty hatte später gesagt, sie hätte ausgesehen wie eine Dunkelhäutige, die Zahnpasta-Werbung macht. »Auch wir Schwarze haben weiße Zähne. Genau 32 Stück und alle im Oberkiefer«, hatte ihr Kommentar gelautet. Darüber musste Yoselin so laut lachen, dass sich alle Vernissage Besucher zu ihr gedreht und sie pikiert angesehen hatten.

Nach einer charmanten Plauderei ohne großen Tiefgang hatte sie Pascal ihre Telefonnummer gegeben. Zu ihrer großen Überraschung rief er bereits am nächsten Tag an. Sie verbrachten Zeit zusammen, staunten über die gleichen Dinge, machten sich über andere lustig, beobachteten Passanten, gingen essen, dann in einen Pub, plauderten und freuten sich auf das nächste Treffen, das ebenso großartig verlief wie das erste. Aus dem dritten Abend wurde eine gemeinsame Nacht. Pascal erwies sich als der beste Liebhaber, den Yoselin je gehabt hatte. Einfühlsam, zärtlich, fordernd, mitreißend, ausdauernd, aber auch dominant, bereit zu geben und zu nehmen. Dieser Mann war fast zu perfekt gewesen, um für eine lange Beziehung zu taugen. Eine Tatsache, die Yoselin eine Woche später schmerzlich erfahren musste, als sie ihn in Begleitung einer deutlich jüngeren Frau, Hand in Hand durch die Innenstadt flanierend, gesehen hatte. Die Aussprache ergab, dass Pascal ein Anhänger der Polyamorie war, also Beziehungen zu mehreren Frauen und Männern gleichzeitig unterhielt.

»Ist das ein Problem für dich?«, hatte er gefragt. »Ein Mensch ist nicht für die Monogamie geschaffen. Es muss doch möglich sein, mehrere Menschen zu lieben.«

Yoselin war ihm die Antwort schuldig geblieben. Sie wollte nicht eine von vielen, sie wollte *die* Liebschaft sein. Sie wollte gesehen werden, als Mensch, als Frau, als Freundin, als Liebhaberin. Das, und davon war sie wirklich überzeugt, hatte sie verdient. Sie war es wert, geliebt zu werden.

Um zu diesem Glaubenssatz zu kommen, hatte sie in ihrem Leben viel einstecken müssen, aber nun hatte er absolute, unumstößliche Gültigkeit. Wie hätte sie das Pascal erklären können, der ganz offenbar ein anderes Lebensmotto zum richtigen erkoren hatte?

Er hatte mehrfach versucht, sie anzurufen, aber sie hatte nicht abgenommen. Sie hatte keine Lust, sich sein Überzeugungsgequassel anzuhören. Seltsamerweise war sie ihm seitdem nicht mehr begegnet.

Im Grunde war Yoselin mit ihrem Singleleben zufrieden, auch wenn sie an einem solchen Abend liebend gern einen Partner bei sich gehabt hätte, um sich über ihre Großmutter und ihre Mutter auszuheulen. Natürlich hatte sie ihre Freundinnen Betty, die linksradikale Feministin, und Anika, die als personifizierter Sonnenschein durchging. Und Konstantin, das Super-Hirn. Aber manchmal wünschte sie sich mehr als freundschaftliches Mitgefühl. Manchmal fehlte die Berührung eines Menschen, der ihr Sicherheit und Geborgenheit bot. Ein Gleichgesinnter, mit dem es eine Vergangenheit und eine Zukunft gab und geben konnte.

Yoselin seufzte und sah das Etikett der Bierflasche lange an, als könnte sich aus dem Schriftzug der ansässigen Brauerei die Antwort auf die Frage nach dem Sinn des Lebens herauslesen lassen. Sie sah zu dem jungen Paar auf der Bank, das sich leidenschaftlich küsste.

»Aufhören, sofort«, murmelte sie. »Ich fühle mich ausgegrenzt. Das dürft ihr nicht, das ist verboten.«

Als hätte jemand einen Schalter in ihrem Gehirn umgelegt, dachte sie im nächsten Moment an Morten Nadler und Claudia Salzmann. Für Yoselin führten die beiden eine befremdliche Beziehung, aber es war offensichtlich, dass hier nicht von einer rein geschäftlichen Absprache zwischen einer Prostituierten und einem Freier ausgegangen werden konnte. Nadler verbrachte mehrere Tage mit der Escort-Lady, er bot ihr Luxus, das war kein Rein-raus-Geschäft, da war mehr: Zuneigung, Vertrauen, vielleicht auch Liebe. Wusste Rainer Salzmann das? War er deswegen ausgerastet? Weil er längst erkannt hatte, dass seine Frau einem, womöglich sogar mehreren anderen gehörte? War er am Ende doch derjenige, der seine Frau in dem Gebäude verbrennen ließ? Aus purer Eifersucht? Yoselin schüttelte den Kopf. Niemand war so grausam. Oder etwa doch?

Als Morten Nadler die Wohnungstür hinter sich geschlossen hatte, sah er, dass die Anzeige an seinem Anrufbeantworter blinkte. Er drückte die Taste und hörte die Stimme seines Kollegen Richter. »Nadler, ich habe Sie gewarnt. Sie sollten doch nicht mit offenem Verdeck fahren. Jetzt haben Sie ein steifes Genick und lassen sich wahrscheinlich von einer thailändischen Masseuse behandeln. Ich hoffe für Sie, dass sie nicht nur ihr Genick massiert.« Er lachte. »Nein, im Ernst. Wann sind Sie wieder im Büro? Wir haben ein gewaltiges Problem. Eine Villa in Nußdorf ist abgebrannt. Ziemlich hohe Schadensumme. Der Alte will schnell eine Entscheidung, das Gebäude gehört einem hohen Tier aus Stuttgart. Da möchte er wohl keinen Ärger. Ich brauche Sie hier, Nadler. Also schicken Sie die Thai nach Hause und bewegen Sie Ihren Hintern hierher. Die Massage kann auch ich übernehmen«, sagte er spöttisch.

Morten Nadler verzog das Gesicht. Richter, dieser eitle Drecksack, was bildete er sich ein? Der Typ hatte ihm gegenüber keine Weisungsbefugnis, also hatte er ihm nichts zu befehlen. Außerdem war er krankgeschrieben. Rein körperlich ging es ihm gut, aber die Bilder des Gebäudes in Flammen, das Wissen, dass Lady Kira nicht mehr gerettet werden konnte, die Furcht vor neuen Anschlägen hatten ihn nicht schlafen lassen. Unruhig war er in der Nacht im Krankenhaus im Flur herumgewandert, bis eine Krankenschwester auf ihn aufmerksam geworden war, ihm eine Schlaftablette verabreicht und ihn ins Bett zurückgeschickt hatte.

Und nun der nächste beunruhigende Gedanke: Wenn das Gebäude bei der Abagarion versichert war, dann würde das Protokoll von der Polizei angefordert werden und darin stand sein Name. Richter würde Fragen stellen und keine Ruhe geben, bis er die Wahrheit ans Tageslicht gezerrt hatte. Was dann geschehen würde, war klar: Sein idiotischer Kollege würde keine Gelegenheit ungenutzt lassen, die Geschichte herumzuerzählen. Der Sachbearbeiter und das Callgirl. Womöglich würde er noch andere Fragen stellen. Warum Nadler die Villa unter falschem Namen gebucht hatte. Wie er sich das alles bei seinem Gehalt leisten konnte. Wie die Tante hieß, von deren Erbschaft Nadler seinen großzügigen Lebensstil bestritt. Er musste vorsichtiger sein …

Das Rauschen der zweiten Aufnahme unterbrach seinen Gedankengang. Aus dem Rauschen schälte sich Musik, ein hartes Gitarrenriff. Eine verzerrte Stimme bellte Worte, die er nicht verstand. Den Refrain jedoch, den konnte er verstehen: »I hate you«, lautete die Botschaft. Bei der Wiederholung der Zeile war eine weitere Stimme zu vernehmen, ebenfalls verzerrt. »Ich hasse dich, und zwar wirklich, wirklich«, sang sie. Es klang falsch, atonal, aber sehr bedrohlich. Die Musik verstummte, wieder ertönte das Rauschen. Und noch ein letzter Satz der dröhnenden Stimme: »Wir sind noch nicht fertig.«

VERDACHTSMOMENTE

Mit einem leichten Brummschädel und entsprechender Laune kam Yoselin im Büro an. Sie hatte versucht, ihrer Mutter und erst recht ihrer Großmutter aus dem Weg zu gehen. Im ersten Fall war ihr das gelungen, im letzteren leider nicht. Lourdes schien nur darauf gewartet zu haben, dass sie aus ihrem Zimmer kam, denn sie hatte sich sofort an Yoselins Seite geheftet und in einem Gemisch aus Deutsch, Englisch und Patwa auf sie eingesprochen. Es ging um ein Ritual, das zum Schutz des Hauses vollzogen werden müsse, wofür die alte Dame unbedingt Ganja, sprich Haschisch, und das Herz eines frisch geschlachteten Tieres benötige. Yoselin hatte ihre Großmutter mit beiden Händen festgehalten und ihr tief in die Augen gesehen.

»Ich bin Polizistin, Oma, und keine Drogendealerin. Und wenn du irgendeinem Tier in der Nachbarschaft etwas zuleide tust, dann bringe ich dich höchstpersönlich zum Flughafen und kaufe dir ein One-way-Ticket nach Ocho Rios. Haben wir uns verstanden?«

Die Großmutter hatte die Augen zu Schlitzen verengt, einen kehligen Laut von sich gegeben, der als Zustimmung gewertet werden konnte.

»Und du vergreifst dich auch nicht an Mamas Pflanzen. Vorher besorge dir halt eigene.«

Sie hatte ihre Geldbörse hervorgekramt und Lourdes einen 50-Euro-Schein in die Hand gedrückt.

Der teure Einstieg in den Tag verhieß nichts Gutes für den weiteren Verlauf.

Die nächste schlechte Nachricht ließ auch nicht lange auf sich warten. Kriminalrat Kästle rief sie und Norman Säger zu sich ins Büro und forderte den neuesten Ermittlungsstand zum Brand in Nußdorf. Die Presse machte Druck, die Staatsanwaltschaft sowieso, was die Stimmung des ansonsten sehr ausgeglichenen Leiters der Kripo Ravensburg drückte.

»Es ist alles sehr konfus. Wir wissen, dass es ein Brandanschlag war, aber wir wissen nicht, wem er gegolten hat. Der Ehemann der Escort-Dame hat ein Motiv, zudem kein Alibi. Er ist ziemlich jähzornig, es gab oft Streit wegen ihrer Tätigkeit. Womöglich handelte er aus gekränkter Eitelkeit, weil er kein Geld zum gemeinsamen Leben beisteuern konnte, vielleicht aus Eifersucht. Aber irgendwie sagt mir mein Instinkt, dass er es nicht war. Wir werden ihn auch aus der U-Haft entlassen müssen, die Beweislage ist zu dünn«, sagte Yoselin.

»Mir hen also gar nix«, polterte Kästle. »Des isch hondsmiserabel.«

Kästle wurde seinem Namen in solchen Situationen durchaus gerecht. Wenn er sich aufregte, erinnerte er an einen kleinen Springteufel, der auf Knopfdruck aus einer Box heraussprang. In der Regel war er aber auch genauso schnell wieder zu besänftigen.

»Es könnte aber auch sein, dass der Anschlag dem Mieter der Villa galt«, fuhr die Hauptkommissarin unbeirrt fort. »Einem gewissen Morten Nadler, der das Gebäude unter falschem Namen gebucht hatte. Offensichtlich wurden unlängst sein Auto und seine Jacht beschädigt. Allerdings hat der Geschädigte keine Idee, warum. Sagt er zumindest.«

»Oder er sagt es uns nicht. Erlauben Sie mir das Wortspiel, Chef: Wir haben bei dem Brand noch keine heiße Spur.«

Yoselin sah ihren Kollegen Säger entsetzt an. Hatte er das wirklich gesagt? Seine leicht nach oben gebogenen Mundwinkel verrieten ihn.

»Herr Säger, saget Se ons Bescheid, wenn mir Se an der Clownschul anmelda kennat«, wütete Kästle. »Mir isch net nach blede Sprüch zumut. I brauch Ergebnisse, isch des klar?«

Säger senkte schuldbewusst den Blick. Wie auf Zuruf stolperte Konietzny zur Tür herein. Er grinste, hob zur Begrüßung die Hand in Richtung Kästle und plapperte los. »Yoselin, ich muss dir was zeigen. Du schmeißt dich weg.« Er gluckste vor Vergnügen.

Kästle sprang auf. »Schee, dass Ihr älle so guate Laune hen, aber so langsam goht mir des uff dr Sack. Waret ihr heut morga beim Lach-Yoga, oder wie? Vielleicht nemmat ihr mi 's nächschde Mol mit?«

Konietzny ließ sich nicht beirren, sein Grinsen wurde eher noch breiter. »Das wird Sie auch interessieren, Chef. Kommen Sie mit, ich zeige Ihnen was wirklich Interessantes zu unserem Fall.«

Er ging voraus, die anderen folgten ihm in sein Büro. Er setzte sich an seinen Computer, gab ein paar Stichworte ein und schob den Bildschirm in Position, sodass Blaich, Säger und Kästle einen Blick darauf werfen konnten. Zu sehen waren Porträtbilder von Männern, die allein anhand ihrer Kleidung verschiedenen Berufsgruppen zuzuordnen waren.

»Ond? Was sen des fir Vögel? Was hen die mit onserm Fall zom doe?«, fragte Kriminalrat Kästle unwirsch.

»Yoselin hat mich gebeten, unsere Datenbanken nach Morten Nadler und Boris Drescher abzusuchen. Es könnte ja sein, dass er an Geschäften beteiligt ist, die illegal sind. Und womöglich will sich ein Geschäftspartner an ihm rächen«, erklärte Konietzny.

»Das würde auch seinen Wohlstand erklären«, ergänzte Säger.

»Aber es gibt zu beiden keine Einträge«, fuhr Konietzny fort. »Auch auf den gängigen sozialen Plattformen war wenig zu finden. Nadler ist bei Facebook und bei Insta angemeldet, postet aber so gut wie nichts. Und unter dem Namen Drescher haben wir niemanden gefunden, der mit unserer gesuchten Person übereinstimmt. Aber zum Spaß habe ich ein Foto von Nadler in einer Gesichtserkennungs-App eingegeben und das hier haben wir als Ergebnis erhalten.«

Yoselin schob ihr Gesicht näher an den Bildschirm. Ein Foto zeigte einen Herrn mit Schnauzbart, langen Koteletten und Kapitänsmütze. Auf einem weiteren Bild lächelte ein attraktiver Mann in Soldatenuniform die Betrachter an, ein anderes Foto zeigte einen

Herrn, der sich offenbar vor einem Orchester fotografiert hatte.

»Ganz ehrlich. Ich verstehe das nicht. Warum zeigst du uns diese Bilder?«, fragte sie.

Konietzny sah sie ungläubig an und wies auf den Bildschirm.

»Schau doch mal genau hin. Diese drei Gestalten und Morten Nadler weisen laut Gesichtserkennung eine sehr hohe Ähnlichkeit auf. Und wenn man die Fotos größer zieht, dann ist das um einiges deutlicher.«

Er bewegte die Maus, stellte Nadlers Profilbild neben das des Kapitäns. »Die Nase, der Mund, das Kinn. Eindeutig. Nadler ist dieser Kapitän. Zumindest mit einer sehr hohen Wahrscheinlichkeit«, stellte Konietzny fest. »Aber zugegeben, die Maskerade ist nicht schlecht. Da kennt sich jemand mit Verkleidungen aus oder kennt jemanden, der sich auskennt.«

Kriminalrat Kästle ließ sich die anderen Porträts vergrößern, prüfte mit zusammengekniffenen Augen die Profile. »Ond was soll des beweisa? Der Typ verkleidet sich halt gern. Da isch ja nix dagega zom sage. Solche Bilder gibt's von mir au«, grummelte er.

»Ach ja?«, schallte es ihm von Blaich, Säger und Konietzny entgegen.

»Ja, an der Fasnet bin i scho mol als Kapitän ganga. Ond als Indianer«, fügte Kästle kleinlaut an.

»Als Indianer? Das ist aber gar nicht politisch korrekt, Chef.«

Yoselin schmunzelte und legte Kästle eine Hand auf die Schulter. Der Kriminalrat sah sie verwirrt an.

»Egal. Was die Verkleidungen angeht: Evelyn Weidle, die Betreiberin der Agentur, die Claudia Salzmann vermittelt hat, sprach davon, dass Drescher alias Nadler auf Rollenspiele stand. Womöglich nahm er seine Rollen ernster, als wir bisher angenommen haben.«

Es war ihrem Kollegen Konietzny anzusehen, dass dies noch nicht der letzte Trumpf war, den er im Ärmel hatte. »Da wäre ja auch nichts dabei, verboten ist das nicht. Interessant ist jedoch, dass diese Bilder zu unterschiedlichen Dating-Portalen führen, auf denen Nadler, oder der Typ, der Nadler sehr ähnlich sieht, unter verschiedenen Namen Profile angelegt hat. Kapitän Sven Jansen auf herzflimmern.de. Major Keith Burnell, ein hohes Tier bei den US-Forces, auf sweetiesforsweeties.com. Maurice Carver, Dirigent, auf fürimmerundewig.de. Honorarkonsul Thorsten Rauscher auf glücklichhochdrei.de …«

»Somit könnte Morten Nadler ein Herzensbrecher sein, ein Romantic Scammer«, unterbrach ihn Yoselin. »Hätte ich ihm gar nicht zugetraut. Wie kommt er denn bei den Frauen an?«

Konietzny zuckte mit den Schultern. »Keine Ahnung, wir können nur sehen, dass er bei diesen Portalen registriert ist beziehungsweise war. Um bei den Betreibern nachzuhaken, brauchen wir eine rechtliche Handhabe. Aber das ist schwierig. Gegen Nadler liegt ja nichts vor. Bislang ist er vermutlich das Opfer.«

»I versteh net so recht, was des mit dem Brand in Nußdorf zom doe han soll. Des brengt ons koin Schritt weiter«, bruddelte Kästle.

Yoselin sah zu Norman Säger, der am Fenster stand und seine Unterlippe knetete. Er war bisher erstaunlich still gewesen, was mit der unwirschen Bemerkung des Revierleiters zu tun haben konnte. Oder ihn bewegte ein anderer Gedanke, den er noch nicht aussprechen wollte.

»In Ihnen arbeitet es doch, Herr Säger, das sehe ich Ihnen an«, wagte Yoselin den Versuch, ihn zum Reden zu bringen. »Spannen Sie uns nicht auf die Folter!«

Säger ließ von seiner Lippe ab, stieß sich vom Fensterbrett weg und bewegte sich in seiner Storchenart durch den Raum. »Nehmen wir mal an, es handelt sich bei all diesen Personen, die Kollege Konietzny hier ermittelt hat, tatsächlich um Morten Nadler, dann müssen wir uns doch die Frage stellen, warum er bei mehreren Dating-Portalen angemeldet ist. Und warum unter verschiedenen Identitäten? Was ist seine Motivation? Die Lust am Spiel? Übersteigerter Wunsch nach Anerkennung? Ein enorm ausgeprägter Sexualtrieb? Oder …?«

»Ein Fetisch!«, fiel Konietzny dem Hauptkommissar ins Wort. »Manche Männer kommen schneller auf Touren, wenn sie sich verkleiden.«

Er bemerkte die eisige Stille im Raum und die bohrenden Blicke von Kriminalrat Kästle. »Hab ich mal gelesen, beim Frisör«, schob er kleinlaut nach.

Yoselin unterdrückte mühevoll den Drang loszuprusten. Sie wedelte mit der Hand vor dem Gesicht, um das Bild ihres wenig bekleideten Chefs mit Federschmuck auf dem Kopf, das sich vor ihrem inneren Auge auftat, zu verscheuchen. Winnetou Kästle, der Traum aller indigenen Frauen.

»Da Sie ja so belesen sind, hätte Ihnen auch eine andere Möglichkeit einfallen können«, erwiderte Säger giftig. »Solche Fälle werden in den Medien immer wieder besprochen. Vielleicht geht es Morten Nadler gar nicht um Liebe, sondern um …«

»Das Geld von einsamen Damen. Ich sag's doch: ein Romantic Scammer!«, rief Yoselin und schlug sich eine Hand vor den Mund.

Säger sah sie scharf an, ihm missfiel, dass er seinen Gedanken nicht zu Ende ausführen konnte und seine Kollegin die Pointe vorweggenommen hatte. Nach einer kurzen Pause fuhr er fort: »Es ist nur eine Vermutung, aber es könnte doch sein, dass Herr Nadlers Wohlstand nicht aus dem Erbe einer Tante gespeist wird, wie er behauptet, oder gar aus dunklen Geschäften, wie wir vermuten, sondern aus den Rücklagen der Damen, die er auf den Portalen kennenlernt. Die Geschichten sind bekannt. Er gewinnt das Vertrauen durch Aufmerksamkeiten, geheucheltes Mitgefühl und Komplimente. Zudem ist er ein attraktiver Mann, in seinen Kostümen stellt er etwas Besonderes dar. Die Damen verlieben sich in den Kapitän oder den tapferen Soldaten, können es kaum erwarten, ihn persönlich zu treffen. Die Begegnungen versprechen Abenteuer, einen Ausbruch aus der Normalität, die Erfüllung ungestillter Sehnsüchte. Doch dazu kann es nicht kommen, weil der Kapitän oder der Soldat in Notlage gerät. Die Herren brauchen Geld, um sich aus der misslichen Lage zu befreien. Die verliebten Frauen hinterfragen die Geschichten nicht und sie prüfen sie natürlich auch nicht nach. Sie vertrauen sich auch niemandem an, denn die Geschichten sind geheim, spannend und irgendwie auch romantisch. Sie überweisen die geforderte Summe und hören nie wieder etwas von ihrem Galan.«

Yoselin nickte anerkennend.

»Es sei denn, er braucht noch mehr Geld und führt dieses Spiel fort. Neue Notlage, neue Kohle. Und immer wieder das Versprechen: Bald schon können wir uns in die Arme schließen, ein Leben in Liebe führen …«

Yoselin sah ihre Kollegen triumphierend an. »Herr Säger, Sie sind genial. Spinnen wir den Gedanken weiter. Eine der geprellten Frauen hat seine wahre Identität herausgefunden und versucht, sich zu rächen. Sie heftet sich an seine Fersen, bekommt Wind von dem Wochenende am Bodensee und fackelt nicht lange.« Sie hob die Schultern und flüsterte »Oops, falsche Formulierung. Entschuldigung« in Richtung ihres Chefs.

Kästle legte die Stirn in Falten. »Des isch mir zu viel Spekulation. I will Beweise ond zwar bald, am beschda vor em Mittagessa. Heut gibt's in der Kantine Lensa mit Spätzla ond die schmeckat viel besser, wenn i woiß, dass mir a konkrete Spur hen.« Er drehte sich um und verließ den Raum.

»Und jetzt?«, fragte Konietzny zögerlich. Im Grunde wusste er, was jetzt kam. Yoselin wuschelte ihm durch das schüttere Haupthaar, was der Kollege vergebens abzuwehren versuchte. Seine Frisur beziehungsweise das, was er dafür hielt, war ihm heilig. »Lass das, ich kann das nicht leiden. Ich fahr dir doch auch nicht durch die Haare«, grantelte er.

»Nun, bei mir gäbe es wenigstens Haare, durch die du fahren könntest«, parierte Yoselin belustigt. »Aber gut, pass auf, Goldlöckchen. Irgendjemand muss mit den Portalen Kontakt aufnehmen und die Namen der Damen herausfinden, die mit Kapitän Major Morten Casanova Nadler in Verbindung getreten sind. Und dann muss dieser Jemand diese Frauen befragen, ob noch eine Beziehung zu Major Morten Casanova Nadler besteht und ob es Auffälligkeiten gab. Zum Beispiel Beschwerden über diesen Herrn. Oder seine nicht eingelösten Versprechen. Das kann nur ein Kollege übernehmen, der Erfahrung hat mit Menschen, der durch seine empathische Art und Liebenswürdigkeit Geheimnisse entlocken kann …«

Konietzny stöhnte. »Lass mich raten. Dieser Jemand bin ich.«

Yoselin wollte diese Erkenntnis mit einem nochmaligen Haupthaar-Wuschler quittieren, boxte ihm jedoch stattdessen gegen den Oberarm.

»Was bist du nur für ein schlaues Kerlchen. Diese Aufgabe ist wie für dich gemacht.«

Ihr Kollege wusste, wie aufwendig diese Recherche war, und zog ein entsprechendes Gesicht. Einen frühen Feierabend konnte er in den nächsten Tagen jedenfalls vergessen.

Mit einem »Pling« kündigte sich der Eingang einer neuen Mail an. Konietzny öffnete sie, ließ den Blick über die Zeilen schweifen und rief die Hauptkommissarin zurück, die gerade das Zimmer verlassen wollte. »Yoselin, das musst du dir ansehen!«

Die Hauptkommissarin trat hinter ihn, las und winkte Säger heran. Er überflog die Zeilen und atmete hörbar aus. »Oh, das könnte die Sachlage allerdings deutlich verkomplizieren«, stellte er fest.

Ihren E-Mail-Account zu hacken, war ein Kinderspiel gewesen. Sie kannte sich in technischen Dingen nicht aus, interessierte sich auch nicht dafür. Passwort: abc123. Er hatte ihr das eingerichtet und sie darauf hingewiesen, es irgendwann zu ändern, wohl wissend, dass dies nie geschehen würde. Was sich nun als sehr nützlich erwies. Er öffnete den Ordner, den sie lapidar »Fotos« benannt hatte, und staunte über das, was er sah. Sie gab sich freizügig, war auf den Bildern offensichtlich in einer erotischen Stimmung. Sie warf sich für den Betrachter in verführerische Posen, zeigte nackte Haut, bedeckte mit einem Tuch gerade so viel, um erahnen zu lassen, dass sie darunter nichts anhatte. Hier der Ansatz ihres unverhüllten Busens, da das dunkle Flies ihrer Scham, das durch den chiffonartigen Stoff schimmerte. Er spürte, wie die spitze Lanze der Eifersucht sich in seine Eingeweide bohrte, denn diese Posen galten einem anderen. Gleichzeitig erregte ihn der Anblick, er ließ eine Hand zwischen seine Beine wandern, knete seinen steifen Schwanz durch die Hose. Nur kurz, dann übermannte ihn eine unerklärliche Wut. Warum tat sie ihm das an? Warum quälte sie ihn so? Er klickte sich durch eine Reihe weiterer Fotos, dann schloss er den Ordner.

Sein Atem ging schwer, er versuchte, seine Erregung zu ignorieren. Es war nicht richtig, dass er sich zu ihren Bildern einen runterholte. Er war kein Spanner, seine Mission war eine andere.

Er öffnete den Browserverlauf, sah die Webadresse des Portals und versuchte sich unter ihrem Namen anzumelden. Um zu erfahren, für wen die Fotos bestimmt waren, musste er die persönlichen Nachrichten einsehen. Offensichtlich war sie hier vorsichtiger zugange gewesen, hatte einen anderen Zugangscode gewählt. Aber natürlich hatte sie das Passwort gespeichert, sodass er es kinderleicht abrufen konnte.

Sie hatte in letzter Zeit nur mit einem Mann gechattet: Thorsten Rauscher, einem Honorarkonsul, der in São Paolo wohnte und arbeitete. Auch er hatte ihr Bilder geschickt. Er am Strand, nur mit Badehose bekleidet. Er, im Bett, nackt, sein Gemächt mit einem Laken bedeckt. Er, nackt, am Fenster stehend. Er, mit einem Cocktail in der Hand. Er, am Fuße des Corcovado in Rio de Janeiro.

Schließlich fand er die Mail, die er gesucht hatte, die seinen Verdacht bestätigte. Rauscher hatte sie um Geld gebeten und sie hatte ihm geantwortet, dass sie ihm helfen und die Summe überweisen wollte. 30.000 Euro.

»Nicht mit mir, Freundchen«, murmelte er. »Das hole ich mir wieder, und wenn ich jeden Cent aus dir rausprügeln muss.«

Er fand eine Telefonnummer im Chatverlauf und tippte die Ziffern in sein Handy. »Diese Nummer ist nicht vergeben«, erläuterte eine mechanische Frauenstimme.

»Verdammte Scheiße«, brüllte er und schleuderte sein Smartphone von sich.

Es prallte gegen die Wand und regnete in Einzelteilen zu Boden. Er besah die Bruchstücke, als könnte er sich nicht erklären, was geschehen war, und fuhr sich durch das Gestrüpp in seinem Gesicht. Dieser Typ, dieser Rauscher, hatte sich bestimmt schon aus dem Staub gemacht. Untergetaucht mit seinem Geld. Sie war auf einen Blender hereingefallen. Wie dumm konnte ein einziger Mensch eigentlich sein? Einen kurzen Moment überlegte er, ob er sie anrufen sollte. Um zu hören, ob sie schon wusste, dass sie betrogen worden war. Dass sie sich für einen Verbrecher zur Idiotin gemacht hatte. Dass sie auf billige Versprechen hereingefallen war und sich wie eine notgeile Untervögelte gezeigt hatte. Und er hätte ihr signalisieren können, dass er auch in dieser schwierigen Situation für sie da war. Ihr die breite Schulter bot, an die sie sich anlehnen konnte. Weil er bereit war zu verzeihen.

Er entschied sich gegen den Anruf. Sie würde Verdacht schöpfen und herausfinden, dass er ihren Account gehackt hatte. So dumm war sie dann doch nicht und sie würde ihm das nicht verzeihen.

Dann kam ihm eine bessere Idee. Er kopierte eines der Fotos von Rauscher und öffnete eine Gesichtserkennungs-App. Es dauerte einen Moment, bis die Ergebnisse auf seinem Bildschirm erschienen. Er scrollte sich durch die angezeigten Fotos. Die Gemeinsamkeiten waren nicht offensichtlich, doch der Algorithmus ließ sich nicht so leicht täuschen. Eindeutig: Dieser Drecksack trieb sich auf verschiedenen Portalen herum. Unter weiteren Pseudonymen, unter anderen Identitäten. Er wusste, was das bedeutete, er hatte schon davon in der Zeitung gelesen. Dieses Schwein nutzte Frauen aus, brachte sie um ihr Vermögen.

Er musste die Polizei einschalten, vielleicht war dann noch etwas von seinem Geld zu retten. Aber dann würden sie Kontakt zu seiner Frau aufnehmen, sie in eine unangenehme Situation bringen. Das wollte er nicht. Es war besser, die Angelegenheit selbst in die Hand zu nehmen. Das war er ihr schuldig. Vielleicht konnte dies der Startschuss zu einem Neuanfang werden, wenn sie sah, dass er für sie kämpfte. Wie ihm Wahn tippte er Begriffe ein, verglich die Einträge der Suchmaschinen, machte sich kurze Notizen, ließ die Finger über die Tastatur fliegen. Nach einer Stunde wusste er, wer sich hinter all den Pseudonymen verbarg.

»Da bist du ja«, sagte er zu dem Konterfei, das er auf Bildschirmgröße gezogen hatte. »Wir zwei haben eine Rechnung offen. Es wird Zeit, dass du sie begleichst.«

ENTHÜLLUNGEN

»Ich sehe, Sie haben meinen Ratschlag nicht befolgt und keinen Anwalt zu Ihrer Verteidigung hinzugezogen. Das könnte sich als Fehler erweisen. Aber gut, das ist Ihre Entscheidung. Muss ich akzeptieren.«

Yoselin richtete das Mikrofon auf Salzmann, der ihr gegenüber am Vernehmungstisch saß, und stellte es an. Sie eröffnete die Befragung mit der Nennung des Datums und der anwesenden Personen.

»Herr Salzmann, ich glaube, Sie haben uns noch nicht alles erzählt. Dass Sie bei unserem ersten Besuch in der Werkstatt vor uns weggelaufen sind, könnte das noch einen anderen Grund gehabt haben als die Annahme, wir würden Sie wegen der Vermutung der häuslichen Gewalt gegen Ihre Frau besuchen?«

Salzmann sah sie mit gespielter Ratlosigkeit an. »Keine Ahnung, wovon Sie reden, Frau Kommissarin«, sagte er.

»Na, dann helfen wir Ihrem Gedächtnis doch ein bisschen nach.«

Sie schob ihm eine Akte über den Tisch, Salzmann öffnete sie und blätterte darin. Yoselin bemerkte, dass er unruhiger wurde. Sein Atem ging schneller, als er bei den Fotos angelangt war. Mit einer heftigen Handbewegung fegte er den Papierstapel vom Tisch und funkelte die Hauptkommissarin wütend an. »Damit habe ich nichts zu tun«, krächzte er. »Ich will jetzt gehen!«

Yoselin nickte. »Sagen wir es mal so. Es konnte Ihnen damals nicht bewiesen werden, dass Sie dieses Gehöft in Bad Saulgau angezündet haben, und dennoch wurde gegen Sie ermittelt. Und wissen Sie, was wirklich ein komischer Zufall ist? Auch in diesem Fall gehörte das Gebäude Georg von Rechberg, einem Immobilienunternehmer aus Stuttgart, der für seine Gentrifizierungsmaßnahmen bekannt ist. Kennen Sie ihn persönlich?«

Salzmann verschränkte die Arme vor der Brust. »Nein, kenne ich nicht.«

»Das ist ja seltsam«, sagte Yoselin. Sie sammelte die Blätter vom Boden auf, legte ein Foto auf den Tisch, das mehrere Männer zeigte, und tippte mit dem Zeigefinger darauf. »Dann sind Sie das gar nicht auf dem Bild? Ich könnte schwören, Sie stehen neben von Rechberg. Das wurde bei einer Kundgebung der ›Neuen National Reformer‹ in Ravensburg geschossen. Gut, ist schon ein paar Jährchen her, kann man schon mal vergessen.«

Sie schob ihm das Bild hin, doch Salzmann weigerte sich, es anzusehen. In seinem Gesicht arbeitete es. Die Lippen wurden schmal, seine Nasenflügel blähten sich, er ballte die Fäuste. Yoselin versuchte, gelassen zu bleiben, bereitete sich jedoch auf einen möglichen Angriff vor. »Sie haben sich das Foto gar nicht angesehen. Ist ganz gut geworden«, legte sie nach.

»Das hängt ihr mir nicht an«, brüllte Salzmann und trommelte mit den Fäusten auf den Tisch. Er griff nach dem Mikrofon, riss es aus dem Aufnahmegerät und warf es von sich. Ein Polizeibeamter, der die Befragung von der Tür aus verfolgt hatte, eilte herbei und fixierte den Tobenden mit Handschellen.

Hauptkommissarin Blaich wartete, bis sich Salzmann ein wenig beruhigt hatte, und fuhr fort. »Schauen Sie, Herr Salzmann, das läuft gerade ganz blöd für Sie. Ich sag Ihnen mal, was ich denke.«

»Ist mir scheißegal, was du dir in deinem Hirn zusammenspinnst, du N…«, polterte Salzmann und sah sie feindselig an. Yoselin lächelte bitter.

»Das N-Wort. Nennt man Menschen mit dunkler Hautfarbe bei den ›Neuen National Reformern‹ so? Das könnte man doch fast als rassistische Beleidigung interpretieren. Was meinen Sie, Herr Kollege?« Sie sah den Wachmann an. Der Polizist nickte.

»Ich will mal nicht so sein, hab eh nicht so richtig zugehört. Und mein Kollege sicher auch nicht. Außerdem gestehen Sie mir ja immerhin ein Hirn zu, das ist ja mehr, als ich erwarten kann. Tatsache ist, dass dieses Gehöft, das Georg von Rechberg gehört hat, in Flammen aufgegangen ist, und zwar nachdem er mit Ihrem Verein, der sich als demokratische Gruppierung tarnt, Kontakt aufgenommen hat. Wir haben uns die Mitgliederliste mal angesehen und die Vorstrafen der Beteiligten zusammengerechnet. Das entspricht in etwa der Kriminalitätsrate von Bad Waldsee, und zwar seit Stadtgründung.«

Salzmann hielt den Blick gesenkt und zeigte keine Regung.

»Es wurde auch gegen Sie ermittelt, Herr Salzmann. Ein Zeuge will Sie einige Tage vor dem Brand am Tatort gesehen haben. Was haben Sie denn da gemacht? Sind Sie spazieren gegangen?«

Salzmann schüttelte vehement den Kopf. »Nein, nein, nein. Die Ermittlungen gegen mich wurden eingestellt«, krächzte er.

»Weil Ihre Frau Ihnen ein Alibi verschafft hat. Aber das war vor ihrer Tätigkeit als Escort-Dame. Da hatten Sie noch alles im Griff. Glaubten Sie jedenfalls. Aber nehmen wir mal an, Sie haben das Gehöft im Auftrag von Georg von Rechberg abgefackelt, und nun macht er Ihnen erneut ein Angebot, das äußerst gelegen kommt, weil Sie finanziell am Boden sind. Eine Villa in Nußdorf. Ein Symbol für Reichtum und Dekadenz. Das müsste Ihnen doch gehörig gegen den Strich gehen. So ein Angebot lehnt man doch nicht ab, ist doch schon mal gut gegangen. Dämlich nur, dass Ihre Frau in dem Gebäude war, aber das haben Sie vielleicht gar nicht gewusst?«

»So ein Schwachsinn!«, kreischte Salzmann seine Empörung heraus. Ein Rinnsal an Speichel floss in Richtung Kinn.

»Damals wurde auf dem Gelände des Hofes ein Seniorenstift errichtet. Und wissen Sie, was von Rechberg mit dem Grundstück am Bodensee vorhat? Richtig. Ein Seniorenstift will er errichten. Zufall? Kann sein. Kann aber auch sein, dass er sich an einen Kameraden erinnert hat, der ihm schon mal gegen ein kleines Entgelt einen Gefallen getan hat.«

»Bei dem Gehöft war ein Kabelbrand die Ursache!«, brüllte Salzmann. »Das haben die Ermittlungen doch ergeben. Das können Sie nachlesen. Und das in Nußdorf war ich nicht. Ich habe von Georg ewig nichts mehr gehört. Wie haben keinen Kontakt mehr. Die Bewegung hat sich aufgelöst.«

»Das ist ja schade. Es gibt doch noch so viel zu tun für die ›Neuen National Reformer‹. Die Flüchtlinge, die Asylanten … Die werden doch immer mehr. Da gibt man doch nicht so einfach auf. Haben Sie noch mit anderen Mitgliedern Kontakt?«

Salzmann rutschte unruhig auf dem Stuhl hin und her. »Die Bewegung hat sich aufgelöst. Außerdem sage ich nichts mehr ohne einen Anwalt.«

Yoselin nickte. »Gut, dann sprechen wir uns wieder, wenn Sie jemanden mit Ihrer Vertretung beauftragt haben. Bis dahin sind Sie unser Gast.«

Sie gab dem Polizisten ein Zeichen, dass er Salzmann abführen konnte. Sie wartete, bis sich die Tür hinter den beiden geschlossen hatte, zog das Foto zu sich und betrachtete es eine Weile. Junge und alte weiße Männer, in ihrer Wut gegen den Staat, gegen andere Kulturen und Ethnien, gegen alternative Lebensformen vereint. Die einem Ideal des nationalistischen Staats nachtrauerten, die zusehen mussten, wie sich eine multikulturelle Gesellschaft unaufhaltsam entwickelte. Die sich aus dieser vermeintlichen Ohnmacht heraus, nichts mehr ändern zu können, zu kriminellen Taten verleiten ließen.

»Liebes Universum, bitte lass diesen Kelch an uns

vorübergehen«, seufzte Yoselin. »Lass es keinen aus der rechten Szene gewesen sein.«

Sie schob die Akten und das Foto zusammen, sammelte die Teile des zerbrochenen Mikrofons ein und verließ das Vernehmungszimmer, um ihrem Vorgesetzten Kästle eine Durchsuchung von Salzmanns Wohnung vorzuschlagen.

Es klingelte an der Tür. Morten Nadler schoss wie von der Tarantel gestochen herum und knallte den Deckel seines Laptops zu. Er sah sich nach einem Gegenstand um, den er als Waffe gebrauchen konnte, sollte sich der unerwartete Besucher Zutritt zur Wohnung verschaffen. Unweigerlich dachte er an die Nachricht auf dem Anrufbeantworter. Es sei noch nicht zu Ende, hatte der Anrufer gedroht. Morten Nadler hatte keine Mühe, sich vorzustellen, was damit gemeint war. Erst das Auto, dann das Boot, die Ferienwohnung und dann …

Er riss den Stecker der Schreibtischlampe aus der Steckdose und hielt die Leuchte vor seinen Oberkörper, bereit, damit zuzuschlagen. Sein Herz hämmerte in seinem Brustkorb, als er sich langsam in Richtung Wohnungstür bewegte.

Der gesamte Vormittag war von seltsamen Ereignissen geprägt gewesen. »Rubens Muse« hatte ihn, also den Honorarkonsul, angeschrieben und sich erkundigt, ob es ihm gelungen war, einen Pass und die erforderlichen Unterlagen für die Heimreise zu beschaffen. Er hatte vorgegaukelt, neuen Ärger mit der Polizei bekommen zu haben, die im Zuge ihrer Ermittlungen seinen

Revolver entdeckt habe. Er hatte sich einen Dummkopf genannt, denn in Brasilien unterschied man nach wie vor zwischen legalem und illegalem Waffenbesitz, auch wenn die Medien oft das Gegenteil behaupteten. Und da er die Pistole von einem Freund erworben habe, der in der Unterwelt zu Hause war, habe er keine nachvollziehbaren Angaben zur Waffe machen können. Er hatte ihr von Verhören durch die Polizei berichtet, von Gewalt, Untersuchungshaft und dass er nur durch die Bezahlung einer Kaution auf freien Fuß gesetzt worden sei. Das Geld für die Reiseunterlagen sei also verloren. Sie war darauf eingegangen, stellte ihm weitere 30.000 Euro in Aussicht. Aber sie wollte nicht länger warten. Sie hatte beschlossen, zu ihm nach São Paulo zu reisen und ihn vor Ort bei all den Behördengängen zu begleiten.

»Nach alldem, was dir zugestoßen ist, brauchst du jemanden an deiner Seite, der dich unterstützt und den Überblick behält«, hatte sie geschrieben.

Diese Zeilen hatten ihn in Panik versetzt. Bislang war noch keine Frau auf die Idee gekommen, die von ihm erfundenen Männer an ihren jeweiligen Aufenthaltsorten zu besuchen. Sie hatten immer gewartet, dass sich ihre Liebhaber zu ihnen begaben, um die lang ersehnte Zweisamkeit auszuleben. Und auch bei »Rubens Muse« hatte er bislang nicht den Eindruck gehabt, dass sie eine aktive Rolle übernehmen wollte. Sie war eine vom Leben und von der Liebe enttäuschte Frau, hungrig nach einem Abenteuer, aber auch voller Sehnsucht nach einem Partner, der bereit war, sie fortan wie eine Königin zu behandeln. Sie gehörte in die Kategorie »leichte Beute«. Er wusste, was diese Art Frauen hören wollte, und war wortgewandt genug, um sie zu bezirzen. Doch nun diese Wendung. Er hatte versucht, ihr den Plan auszureden: zu umständlich, zu gefährlich, kurz – nicht durchführbar. Doch sie hatte nicht lockergelassen, bestand darauf, dass er ihr seine Adresse nannte.

Diese Antwort war er ihr bislang schuldig geblieben. Auch weil auf dem Portal »Schätzle mag Spätzle« eine weitere Überraschung auf ihn gewartet hatte. Diese seltsame »Lovely Judy«, die ihn mit ihren langweiligen Geschichten quälte, hatte ihm eröffnet, dass sie in Ravensburg wohnte. Wortreich hatte sie ihm die Preziosen der Stadt geschildert: die Türme, das Lederhaus, Humpis-Quartier, Rathaus, Liebfrauenkirche und vieles mehr. Er hatte Interesse geheuchelt und mit keiner Silbe erwähnt, dass er sich auskannte. Doch die räumliche Nähe zu einer seiner »Geliebten« bedeutete, dass er vorsichtig sein musste, wenn er die Wohnung verließ. Das hätte ihm gerade noch gefehlt, dass er an seinem Wohnort von einer der Damen erkannt wurde, mit denen er im wahren Leben nichts zu tun haben wollte.

Nach dieser Mail war ihm klar geworden, dass er pausieren musste. Die Dinge waren aus dem Ruder gelaufen. Er war kurz davor, die Kontrolle zu verlieren, sein Nervenkostüm wurde fadenscheinig. Ravensburg war eindeutig zu klein für ihn und seine Geschäfte. Er musste weg, egal wohin.

Erneutes Klingeln, Pochen.

Nadler schlich die letzten Meter zur Wohnungstür auf Zehenspitzen und spähte durch den Spion. Er erkannte einen Paketzusteller in brauner Uniform und einer großen Schildmütze auf dem Kopf, die er tief ins Gesicht geschoben hatte. Er machte keine Anstalten zu gehen. Noch einmal hämmerte er gegen die Tür.

»Paket für Nadler«, rief er und hob den Kopf. Es schien, als blickte er direkt in Richtung des Spions, als ahnte er, dass jemand hinter dieser Tür stand. Aus unerklärlichem Grund fühlte sich Morten ertappt.

»Ich habe nichts bestellt«, raunte er grimmig. »Nehmen Sie das Paket wieder mit.«

Für einen kurzen Moment verschwand der Zusteller aus seinem Sichtbereich, dann tauchte er wieder auf. »Ich stelle die Sendung vor die Tür. Sie können sie ja später holen. Es wäre super, wenn Sie beim nächsten Mal im Vorfeld einen Ablageort angeben. Damit erleichtern Sie uns die Arbeit enorm.« Er legte zum Gruß zwei Finger an seine Mütze und ging.

Nadler wartete einen Moment, dann öffnete er die Wohnungstür einen Spalt, erblickte das Paket im Flur. Es war nicht besonders groß, erinnerte an eine Bücherlieferung, wie er vor Monaten eine bekommen hatte. Auf dem Adressaufkleber stand sein Name, einen Absender verriet er nicht.

»Hallo, nehmen Sie das wieder mit. Das gehört nicht mir. Es muss eine Verwechslung vorliegen!«, brüllte er dem Mann hinterher. Er hörte, wie die Haustür ins Schloss fiel. Ein ungutes Gefühl machte sich in ihm breit. Irgendjemand hatte es auf ihn abgesehen und dieser Jemand kannte seine Telefonnummer und offensichtlich auch seine Adresse. Und schickte ihm ein Päckchen mit unbekanntem Inhalt. »Es ist noch nicht vorbei«, murmelte Nadler und bemerkte, wie sich die Haare auf seinen Unterarmen aufrichteten. Ihm wurde schwindelig, er musste sich am Türrahmen festhalten. Vor seinem inneren Auge baute sich die Flammenwand auf, vor der er einige Tage zuvor gestanden hatte. Er meinte, die Hitze zu spüren, die alles vernichtet hatte. Ein erneuter Blick auf das Paket, dann wurde er von einem Gedanken überwältigt. Eine Bombe, natürlich, darin befand sich mit Sicherheit ein Sprengsatz, gewaltig genug, um das Gebäude in die Luft zu sprengen. Er hatte es mit einem Gegner zu tun, der vor nichts zurückschreckte.

Er schob es mit dem Fuß vor die Haustür der Nachbarin, schloss die Tür, hechtete in sein Schlafzimmer, kramte alle wichtigen Unterlagen, seine Bankkarten und seine Pässe aus dem Versteck im Bettkasten hervor, warf sie in einen Koffer. Hier war er nicht mehr in Sicherheit. Keine Ahnung, wo es hingehen sollte, nur weg, und zwar schnell.

Er entfernte die SIM-Karte aus seinem Handy, zerschnitt sie und spülte die Teile in der Toilette hinunter. Er würde sich eine neue besorgen, am besten mit einem neuen Telefon. Der Computer. Den würde er unterwegs entsorgen müssen. Er wollte es seinem vermeintlichen Widersacher so schwer wie möglich machen, ihn zu orten. Andererseits musste er die noch bestehenden Kontakte aufrechterhalten, zumindest auf unbestimmte Zeit vertrösten. Zu groß war die Gefahr, dass eine der Geprellten die Polizei benachrichtigte, wenn er den Kontakt zu plötzlich beendete.

Er riss die Sakkos, in deren Futter er Bargeld eingenäht hatte, aus dem Schrank, drückte sie ebenfalls in den Koffer, der sich fast nicht mehr schließen ließ. Ächzend wuchtete er das Gepäckstück in Richtung Wohnungstür, betrat das Treppenhaus und behielt das Paket im Auge, während er abschloss. Unschuldig, als wäre es eine ganz normale Lieferung, lag es da. Hörte er ein Ticken? Oder bildete er es sich nur ein? Er entschied sich dafür, dem Geräusch nicht auf den Grund zu gehen. Womöglich spielten ihm seine Nerven einen Streich. Oder auch nicht. Es gelang ihm, den Fahrstuhl zu erreichen, dann besann er sich eines Besseren und nahm die Treppe nach unten.

Auf der Straße angekommen hielt er Ausschau nach einem Taxi. Es war keines in Sicht. Einen Moment dachte er darüber nach, sein Auto zu nehmen, und zum ersten Mal in seinem Leben bereute er, dass er sich ein so auffälliges Gefährt zugelegt hatte. Er musste den Wagen schweren Herzens zurücklassen. Es galt, so unsichtbar wie möglich zu werden. Ein Nebelwesen, das sich jederzeit auflösen konnte. Nadler stieß einen Fluch aus und rannte, so schnell es sein Gepäckstück zuließ, die Straße hinunter.

Der gute alte Pakettrick hatte Wirkung gezeigt. Warum auch nicht? Er hatte ihn mehrfach angewandt. Die Reaktion der Betroffenen war jedes Mal ähnlich. Die vage Ahnung, dass sich ein bedrohlicher Inhalt in dem Paket befinden konnte, war die Summe aus Schuldgefühl und der Vermutung, dass es Mitwisser für eine Untat gab. Eine Mischung, die nicht sehr schlafförderlich oder blutdrucksenkend war.

»Ich habe nichts bestellt. Nehmen Sie es wieder mit«, äffte er Nadler in hohem Tonfall nach. Er hatte seine Angst durch die geschlossene Tür riechen können. Diese Drecksau hatte die Hose gestrichen voll. Und daran würde sich so schnell nichts ändern. Nadlers Angst war die Währung, in der er seine Taten sühnen musste. Er ließ sich tiefer in den Sitz des Wagens sinken, als die Haustür aufging. Morten Nadler sah sich hektisch um, der große Koffer in seiner Hand ließ darauf schließen, dass er abhauen wollte.

Nadler lief die Straße hinunter, winkte einem Taxi, das herangefahren kam, stieg ein. Der Wagen brauste davon.

Er ließ den Motor an und lächelte. »Da hat es aber jemand sehr eilig«, flüsterte er. »Aber sei dir gewiss: Mich wirst du nicht mehr los.«

»Gibt es etwas Neues an der Dating-Front?«

Konietzny sah mürrisch über den Rand seines Bildschirms und ließ die Lippen geräuschvoll flattern. »Ich kann nicht behaupten, dass die Portalbetreiber sehr kooperativ sind. Die nehmen den Datenschutz ihrer Mitglieder sehr ernst, was ja im Grunde genommen super ist. Nur halt nicht für unsere Arbeit. Das Einzige, was ich herausfinden konnte, war, dass die Profile von Kapitän Sven Jansen und dem schönen Major

Keith Burnell bereits gelöscht sind. Damit ist es auch schwierig zu rekonstruieren, wer mit den beiden Kontakt hatte. Und gesetzt den Fall, er hat die Frauen wirklich um ihr Geld gebracht: Keine hat bislang die Betreiber informiert, geschweige denn ihn angezeigt.«

»Verständlich. Die Frauen schämen sich, wenn sie merken, dass sie auf einen Betrüger reingefallen sind«, erwiderte Yoselin. »Meist erfahren nicht einmal die nächsten Angehörigen oder die Freunde davon. Das ist aber auch eine Sauerei, einsame Menschen so auszunutzen.«

»Ja, selbst der Kampf gegen die Einsamkeit ist zum Geschäftsmodell geworden. Was früher die Partnerschaftsanzeige in der Zeitung nicht erbringen konnte, löst heute Tinder im Handumdrehen. Einmal gematched, und schon geht's in die Kiste.« Konietzny lief rot an. »Hat mir ein Freund erzählt.«

Yoselin kniff ihm in die Wange. »Soso, ein Freund hat das erzählt. Wenn das mal nicht der kleine Konny selbst war, der diese Erfahrung gemacht hat.«

Konietzny rieb sich die Wange. »Ich doch nicht«, sagte er kleinlaut. »Hab ich gar nicht nötig.«

Yoselin winkte ab, obwohl sie zu diesem Thema einiges zu sagen gehabt hätte. Ihre Freundin Betty hatte sie überredet, auf Tinder ein Profil anzulegen. Sie hatte es gerade erst hochgeladen, als die ersten Angebote eindeutigen Inhalts kamen. Offenbar warteten einige Männer nur darauf, einer weiblichen Neuanmeldung Bilder ihres Gemächts zuzusenden. Als sie sich bei ihrer Freundin darüber beschwert hatte, lachte Betty nur.

»Ich weiß nicht, was du hast. Auf diese Art erlebst du wenigstens keine unangenehmen Überraschungen, wenn es zur Sache geht.«

Dass diese Einschätzung ausgerechnet von Betty kam, die in jeder höflichen Geste ihrer männlichen Kollegen einen Angriff auf ihre emanzipatorische Grundhaltung sah, hatte Yoselin sehr überrascht. Nein, für Beziehungen dieser Art fühlte sie sich zu alt, vielleicht auch, weil sie nicht verzweifelt nach einer neuen Liebe suchte. Vielleicht hing sie aber auch nur dem aus der Zeit gefallenen Begriff »Romantik« nach, der bei ihr eine große Rolle spielte.

Bei den kommerziellen Partnerschaftsportalen ging es jedoch um etwas anderes als um das bloße Kennenlernen und den Austausch von Körperflüssigkeiten. Hier war der Wunsch nach Bindung, nach Halt, nach Liebe ausschlaggebend. Dort meldeten sich Frauen und Männer an, die von der Gesellschaft nicht mehr gesehen wurden, die es leid waren, die Trial-und-Error-Methode bei der Partnerwahl anzuwenden. Die vielleicht auch nicht mehr die Zeit dazu hatten, ewig lange auf den Richtigen zu warten, und womöglich nicht die Gelegenheit, eine entsprechende Person zu finden. Und dafür waren die nach dem großen Glück Suchenden bereit, einen stattlichen Mitgliedsbeitrag zu entrichten und sich dem Wohl und Wehe des Algorithmus auszusetzen. Im Grunde war dies eine gute Idee, wenn sie nicht von Gaunern entdeckt worden wäre, die sie kommerziell ausnutzten.

Das Räuspern ihres Kollegen Säger, der nahezu lautlos den Raum betreten hatte, holte sie in die Realität zurück. »Ich komme gerade aus einer Besprechung mit Herrn Kästle zurück«, sagte er und hielt ein Blatt Papier in die Höhe. »Er ist sehr ungehalten darüber, dass wir noch keine eindeutige Spur zu dem Brandfall in Nußdorf haben. Von Rechberg hat bei ihm angerufen und sich erkundigt, wann wir das Gebäude freigeben. Der Schaden muss von der Versicherung geschätzt werden, sonst kann keine Regulierung erfolgen. Und das sollte nach von Rechbergs Meinung schon bald geschehen.«

»Isch des mei Problem?«, rief Yoselin empört aus. »Mir hen an Todesfall aufzumklära? Von Rechberg ka mi kreizweis!«

Säger schmunzelte. »Ich habe mit Herrn Kästle gewettet, dass Sie so reagieren würden. Ich werde die zehn Euro spenden. Ich habe ihm auch klargemacht, dass wir mitten in der Spurenauswertung sind und dass diese noch dauern wird. Aber ich habe noch etwas anderes herausgefunden …«

Säger legte einen Zeitungsabschnitt auf den Tisch und wartete, bis die Kollegen den Artikel überflogen hatten. Yoselin zuckte mit den Schultern. »Okay, von Rechbergs Gehöft, das damals abgebrannt ist, war bei der Abagarion Oberschwaben versichert. Was wollen Sie uns damit sagen?«

Säger zückte sein Notizbuch, blätterte darin, bis er die richtige Seite gefunden hatte: »Das Gebäude in Nußdorf war ebenfalls bei der Abagarion versichert.« Er befeuchtete seinen Zeigefinger und blätterte zurück. »Und wissen Sie, wer bei der Abagarion in der Schadenabteilung arbeitet?«

»Keine Ahnung. Machen Sie es nicht so spannend!«

»Morten Nadler!«

Yoselin pfiff leise durch die Zähne. »Das kann doch nicht alles Zufall sein. Ich denke, wir müssen dieser Versicherung und speziell Herrn Nadler mal einen Besuch abstatten.«

»Das ist ja spannend«, kam es von Konietzny. »Könnte ich vielleicht mitkommen?«

»Auf gar keinen Fall. Die Damen auf den Dating-Portalen wollen von dir beschützt werden«, antwortete Yoselin und zwinkerte Kollege Säger zu. »Du solltest also schnellstmöglich herausfinden, wer deinen Schutz am dringendsten braucht.«

Konietzny zog einen Flunsch, bewegte die Tastatur zu sich heran und hämmerte den Namen eines weiteren Portals hinein. Seufzend scrollte er durch die Geschäftsbedingungen, akzeptierte sie und klickte sich leise fluchend durch die angezeigte Auswahl.

Yoselin grinste. Diese Tätigkeit hatte mit Spaß wenig zu tun, das war klar. Aber Fleißaufgaben gehörten halt zur Tätigkeit eines ermittelnden Beamten dazu.

»Wunder gibt es immer wieder«, der Klingelton ihres Smartphones – ein Song, den die Schlagersängerin Katja Ebstein bekannt gemacht hatte – erklang. Ihre Mutter. Yoselin zögerte mit der Annahme des Gesprächs. Sie schnitt Säger eine Grimasse und nahm ab. Sie lauschte dem Redefluss von Judith Blaich, der keinen Punkt und kein Komma kannte. Nach einer Weile ließ sie den Apparat sinken, schloss die Augen und schüttelte den Kopf.

»Konny, begleite du Kollege Säger zur Abagarion«, sagte sie tonlos. »Das war meine Mutter. Sie wurde gerade ins St. Elisabethen-Klinikum eingeliefert und redet nur noch Unsinn. Noch mehr als sonst, das will was heißen. Ich muss dringend hin. Bevor die Pflegekräfte einen Nervenzusammenbruch erleiden.«

Als Yoselin Blaich eine halbe Stunde später in der Notaufnahme der St. Elisabethen-Klinik ankam, saß ihre Mutter im Warteraum und stampfte mit einer Krücke einen nervösen Takt auf den Boden. Ein Herr, der ihr gegenübersaß, blickte sie genervt an, tat jedoch gut daran, sie nicht anzusprechen. Yoselin erkannte an Judith Blaichs Haltung und ihrem Mienenspiel, dass sie auf Krawall gebürstet war.

»Da bist du ja endlich«, brach es aus ihr heraus, als sie ihre Tochter erblickte. »Ich habe schon gedacht, du kommst gar nicht mehr.«

Yoselin ließ den Frontalangriff unerwidert und deutete auf Judiths Fuß, der in einer Manschette steckte. »Wie ist das passiert?«, erkundigte sie sich.

»Das habe ich dir doch schon am Telefon gesagt. Deine Großmutter dreht durch. Völlig übergeschnappt. Sie ist schuld, dass ich jetzt vier Wochen dieses Ding da tragen muss. Im Sommer! Wenn alle Röcke tragen, kann ich nur in Jogginghosen durch die Gegend rennen. Ausgerechnet jetzt. Ich halte das bald nicht mehr aus.«

Judith Blaichs Stimme zitterte und Yoselin erkannte, dass sie kurz davor war, in Tränen auszubrechen. Wenigstens das wollte sie dem alten Herrn gegenüber ersparen. Sie half ihrer Mutter beim Aufstehen, hakte sie unter und reichte ihr die Gehhilfen.

»Jetzt beruhigen wir uns erst einmal und fahren nach Hause. Und dann erzählst du mir, was passiert ist. Ich verstehe nämlich kein Wort.«

Sie lächelte dem Herrn im Wartezimmer zu, der verdrehte die Augen und verbarg seinen Blick hinter einer Zeitung, die er wie eine Wand zwischen sich und seiner Umwelt errichtete.

»Deine Großmutter wird uns durch ihren Wahn, uns schützen zu wollen, umbringen. Sie ist eine Gefahr für die Menschheit«, echauffierte sich Judith Blaich. »Unsere Wohnung stinkt wie ein Komposthaufen, den jemand angezündet hat. Den Gestank ihres Rauchzaubers bekommen wir nie wieder aus der Nase, geschweige denn aus den Klamotten. Und dann hat sie irgendein Öl zusammengemixt und damit den gesamten Küchenboden ausgewischt. Und wer fliegt auf den Hintern? Ich! Nein, es war nicht der Hintern. Dehnung des Sprunggelenks im Knöchel. Vier Wochen kann ich nicht richtig gehen, hat der Doktor gesagt. Mindestens.«

Yoselin hatte große Mühe, nicht laut zu lachen. »Sprunggelenksdehnung. Da hast du aber Glück gehabt, dass sie das nicht gleich operiert haben. Da sind schon Leute daran gestorben.«

Judith blieb stehen, stützte sich auf die Gehhilfen und sah ihre Tochter eindringlich an. »Verarschen kann ich mich alleine. Dann heißt das eben anders, ich bin keine Medizinerin. Ich weiß nur eines: Du musst mit deiner Großmutter reden. So geht das nicht weiter.«

Yoselins Heiterkeit verflog so schnell, wie sie gekommen war. Ihre Mutter beherrschte die Gabe des Verschiebens von Zuständigkeiten geradezu meisterlich. »Du hättest Yombé nicht verkaufen dürfen. Wenn die Figur noch da wäre, würde Großmutter nicht ins schamanische Schatzkästlein greifen, um uns vor dem Bösen zu schützen. Das ist deine eigene Schuld. Also rede du mit ihr.«

»Das Einzige, vor dem sie uns schützen muss, ist ihr Schutzzauber. Und sie selbst. Am besten wäre, sie ginge zu ihrem Sohn zurück. Und käme niemals wieder. Außerdem konnte ich doch nicht wissen, dass sie an dieser grauenhaften Figur so hängt.«

Judith ging humpelnd weiter. Trotz ihres Handicaps hatte Yoselin Mühe, mit ihr Schritt zu halten. Offenbar war die Verletzung nicht ganz so dramatisch, wie es am Telefon geklungen hatte. Auch diese Kunst hatte sich ihre Mutter im Laufe der letzten Jahre angeeignet: Schockiere dein Umfeld mit der dramatischsten Schilderung deiner Situation und sichere dir damit die maximale Aufmerksamkeit. Yoselin hatte ihr einige Male im Scherz geraten, sie solle diese spezielle Gabe doch nutzen und einen Ratgeber schreiben, doch Judith war so ziemlich der ironieresistenteste Mensch, den Yoselin kannte. Eine Weile gingen sie stumm nebeneinanderher. Es war einer dieser Momente, in denen Yoselin einen Vater vermisste. Nicht ihren Vater, den sie nie kennengelernt hatte und der den Erzählungen ihrer Großmutter zufolge ein ziemlicher Tunichtgut war. Aber einer, der auch mal vermitteln konnte, der eine andere Sicht in die Diskussionen einbrachte, eine unbeteiligte Person, die die beiden in ein vernünftiges Gespräch zwang, und wenn gar keine Einigung zu erzielen war, selbst eine Entscheidung traf. Mit zunehmendem Alter wurde Yoselin immer mehr in diese vermittelnde Rolle hineingedrängt, für die sie sich nicht beworben hatte. Die sie auch nicht erfüllen konnte.

»Was hast du eigentlich mit dem Geld gemacht, das du für Yombé bekommen hast?«, fragte sie, um das Gespräch wieder zum Laufen zu bringen.

»Ich habe in meine Zukunft investiert«, kam es wie aus der Pistole geschossen zurück.

Yoselin entging der leicht verschnupfte Tonfall nicht. Das war auch so eine Unart ihrer Mutter. Sie fühlte sich durch die harmlosesten Fragen provoziert, auch wenn es nur darum ging, ihr Verhalten zu verstehen.

»Aha, hast du Wertpapiere gekauft? Oder in Edelmetalle investiert? Sieht dir gar nicht ähnlich. Das hat dich doch nie interessiert.«

Judith Blaich blieb stehen und zeigte mit einer Krücke auf ihre Tochter. »Aktien! Gold! Silber! Du bist wie dein Vater, der hat auch immer nur von monetären Werten geredet, wenn es um die Definition von Glück ging. Dabei gibt es doch so viel anderes, was genauso wichtig ist. Liebe, Geborgenheit, Freundschaften …«

»Echt, Mama, manchmal denke ich, wir sprechen verschiedene Sprachen. Ich kapier nicht, was du meinst. Und außerdem weichst du meiner Frage aus. Was ist mit dem Geld passiert?«

Judith nahm die Krücke herunter. »Natürlich kapierst du das nicht. Du bist noch jung. Für dich stehen alle Türen offen. Aber ab einem bestimmten Alter muss man dem Glück ein wenig nachhelfen. Oder sagen wir besser: eine Fährte legen, damit es einen findet.«

»Was heißt das, verdammt noch mal!«, fauchte Yoselin. Sie verlor langsam die Geduld. Ihre Mutter zuckte zusammen. Offenbar hatte sie nicht mit der drastischen Reaktion der Tochter gerechnet. Sofort verwandelte sie sich in das kleine, unschuldige Mädchen, das sie wahrscheinlich mal gewesen war.

»Ich habe das Geld einem guten Freund geliehen, der in einer Notlage ist«, sagte sie kleinlaut.

»Wem?«, knurrte Yoselin.

»Kennst du nicht. Einem sehr, sehr lieben Menschen, der viel Pech in letzter Zeit hatte. Ich musste ihn einfach unterstützen, ich kann doch nicht zusehen, wie ein so wertvoller, aufrichtiger und charmanter Mann vor die Hunde geht. Das macht man doch nicht.«

Ihre Mutter setzte den Hundewelpenblick auf, von dem sie glaubte, dass er Steine erweichen konnte. Yoselin wiederum fand, dass er ihr eher etwas Dümmliches verlieh. Was ihren Zorn steigerte.

»Wo hast du denn diesen bedauernswerten Mann kennengelernt? Und wieso erfahre ich erst jetzt davon? Und was hat das mit deiner Zukunft zu tun? Wird er mein Stiefvater, oder was?«

»Ihr macht immer so ein Theater, wenn ich mal einen Mann gut finde. Und ja, vielleicht wird er dein Stiefvater. Mal sehen. So weit sind wir noch lange nicht«, antwortete Judith trotzig. »Und wenn du es genau wissen willst: Ich habe ihn im Internet kennengelernt. Auf einem Single-Portal. Unsere Interessen stimmen zu 78 Prozent überein. Er ist gebildet, interessiert sich für Kultur, reist gern, liebt die asiatische Küche, kleidet sich elegant, ist gern unter Menschen und schätzt die inspirierende Konversation. Genau wie ich.«

»Du schätzt inspirierende Konversation? Seit wann das denn?«, knurrte Yoselin und fing sich dafür einen strafenden Blick ihrer Mutter ein. »Nennt man Nachbarschaftstratsch jetzt so?«

»Pff, ich habe schon überlegt, ob ich für dich auch ein Profil anlege. Ich meine, wie lange ist das her, dass du einen Freund hattest? Das ist doch nicht gesund, so ganz ohne Berührungen, Zuwendungen und … du weißt schon.«

Judith ging weiter und vergaß sogar für einen Moment, die Krücken einzusetzen und das verletzte Bein nachzuziehen. Yoselin schoss das Blut in den Kopf, sie ballte die Hände zu Fäusten. Sie konnte nicht glauben, was sie da eben gehört hatte.

»Wie viel?«, brüllte sie ihrer Mutter hinterher. »Wie viel hosch du dem Kerl glieha?«

Es dauerte einen Moment, bis sie eine Antwort bekam. Doch das, was sie hörte, verursachte ein Rauschen in ihren Ohren.

»Herrn Nadler suchen Sie? Der hat sich krankgemeldet.«

Die junge Dame am Empfang der Abagarion Oberschwaben AG schenkte Norman Säger und Sascha

Konietzny ihr strahlendstes Lächeln. Sie stand hinter einer Theke, die an einen Counter am Flughafen erinnerte, inmitten einer sehr großzügigen, glasverkleideten Halle.

Konietzny erwiderte ihr Lächeln, aber irgendwie anders. Entrückter, als habe er eine der schönsten Nachrichten seines Lebens erhalten.

»Gut, dann kommen wir ein anderes Mal wieder«, säuselte er. »Hoffentlich sind Sie dann auch wieder hier.«

Säger stieß ihn unsanft an und wandte sich an die Angestellte.

»Wer vertritt Herrn Nadler denn? Wir haben ein paar Fragen zu dem Gebäudebrand in Nußdorf. Wie wir erfahren haben, ist die Villa bei Ihrer Gesellschaft versichert.«

»Moment, ich schau mal kurz im System«, antwortete die junge Frau und tippte etwas in die Tastatur.

Konietzny ging jede ihrer Bewegungen mit dem Kopf mit und strahlte. »Vielen Dank, dass Sie das für uns tun«, sagte er und erntete dafür ein Extra-Lächeln. »Die meisten Menschen reagieren ja eher abweisend, wenn sie es mit Polizisten zu tun haben. Aber so sind Sie nicht.«

»Wenn Sie auch noch anfangen zu applaudieren, dann schicke ich Sie in den Wagen zurück«, flüsterte ihm Säger ins Ohr. »Reißen Sie sich zusammen.«

»Ah hier«, unterbrach ihn die junge Frau. »Der Schaden wird von Herrn Nadler und von Werner Richter bearbeitet. Im Moment nur von Herrn Richter, Herr

Nadler hat sich ja krankgemeldet. Wenn Sie möchten, rufe ich Herrn Richter kurz an und sage ihm, dass Sie ihn sprechen wollen. Wäre das okay für Sie?«

»Das wäre mehr als okay für uns. Sie helfen uns sehr damit und ich weiß gar nicht, wie wir uns da revanchieren kö… Au!«

Konietzny rieb sich die Stelle am Arm, an der ihn Sägers Ellenbogen getroffen hatte. »Wir sind im Dienst, da haben Ihre Hormone frei«, knurrte der Hauptkommissar.

Die junge Frau wählte eine Nummer, meldete die Polizisten an und wies ihnen den Weg.

»Können Sie uns nicht hinbringen?«, wagte Konietzny einen letzten Versuch, den Kontakt auszubauen. Säger zog ihn mit sich zum Aufzug.

Richters Büro lag im dritten Stock, zur Karlstraße gewandt. Der Schadenregulierer hatte seinen Schreibtisch so platzieren lassen, dass er den schönen Blick auf die Innenstadt genießen konnte, wenn er zum Fenster hinaussah.

Er begrüßte die beiden Polizisten mit einem kräftigen Händedruck, bot ihnen einen Platz sowie Kaffee und Wasser an.

»Die harten Sachen sind leider aus. Heute war Vorstandssitzung!« Richter wieherte sein Vergnügen in den Raum und steckte Konietzny damit an. Nur Säger verzog keine Miene.

»Spaß muss sein, sprach Wallenstein und zog sich einen Whiskey rein«, platzte es aus dem Versicherungsangestellten heraus.

»… schob die Eier mit hinein«, korrigierte Konietzny schnell.

Er schlug die Hand vor den Mund und starrte den Hauptkommissar mit großen Augen an.

»So viel zum Unterhaltungsprogramm, das ich hiermit für beendet erkläre«, äußerte sich Säger ungehalten. »Wir haben ein paar Fragen an Sie. Eigentlich wollten wir auch mit Ihrem Kollegen Nadler sprechen, aber wie wir erfahren haben, befindet er sich im Krankenstand.«

Richters heiterer Gesichtsausdruck verfinsterte sich. »Im Krankenstand, genau. Ausgerechnet jetzt. Zu einem Zeitpunkt, zu dem wir alle Hände voll zu tun haben. Allem voran die Regulierung des Schadens an der Villa in Nußdorf. Unser Kunde ist sehr erbost darüber, dass er hier noch keine endgültige Zusage hat. Aber solange das Gebäude von der Polizei nicht freigegeben ist, können wir unsere Untersuchungen nicht abschließen. Wann dürfen wir denn damit beginnen?«

Säger musterte den großen Mann mit dem etwas zu klein geratenen Kopf genau. Die wenigen grauen Haare hatte er raspelkurz schneiden lassen, sie waren fast nicht zu sehen. Seine Haltung hatte etwas Dominantes, Forderndes. Hier saß jemand, der es nicht gewohnt war zu warten. Richter war einer, der seinen Willen durchsetzte. Er strahlte etwas Aggressives aus, etwas, was einen Gesprächspartner in die Defensive zwang.

»Vielleicht muss sich Herr Nadler von dem Schock erholen. Schließlich ist er nur knapp dem Brandanschlag entkommen, während seine Begleitung, leider, leider …«, erwiderte Konietzny.

»So, lieber Kollege, den Rest des Gesprächs übernehme ich«, unterbrach Säger harsch. »Sie gehen jetzt zum Auto und passen auf, dass es nicht gestohlen wird. Und zwar subito.«

Konietzny hob zum Protest an, doch Säger bedeutete ihm mit einer zornigen Geste, dass es besser war, keinen Widerspruch zu erheben. Mit gesenktem Kopf schlich er aus dem Raum.

Richter runzelte die Stirn und sah dem Gemaßregelten nach. Er erhob sich von seinem Stuhl und stützte sich auf der Kante des Schreibtisches ab. Ein wenig ähnelte er einem Gorilla, der sich vor den Besuchern im Zoo in Pose stellte. »Was hat das zu bedeuten? Welchem Brandanschlag ist Nadler entkommen? Dem in Nußdorf? Ich verstehe nichts. Klären Sie mich bitte auf!«

In kurzen knappen Sätzen fasste Norman Säger zusammen, was an dem Freitagabend passiert war. Mit jeder neuen Erkenntnis verdunkelte sich Richters Miene mehr.

»Sie wollen mir wirklich erzählen, dass unser Morten Nadler, die graueste Maus unter den grauen Mäusen, mit einem Monatsgehalt von 2.800 Euro netto, eine Luxusvilla am Bodensee mietet, um dort ein Wochenende mit einem Escort-Girl zu verbringen? Wie macht er das?«

»Er hat geerbt, sagt er. Aber darum sind wir nicht hier. Es gab vor Jahren schon einmal den Verdacht auf Brandstiftung bei einem Gebäude von Herrn von Rechberg. Ein Gehöft in Bad Saulgau. Und auch dieses Gebäude war bei Ihnen versichert. Gibt es dazu noch Unterlagen?«

Richter kratzte sich am Kopf und damit kehrte sich der Gorillavergleich um. Der Menschenaffe sah Richter ähnlich. »Das ist schon lange her, da muss ich erst mal im Archiv nachsehen. Außerdem verstehe ich nicht, was das mit dieser Villa zu tun haben soll.«

Säger zog sein Notizbuch hervor und blätterte darin. »Es reicht, wenn wir es verstehen. Das Gehöft ging am 25. August 2017 in Flammen auf. Vielleicht hilft Ihnen das bei der Suche. Ich würde die Akte gleich mitnehmen und warte so lange, wenn Sie nichts dagegen haben.«

»Klar, natürlich. Ich rufe gleich im Archiv an. Ich hoffe, da ist noch jemand. Ist ja schon nach vier Uhr.« Richter versuchte sich an einem Lächeln, doch es wollte ihm nicht so recht glücken. Er wählte eine Nummer, erreichte offenbar eine Person, gab die Schadendaten durch und forderte die dazugehörige Akte an. Als er das Gespräch beendet hatte, lächelte er Norman Säger gewinnend an. »Die Akte kommt sofort. Das Haus verliert nichts, nicht wahr?«

Säger zog die Augenbrauen nach oben. »Das will ich hoffen. Dies ist doch sicher eine seriöse Firma, die sich an die gesetzlichen Aufbewahrungsfristen von Akten hält. Meines Wissens sind das zehn Jahre. Alles andere wäre ein Skandal. Was meinen Sie, was die Presse zu einer solchen Geschichte sagen würde?«

Richter nickte und verlor für einen Augenblick seine Überheblichkeit. Offenbar fiel ihm keine originelle Erwiderung ein. Um die Stille im Raum zu überbrücken, sortierte er die Papiere, die vor ihm lagen.

Der Hauptkommissar würdigte ihn keines Blickes. Er durchmaß den Raum in der ihm typischen Gehweise und betrachtete die Urkunden an der Wand, die Richter als hervorragenden Angestellten auswiesen. »Staatlich geprüfter Versicherungsfachwirt«, »Mitarbeiter des Jahres 2015«, »Bester Verkäufer der Abteilung Komposit 2016«, hinzu kamen Dokumente, die er für den Gewinn von gesellschaftsinternen Wettbewerben verliehen bekommen hatte.

Säger machte sich Notizen. »Sie scheinen nicht nur Schadenregulierer, sondern auch ein guter Verkäufer zu sein«, sagte er und sah kurz von seinem Büchlein auf. »Glückwunsch! Da lässt sich doch bestimmt in Sachen Karriere etwas daraus machen.«

Richter lief rot an, öffnete den Mund, um ihn gleich wieder zu schließen. »Ich bin gut vernetzt«, sagte er, als er die Fassung zurückgewonnen hatte. »Das zahlt sich aus. Außerdem halte ich den Servicegedanken hoch, arbeite gründlich und zuverlässig. Das wissen die Kunden zu schätzen.«

Säger reagierte nicht und setzte seinen Rundgang fort. Richter beobachtete den Hauptkommissar und versuchte zu ergründen, was in diesem seltsamen Kauz vorging.

»Wissen Sie, was mir nicht in den Kopf will?«, begann er, um das Gespräch von sich abzulenken. »Ich begreife nicht, dass Nadler offenbar ein Doppelleben lebt. Hier macht er den Eindruck, als könnte er kein Wässerchen trüben, auf der anderen Seite lässt er es so richtig krachen. Schönes Leben mit Villa und geilen Weibern.

Ohne ein Wort darüber zu verlieren. Ich meine, wir sind doch Kollegen, da spricht man doch über solche Dinge. Also wenn ich ein Wochenende mit einer heißen Lady verbringen würde, dann wüsste das die ganze Firma.« Richter lachte laut.

»Wahrscheinlich hat Nadler genau aus diesem Grund nichts über sein Privatleben erzählt. Weil er die Bedeutung des Wortes ›privat‹ versteht«, erwiderte der Hauptkommissar. »Das ist ja selten geworden.«

Eine halbe Stunde später kehrte Säger zum Wagen zurück. Konietzny stand neben dem Auto und rauchte. Er sah den Hauptkommissar und warf die Zigarette weg. Er wusste, dass Säger Zigarettengeruch verabscheute und meist mit theatralischen Ausbrüchen reagierte. Husten, Röcheln, ätzende Laute und wedelnde Handbewegungen gehörten zum Standardrepertoire. Er war eindeutig in der Lage, einem Raucher den Genuss an der Zigarette zu verleiden. Wüssten die Krankenkassen von seiner Gabe, hätten sie Säger bestimmt zur Rauchervergrämung eingesetzt.

Ohne ein Wort stieg der Hauptkommissar auf der Beifahrerseite ein. Konietzny ließ sich auf dem Fahrersitz nieder, fummelte den Schlüssel ins Zündschloss und startete den Motor. »Und, wie ist es gelaufen?«, fragte er.

»Wenn Sie noch einmal bei einer Befragung den Mund aufmachen und interne Informationen an Dritte preisgeben, dann sorge ich dafür, dass Sie demnächst in den Streifendienst versetzt werden oder in die Verkehrsüberwachung. Ist das klar?«, platzte es aus Norman Säger heraus.

Er richtete den Blick starr nach vorn, das Profil erinnerte an eine steinerne Büste eines römischen Kaisers. Konietzny hatte ihn noch nie so wütend erlebt.

»Ja, ist klar. Tut mir leid. Ich dachte …«, erwiderte er kleinlaut.

»Nein, das haben Sie eben nicht!«, brüllte Säger. »Sie haben nicht gedacht! Sie haben drauflosgeplappert, als säßen Sie beim Frisör. Und womöglich haben Sie jemanden mit Informationen versorgt, der nun alles daransetzt, Morten Nadler tiefer in die Geschichte hineinzubefördern.«

»Warum sollte dieser Richter das tun? Was hat er denn davon?«

»Womöglich will er den Verdacht ablenken. Von sich oder jemandem, den er kennt. Denn ich bin mir ziemlich sicher, dass ich ihn schon einmal irgendwo gesehen habe. Und das ist gar nicht so lange her.«

»Ich fasse zusammen. Du hast einem wildfremden Mann, den du bei einer Partnerschaftsbörse kennengelernt hast, 3.000 Euro überwiesen, die er als Schutzgeld an die Mafia zahlen muss? Weil die ihm sonst seine Pizzeria in Schutt und Asche legt? Oder Gift seiner Tomatensauce beimischt? Mama, hast du sie noch alle beisammen? Die Geschichte ist so abstrus. Das glaubt kein Mensch. Außer dir!«

Yoselin hielt es nicht auf ihrem Platz. Sie stand etwas zu hastig auf, ihr Stuhl ging krachend zu Boden. Ihre

Mutter saß am Küchentisch und zerpflückte ein Papiertaschentuch, mit dessen Einzelteilen sie sich immer wieder die Augen trocknete. Judith schämte sich, weil sie durch ihre Leichtgläubigkeit die Ersparnisse der Familie aufs Spiel gesetzt und offenbar verloren hatte. »Er sah so nett aus und ich habe das doch geprüft. Diese Pizzeria Casa Nova gibt es wirklich in Eisenach. Und dass die Inhaber von italienischen Restaurants häufiger Schutzgelder bezahlen müssen, darüber habe ich schon gelesen. Außerdem habe ich Pedro das Geld nur geliehen. Du wirst sehen. Nächsten Monat zahlt er es mir mit Zins und Zinseszins zurück. Das hat er mir versprochen.«

Yoselin schlug sich mit der flachen Hand gegen die Stirn. »Na klar, vielleicht kommt er auch auf einem weißen Pferd angeritten und überschüttet dich am Tag der Rückzahlung mit roten Rosen«, ätzte sie. »Oder er entführt dich auf sein Schloss. Du kannst mir doch nicht einmal ein Bild von ihm zeigen, weil Pedro sein Profil gelöscht hat. Und da glaubst du, dass alles in Ordnung kommt? Das ist derartig daneben, dass mir dafür die Worte fehlen.«

Judith streckte den Rücken durch und zog eine trotzige Grimasse.

»Wir haben uns über WhatsApp geschrieben, weil wir sicher sein wollten, dass der Portalbetreiber unsere Chats nicht mitverfolgt. Da kann man gar nicht vorsichtig genug sein, hat Pedro gesagt.«

»Ach so! Wenn dr Pedro des sagt, no wird's wohl stemma!«, polterte Yoselin. »Vielleicht sind des au Erfahrungswerte. Des macht dr Schofseggel net zum erschde Mol. I schätz, du kannsch ihn über WhatsApp nemme erreicha, oder?«

Judith Blaich schüttelte den Kopf. »Die Nummer ist nicht vergeben, steht da. Dabei habe ich vor zwei Tagen mit ihm geschrieben. Und auch kurz angerufen. Da war noch alles in Ordnung. Vielleicht streikt sein Anbieter. Könnte doch sein, oder? Außerdem finde ich es nicht gut, wenn du so stark schwäbelst. Das passt gar nicht zu dir. Das habe ich dir schon hundertmal gesagt.«

Yoselin stellte den Stuhl auf und setzte sich ihrer Mutter gegenüber. Die Knibbelei mit dem Papiertaschentuch machte sie nervös, also hielt sie Judiths Hände fest. Sie wartete einen Moment, bis sie sich wieder beruhigt hatte. »Gut, versuchen wir etwas über diesen Pedro herauszufinden. Kannst du seine Stimme beschreiben? War sie eher tief oder hoch? Hatte er einen Akzent? Oder einen Sprachfehler? Gibt es irgendeinen Hinweis?«

Ihre Mutter sank wieder in sich zusammen und schüttelte den Kopf.

»Seine Stimme war eher so mittelhoch, also alter Basstenor vielleicht. Und es könnte sein, dass er aus den neuen Ländern kommt. Oder aus Bayern.«

Yoselin schloss die Augen. Eine unpräzisere Beschreibung konnte es nicht geben. »Okay, du kannst also auch hierzu keinen Hinweis geben. Ich schlage vor, dass du diesen Pedro trotzdem anzeigst. Vielleicht bist du ja nicht die Einzige, die er um ihr Geld gebracht hat.«

Judith machte eine abwehrende Geste. »Das mach ich nicht. Angenommen es stimmt, dass Pedro ein Betrüger ist und ich unser ganzes Geld geopfert habe, dann darf das niemand erfahren. Wenn das eine meiner Freundinnen oder jemand aus der Nachbarschaft mitbekommt, kann ich Ravensburg verlassen. Den Spott erspare ich mir.«

Yoselin raufte sich die Haare. In dem Universum ihrer Mutter gab es nur eine Person, um die sich alles drehte. Sie selbst. Egoismus, der in dieser Situation gänzlich unangebracht war.

»Mama, wir können nur gegen diesen Typen ermitteln, wenn jemand Anzeige erstattet. Wenn das nicht geschieht, dann legt Pedro immer neue Profile an, um andere Frauen zu ruinieren. Du könntest helfen, das zu verhindern.«

Ihre Mutter verschränkte die Arme vor der Brust und verwandelte sich von einer Sekunde auf die andere in ein trotziges Kind. Yoselin wusste, dass sie in diesem Zustand wenig Entgegenkommen erwarten konnte.

»Warum soll es anderen besser ergehen als mir?«, murrte sie. Sie legte ihr geschientes Bein auf einen zweiten Stuhl und seufzte. »Könntest du mir bitte etwas von dem Rosé-Wein aus dem Kühlschrank holen? Ich brauch das jetzt. Für meinen Fuß.«

Yoselin öffnete den Kühlschrank, nahm die Flasche Wein heraus und knallte sie auf den Tisch. »Wohl bekomm's!«, sagte sie ärgerlich. »Wenn du deine Meinung ändersch, dann woisch du, wo de mi findesch.«

Sie drehte sich ab und ging.

»Und könntest du deiner Großmutter bitte sagen, sie soll endlich mit diesem Hokuspokus aufhören, bevor sich jemand das Genick bricht?«, rief ihr Judith hinterher. »Auf mich hört sie ja nicht.«

Mit dem Tod hatte er sich eigentlich nie richtig beschäftigt. Wenn er auf Vögel oder Katzen schoss, war es mehr der Jagdinstinkt, der ihn dazu antrieb. Es ging darum, ein bewegliches Ziel zu treffen, es hätte genauso gut der Reifen eines vorbeifahrenden Autos oder eines Fahrrads sein können. Er schoss aber nicht auf Autos oder Fahrräder, weil jeder Treffer ungewollte Reaktionen ausgelöst hätte. Einen Sturz zum Beispiel, bei dem der Radler oder die Radlerin zu Schaden kam. Oder es geschah ein Unfall, weil die Fahrerin oder der Fahrer den Wagen nicht mehr in der Spur halten konnte, wenn der Reifen platzte. Wenn Menschen verunglückten, war die Öffentlichkeit in Aufruhr, wollte Gründe finden. Womöglich schalteten sie die Polizei ein. In dieser Suche steckte die Gefahr, entdeckt zu werden, nicht mehr ungesehen handeln zu können. Das wollte er vermeiden.

Wenn er das Leben von Tieren auslöschte, dann erfolgte dies fast emotionslos. Er hatte keine Beziehung zu seinen Opfern. Er erlegte und begrub sie. Lediglich die Besitzer von den Katzen und Hunden in der Nachbarschaft bemühten sich kurz, den vierbeinigen Freund zu finden, dann betrauerten sie kurz den Verlust der vierbeinigen Weggefährten, vergossen ein paar Tränen. Einige gingen sofort los, um das verschwundene Tier durch ein anderes zu ersetzen. Aus den Augen, aus dem Sinn.

Als seine Großeltern starben, hatte das ebenfalls keine Gefühle bei ihm ausgelöst. Er hatte sie kaum gekannt, ab und zu, an Geburtstagen oder Feiertagen, waren sie zu Besuch gewesen, hatten jedoch wenig Notiz von ihm genommen. Er war für sie unsichtbar gewesen, vielleicht hatten sie auch Angst vor ihm gehabt. Weil er nie antwortete, wenn sie etwas fragten. Weil er ihre Geschenke noch am selben Abend zerstörte, weil er das Essen in ihrer Gegenwart nicht anrührte. Weil er spät abends das Haus verließ, ohne jemandem zu sagen, wohin er ging, und erst am nächsten Morgen zurückkehrte. Er winkte ihnen auch beim Abschied nicht nach, er war bei der Beerdigung nicht einmal an ihr Grab getreten. Sie waren ihm zeitlebens fremd geblieben und er hatte kein Interesse gehabt, daran etwas zu ändern.

Erst der Tod von ihr hatte etwas in ihm geweckt. Ihr Anblick hatte ihn in einen Zustand versetzt, den er bis zu diesem Zeitpunkt nicht gekannt hatte. Zum ersten Mal in seinem Leben fühlte er Verlust, jedes betrachtete Detail löste eine Lawine der Dunkelheit aus. Das fahle Gesicht, das einst so rosig gewesen war. Die Kälte ihrer Haut, die Steife ihrer Glieder. Das Bewusstsein, dass sie nie wieder erwachen würde, nie wieder mit ihm lachen, herumalbern, traurig sein, trösten, erzählen, zuhören, kuscheln oder einfach nur neben ihm sitzen und einen Film anschauen würde, machte ihn unendlich traurig. Und wütend.

Auf sie, weil sie nicht besser auf sich aufgepasst hatte. Auf sich selbst, weil er sie nicht hatte schützen können. Und auf ihn, weil er sie ihm weggenommen hatte.

Einfach so. Ohne Rücksicht. Ohne Skrupel. Und ohne Liebe.

Und auch wenn er an seinen Tod dachte, empfand er etwas: tiefen, durch Trauer genährten Hass.

Er sah sich sein Waffenarsenal an, das er vor sich aufgereiht hatte. Die Walther PPK, die Mauser HSc, beides Pistolen aus alten Wehrmachtsbeständen, das russische Sturmgewehr AK-74, ein Fundstück in einem Schacht im Wald. Das Gewehr G3, das er einem der Jungs abgekauft hatte, die P1 von dem alten Sack, dem er den Keller leergeräumt hatte und der ihn nicht hatte bezahlen wollen. Dazu das Arsenal an Jagdmessern.

Er hatte den Rahmen mit ihrem Foto hinter den Waffen aufgestellt und sah es lange an. Sie im Sommerkleid, umgeben von Dahlien, im Hintergrund die glänzende Oberfläche des Bodensees. Auf der Insel Mainau war dieses Foto entstanden, er erinnerte sich genau an den Ausflug. Dahlien waren ihre Lieblingsblumen gewesen und der Anblick des bunten Blütenmeeres schien sie zu verjüngen. Selten hatte er sie so glücklich gesehen.

»Such du aus. Nur für den Verteidigungsfall«, flüsterte er dem Foto zu. Er wartete einen Moment, dann nahm er das Bowiemesser mit dem Griff aus Hirschhorn an sich. »Eine gute Wahl, ich danke dir. Damit kann mir nichts passieren«, sagte er, dann drehte er ihr Bild um. Sie sollte nicht sehen, dass er auch das Fläschchen mit Morphin einsteckte.

Yoselins Wut auf ihre Mutter war noch nicht verraucht, als sie im Präsidium ankam. Sie warf einen Blick in

Konietznys Büro und fand den Kollegen konzentriert auf den Bildschirm starrend vor. Sie klopfte an den Rahmen seiner Tür, und als er nicht reagierte, etwas lauter. Der Kollege erschrak und sah sie mit schuldbeladener Miene an.

Yoselin lachte. »Na, na, na, mein lieber Konny, du wirst doch hier nicht während der Arbeitszeit schmutzige Filme ansehen. Oder Tinder-Kontakte pflegen«, zog sie ihn auf. »Wie lief es denn bei Nadler?«

»So mittel«, bekam sie zur Antwort. Konietzny sah nicht vom Bildschirm auf, Yoselin hatte das Gefühl, dass er Augenkontakt vermeiden wollte. Sie ging um den Tisch herum und sah ihm über die Schulter.

»Wo ist das? Bad Saulgau?«

Konietzny nickte stumm und blätterte weiter zu einem Schadenbericht, der von einem Sachbearbeiter mit Namenskürzel »Na« verfasst worden war. Yoselin überflog die Zeilen, versuchte, das technische und versicherungsrechtliche Geschwurbel für sich zu übersetzen, das auf die eigentliche Brandursache »Kabelbrand« hinauslief.

»Keine Brandstiftung also. So wie Salzmann es gesagt hat. Und ein gewisser ›Na‹ hat den Bericht geschrieben. ›Na‹ wie Nadler.«

Konietzny murrte seine Zustimmung.

»Und was sagt er dazu? Habt ihr ihn gefragt, ob er Salzmann kennt?«

Ihr Kollege schüttelte den Kopf. Yoselin stieß ihn an.

»Und wieso habt ihr ihn nicht gefragt? Mensch, Konny, lass dir doch nicht jedes Wort aus der Nase ziehen. Was ist denn los mit dir?«

»Er war nicht im Büro, weil er krankgeschrieben ist«, knurrte Konietzny.

»Dann wart ihr sicher bei ihm zu Hause, um ihn zu befragen, oder nicht?«

»Da war er leider auch nicht«, kam es aus Richtung der Tür. Hauptkommissar Säger blickte die beiden missmutig an. »Aber dafür haben wir von einer Nachbarin das hier bekommen.« Er warf ein geöffnetes Päckchen auf den Tisch, das unter heftigem Geklapper aufschlug.

Yoselin lugte vorsichtig hinein. »Ein Wecker? Was soll das?«

»Offensichtlich lag das Paket, das an Nadler adressiert ist, schon eine Weile im Treppenhaus. Nachdem die Nachbarin bei ihm geklingelt, aber niemand geöffnet hat, nahm sie die Sendung zu sich in die Wohnung. Gegen Mitternacht ertönte ein Höllenspektakel, hat sie gesagt. Daraufhin hat sie das Paket geöffnet. Und den Wecker samt Notiz gefunden.«

Säger fischte einen Zettel aus der Verpackung und hielt ihn ihr hin.

Yoselin entfaltete ihn. »Zwei vor zwölf«, las sie laut. Sie besah sich das Paket genauer. Kein Absender, keine Frankierung. »Sieht so aus, als ob das Paket persönlich abgeliefert worden ist. Hat die Nachbarin irgendetwas davon mitbekommen?«

Säger schüttelte den Kopf. Yoselin sah zu Konietzny, doch der zuckte nur mit den Schultern.

»Und Nadler war nicht zu Hause? Was schließen wir daraus?«

»Es gibt mehrere Möglichkeiten«, antwortete Säger. »Wenn einem Menschen, auf dessen Eigentum schon Anschläge verübt worden sind, ein Paket zugestellt wird, in dem es laut und vernehmbar tickt, dann wird der Empfänger darin etwas anderes vermuten als einen Wecker.«

»Sie meinen, er hielt das Päckchen für eine Bombe?«

Säger nickte. »Es ist also möglich, dass sich Nadler auf der Flucht befindet, oder …«

»… entführt wurde«, ergänzte Yoselin und versuchte Sägers vernichtenden Blick zu ignorieren. »Aber von wem? Und wozu der Aufwand mit dem Paket?«

»Vielleicht sollte die Bombenattrappe nur dazu dienen, ihn in Panik zu versetzen. Er verlässt die Wohnung und, zack, schnappt die Falle zu. Und wenn es so war, scheidet Salzmann als Entführer aus. Er saß bis eben noch in Untersuchungshaft«, antwortete Konietzny.

»Bis eben?«, fragte Yoselin.

»Wir mussten ihn mangels Beweisen freilassen. Sein Anwalt, kein Geringerer als Dr. Ewald Volkmann von der Kanzlei Volkmann und Partner, hat dem Staatsanwalt und Kästle ordentlich den Marsch geblasen, wenn ich diese saloppe Formulierung verwenden darf. Und hat mit Konsequenzen gedroht«, ergänzte Säger.

»Dr. Ewald Volkmann hat die Verteidigung übernommen? Der meistgefürchtete und mit Sicherheit teuerste Anwalt Oberschwabens? Wie kommt Salzmann denn zu dem und wie kann er sich ihn leisten?«

»Es wird Sie vielleicht überraschen, aber Volkmann und Partner ist auch die Kanzlei, die Georg von Rechberg in allen Angelegenheiten vertritt. Aber ...«, er blickte kurz zu Konietzny, der hinter seinem Bildschirm in Deckung ging, als erwarte er ein verbales Geschoss von Säger, »... wir haben noch etwas herausgefunden.«

Er legte den Ausdruck eines Fotos vor Yoselin. Es war die Fotografie von der Versammlung der »Neuen National Reformer«, auf dem Salzmann und von Rechberg zu sehen waren. Säger tippte auf einen großen Mann, der rechts von den beiden stand. Yoselin sah den Kollegen fragend an.

»Den kennen wir inzwischen auch. Und Sie werden nicht glauben, was dieser Mann beruflich macht.«

Morten Nadler öffnete die Tür der Minibar und sah missmutig hinein. Ihm war nach einem großen Glas Whiskey Sour zumute, doch es war weder Bourbon noch Zitronensaft vorhanden. Er nahm sich eine kleine Flasche Wein heraus, öffnete sie und trank einen Schluck aus der Flasche. Das war nicht ganz der Stil seiner Figuren, die er in den Dating-Foren platzierte, aber genau darum ging es ihm in diesem Moment: Er wollte, er musste nun einfach Morten Nadler sein. Angestellter bei der Abagarion Oberschwaben AG, im Krankenstand, auf der Anreise zu einer Kur. Von der er nicht mehr zurückkommen würde. Der Wein war eindeutig zu trocken, die Säure schien seine Speiseröhre verätzen zu wollen. Er überlegte, ob er das Hotel verlassen sollte, um in einer Bar in der Innenstadt etwas Abwechslung zu suchen, aber er kannte sich in Stuttgart nicht aus und hatte auch keine Lust, sich an der Rezeption nach einem entsprechenden Lokal zu erkundigen. Es war vielleicht besser, jetzt einen klaren Kopf zu behalten und vor allem unsichtbar zu bleiben.

Er sah zum Fenster hinaus. Das Gebäude des Stuttgarter Hauptbahnhofs, besser gesagt der übrig gebliebene Teil davon, war beleuchtet, was jedoch die Tatsache, dass hier noch Jahre gebaut werden musste, nicht ausblenden konnte. Nadler hatte die Diskussion um »Stuttgart 21« nicht gekümmert, er wohnte weit genug weg, um sich nicht einmischen zu müssen. Allerdings konnte er beim Anblick der riesigen Baugrube den Unmut der Menschen verstehen, die tagtäglich damit konfrontiert waren. Sie mussten Lärm, Schmutz und Umwege in Kauf nehmen, und das über Jahre. Ganz zu schweigen von dem vielen Geld, das hier verbuddelt wurde. Aber was ging ihn das alles an? Er hatte andere Sorgen. Er beobachtete eine Weile die Lichterschlangen der vorbeifahrenden Fahrzeuge, die Passantenströme, die bei grünem Ampellicht über die Straßen strömten. Unbescholtene Menschen, die sich zu einer Verabredung begaben, um sich zu amüsieren, oder nach Hause fuhren, um den Abend gemütlich ausklingen zu lassen. Lange Zeit hatte er sich ein solch normales Leben gewünscht. Er wollte eine Familie haben, eine Frau mit zwei Kindern, in einem Häuschen am Stadtrand wohnen, mit Terrasse und einem kleinen Garten. Er hatte von Ferien auf dem Bauernhof geträumt, von Strandurlauben in Kroatien. Doch diese Spießer-Träume, wie er sie selbst nannte, sollten nicht in Erfüllung gehen. Er war ein schüchterner Junge gewesen, der sich seiner strengen Mutter gegenüber nicht durchsetzen konnte. Der Vater war bei einem Autounfall gestorben, das hatte seine Mutter zu einer verbitterten Frau gemacht, die sich und ihrem Sohn keine Freude mehr gönnte. Morten durfte keine Freunde mit nach Hause bringen, Mädchen schon gar nicht. Seine aufkeimende Sexualität hatte er im wahrsten Wortsinn selbst in die Hand genommen. In seinen Gedanken war er der viel umjubelte Rockstar, der gut aussehende Fußball-Profi gewesen, dem alle Frauen zu Füßen lagen. Er konnte sich so in seine Trugbilder hineinsteigern, dass er manchmal regelrecht erschrocken war, wenn ihn das Spiegelbild wieder in die Realität zurückholte. Klein, zu dick, zu unauffällig, uncool und unendlich traurig. Die Mutter hatte nicht bemerkt, wie sehr Morten unter seiner Außenseiterrolle gelitten hatte, die alte Frau Kohlross von nebenan jedoch schon. Sie hatte ihm immer mal wieder Geld zugesteckt, von dem er sich etwas Schönes kaufen sollte. Ein nett gemeinter Versuch, ihn aufzuheitern, und für kurze Zeit hatte es funktioniert, dann jedoch verblasste der Reiz des Erworbenen und die Traurigkeit kehrte zurück. Irgendwann hatte er es begriffen. Frau Kohlross war einsam gewesen, so wie er selbst, sie hatte sich seine Gesellschaft, seine Zuneigung erkauft. Und als gelte es, einen Vertrag zu erfüllen, hatte er ihr Geschichten über den Verbleib des Geldes aufgetischt. Einen Bastelbogen für ein Flugzeug habe er erworben, das er in tagelanger Arbeit zusammengebaut habe, bevor es von einem Klassenkameraden aus purer Böswilligkeit zerstört worden sei. Ein anderes Mal sei er von Unbekannten überfallen und um sein Erspartes gebracht worden. Die Süßigkeiten habe die Mutter konfisziert. Am Ende der Erzählungen hatte Frau Kohlross immer die Geldbörse gezückt und ihm einen Schein in die Hand gedrückt. Zu jener Zeit hatte er sich ausgemalt, wie er seine Fähigkeit, Geschichten zu erfinden, beruflich nutzen konnte. Schriftsteller oder Journalist waren aufgrund seiner äußerst mittelmäßigen Schulnoten ausgeschieden, immerhin standen sie seiner Kaufmannslehre bei einer Versicherung nicht im Weg. Mit dem selbst verdienten Geld konnte er sich einen Computer kaufen und er erkannte, dass sich all seine Träume im Internet erfüllen ließen. Mehr noch: In den Chatrooms konnte er alle Identitäten annehmen, die er verkörpern wollte. Und er hatte gelernt, nicht zu viel von sich preiszugeben, nicht zu übertreiben, auf die Chatpartnerin einzugehen und zu lernen, zwischen den Zeilen zu lesen. Denn je mehr er über deren Sehnsüchte wusste und diese zu stillen versprach, umso mehr waren ihm die Damen entgegengekommen, ihrerseits Sehnsüchte zu erfüllen. Zunächst waren dies nur freizügige Bilder, irgendwann auch erotische Gegenleistungen gewesen. Natürlich hatten einige der Begegnungen zu Enttäuschungen geführt, wenn sie den Erwartungen nicht entsprochen hatten. Denn Morten war nicht der Einzige gewesen, der im Netz flunkerte. Bald schon hatte er es verstanden: Die Dating-Welt im Internet entsprach ganz und gar nicht der Realität, dafür waren die Plattformen nicht geschaffen worden, aber sie verhalfen dazu, Fantasien auszuleben. Und genau das hatte er getan. Nichts anderes. Er war dazu übergegangen, Frauen Illusionen von Glück zu verkaufen, und als er merkte, welchen Kurs das Glück im Leben dieser Damen hatte und dass es gar nicht darum ging, dieses Glück zu erfüllen, war er mit dem Preis hoch- und mit der Gegenleistung runtergegangen.

Morten ließ sich auf das Bett fallen und bereute die Entscheidung, nicht zum Flughafen gefahren zu sein, wie er es ursprünglich vorgehabt hatte.

Der Taxifahrer, den er in Ravensburg angehalten hatte, war ziemlich erstaunt gewesen, als er ihm sein Ziel genannt hatte. Ein Erstaunen, das sich relativ schnell in Geschäftstüchtigkeit verwandelt hatte. Nach einem viertelstündigen Streit hatten sie sich auf einen Preis von 400 Euro für die Fahrt nach Stuttgart geeinigt.

Unterwegs war Nadler klar geworden, dass er durch ein Einchecken am Flughafen nachverfolgbar war. Er kannte seinen vermeintlichen Gegner nicht, aber dieser verfügte offensichtlich über ein gutes Netzwerk, das ihn auf dem Laufenden hielt, oder, was wahrscheinlicher war, über technische Fähigkeiten, seine elektronische Spur zu verfolgen. Gut möglich, dass der Bedroher auch in der Lage war, sich in das Buchungssystem von Fluglinien einzuhacken.

Wenn er mit einem Zug weiterreiste, konnte er anonym eine Fahrkarte lösen. Er musste sich nicht ausweisen, trug genügend Bargeld bei sich, um einige Wochen über die Runden zu kommen, blieb damit von der Kreditkarte unabhängig. Keine Spuren hinterlassen, hieß eine weitere Devise seines Schattendaseins. Abtauchen, unsichtbar werden. Irgendwo eine neue Existenz aufbauen.

Und damit stand er schon vor dem nächsten Problem: Wohin sollte er gehen? Griechenland fiel ihm ein. Dort hatte er schon mehrere Urlaube verbracht und sich immer wohlgefühlt. Viel Sonne, das Meer, das Essen, der Wein. Die Menschen waren freundlich und entspannt, hervorragende Gastgeber, strahlten Zufriedenheit aus. Und das war es doch, was er im Grunde seines Herzens anstrebte: Zufriedenheit.

Von Stuttgart aus, das hatte seine Internet-Recherche ergeben, konnte er drei Reiserouten nach Athen wählen. Dann ab auf die Fähre zu einer Kykladen-Insel und abwarten. Er war sich sicher, dass sein Verfolger, wer immer das war, ihn dort nicht finden würde. Irgendwann würde Morten weiterreisen, vielleicht in der Anonymität einer Großstadt untertauchen, ein neues Leben beginnen.

Einen kurzen Moment dachte er an Lady Kira. Er hätte sie gern bei diesem Trip dabeigehabt. Sie war eine Frau, in die er sich hätte verlieben können, auch wenn ihm klar war, dass sie nur aus finanziellen Gründen mit ihm Zeit verbracht hatte. Aber auch sie liebte die Sonne, das Meer, den Strand, die Cocktails, den Luxus. Hatte geliebt, korrigierte er sich. Er hätte ihr alles bieten können und vielleicht hätte sie ihren Beruf für ihn aufgegeben.

Die Bilder der letzten Tage erreichten sein Bewusstsein. Szenen aus einem Katastrophenfilm, viel zu unwirklich, um Leute an die Kinokasse zu bewegen, und doch so real. Das Feuer, die Schuldgefühle, die Panik des Entdecktwerdens, die Angst vor der Bedrohung. Ihm fiel das Paket ein, das vor seiner Wohnungstür deponiert worden war. Vielleicht hätte er seine Nachbarin, die alte Schreckenberger, warnen sollen. Sie war immer freundlich zu ihm gewesen und hatte es nicht verdient, mitsamt dem Gebäude in die Luft zu fliegen. Aber vielleicht war gar nichts passiert? Ein Fehlalarm. Er musste Gewissheit haben. Sofort.

Er schaltete das Fernsehgerät ein. Ein Bombenanschlag wäre mit Sicherheit Bestandteil einer Nachrichtensendung. Er zappte sich durch die Programme, konnte keine entsprechende Meldung finden. Er zog den Laptop hervor, loggte sich in das WLAN des Hotels ein und durchforschte das Internet. Nichts. Schließlich rief er die Auskunft an, ließ sich mit der Nummer der Nachbarin verbinden. Er wartete. Nach dem siebten Klingelzeichen meldete sich Frau Schreckenberger krächzend. Erleichtert legte er auf. Die Alte lebte, das Haus war offensichtlich unversehrt geblieben.

Kriminalrat Kästle schob das Foto, das ihm Hauptkommissar Säger vorgelegt hatte, von links nach rechts und wieder zurück. Er dachte nach und es war ihm anzusehen, dass ihm das, was er gedanklich bewegte, überhaupt nicht gefiel. »Wenn i Sie richtig verstanda han, waret Salzmann, von Rechberg und dieser Winter bei der gleichen Truppe. Diesem komischa Verei. Des sen jetzt aber koine Nazis, oder?«

»Manche sagen so, manche sagen so«, erwiderte Yoselin. »Sozialdemokraten sind die jedenfalls nicht.«

»Und der von Rechberg hot den Verei …«, Kästle zeichnete mit den Fingern Anführungszeichen in die Luft, »… finanziell unterstützt. Und womöglich hot er von einige Mitglieder a Gegaleischdung verlangt.«

»Könnte sein. Und diese Gegenleistung bestand zum einen darin, den warmen Abriss eines Gebäudes, das seinen Plänen im Weg stand, zu organisieren und durchzuführen. Das hätte Salzmanns Part sein können. Der kurz davor am Tatort gesehen worden war. Und bei der raschen Schadenregulierung käme dann Richter ins Spiel.«

Kästle nickte. »Und in Nußdorf wurde des dann wiederholt, oder wie? Mit dem Onderschied, dass des Mädle umkomma isch. Weil koiner gewusst hot, dass die Villa an dem Wochenende bewohnt war.«

»Das könnte also bedeuten, dass Salzmann seine eigene Frau versehentlich umgebracht hat, indem er den Brand gelegt hat. Das ist dann aber richtig blöd gelaufen.«

Yoselin schüttelte den Kopf und wischte sich mit einer Hand über die Augen. Wenn die These stimmen sollte, dann war das Schicksal, um es mit einem Titel eines ihrer Lieblingsbücher zu sagen, ein ziemlich mieser Verräter.

»Das müssten wir Salzmann beweisen«, schaltete sich Norman Säger ein. »Das wird nicht einfach. Bei der derzeitigen Lage nimmt uns Volkmann auseinander. Und ich finde, hier kommen gerade ziemlich viele Zufälle zusammen.«

Im Raum des Kriminalrats wurde es still, Yoselin, Säger und Kästle hingen schweigend ihren Gedanken nach. Ein Klopfen an der Tür unterbrach die Ruhe. Ein gut gelaunter Konietzny wartete die Aufforderung einzutreten nicht ab und enterte das Büro des Chefs.

»Leute, es gibt Neuigkeiten an der Partnerbörsen-Front.«

Er schwenkte eine Notiz wie eine Fahne über seinem Kopf und grinste breit. Yoselin löste sich aus ihrer Gedankenstarre, schoss auf ihn zu und versuchte, ihm den Zettel zu entreißen, doch er streckte sich, sodass sie ihn nicht erreichen konnte. Sie kitzelte ihn am Bauch, Konietzny fing an zu zappeln, kreischte und quiekte wie ein Schimpansen-Baby, ließ schließlich den Zettel fallen. Noch bevor ihn Yoselin fassen konnte, hatte Säger ihn in der Hand und grinste triumphierend.

Kästle schüttelte den Kopf. »Ihr hen doch net älle Latta am Zaun«, murmelte er. »Was schtoht uff dem Zettel?«

»Nur ein Wort: ›Ausgeliebt‹«, las Säger vor.

»Isch des älles?«, polterte Kästle. »Ond dafür veranstaltet Sie hier so an Zirkus. I glaub, bei euch hackt's.«

»Das war es bestimmt noch nicht, aber das wird uns der kleine Konny gleich sagen.« Yoselin näherte sich ihrem Kollegen und deutete Kitzel-Bewegungen an. Konietzny quiekte und brachte sich durch einen Sprung zur Seite in Sicherheit.

»Frau Bloich, kenna mir jetzt mit dem Kendergarta-Getue aufhöra? I han mei Zeit et g'stohla. I krieg hier no an Vogel.«

Yoselin nahm Haltung an, auch wenn es ihr schwerfiel.

Konietzny trat noch einen Schritt zur Seite, behielt Yoselin im Auge, holte tief Luft und begann: »Es ist der Name einer Vereinigung von Frauen, die bei Partnerschaftsbörsen auf Schwindler hereingefallen sind. Eine Patrizia Kellermann hat sie gegründet. Sie wohnt in Reutlingen.«

»Und was bringt uns dieses Wissen, das ich im wahrsten Wortsinn aus dir herausgekitzelt habe?«, fragte Yoselin.

Kästle sah sie scharf an. Wagen Sie es nicht, sagte dieser Blick.

Konietzny stemmte theatralisch die Hände in die Hüften und erinnerte in dieser Pose an einen Mitwirkenden eines Amateurtheaters, der Bestürzung mimen sollte. »Was uns dieses Wissen bringt? Dein Ernst? Vielleicht kann uns die Dame von ›Ausgeliebt‹ etwas zu diesem oberschwäbischen Casanova sagen. Es ist doch gut möglich, dass sich unter den Hilfe suchenden Frauen eine befindet, die von Nadler betrogen wurde. Vielleicht ist ja auch eine darunter, die sich rächen will.«

»Ganz ausgeschlossen wäre das nicht. Frauen gelten im Allgemeinen als wesentlich rachsüchtiger als Männer«, sprang Säger seinem Kollegen bei.

»Wo haben Sie das denn her? Aus einem einschlägigen Männermagazin? Playboy oder so?«, ereiferte sich Yoselin. »Außerdem ist es ja gar nicht gesagt, dass Nadler Frauen betrogen hat. Wir haben es ja nur mal angenommen.«

Säger überhörte den Einwand. »Ich gebe zu, dass die Brachialität der Vergeltung in unserem Fall nicht zwingend für eine Frau spricht. Frauen gehen in der Regel kreativer vor. Aber: O tempora, o mores. Die Zeiten ändern sich.«

»Kollege Säger, ich schätze Sie sehr, aber manchmal habe ich den Eindruck, Sie sind geistig in einem anderen Jahrhundert hängen geblieben. Frauen tun dies, aber nicht das. Sie sind so, aber nicht so. Offensichtlich gibt es bei Ihnen nur Schwarz und Weiß.«

Säger schaute bedröppelt drein, Konietzny sah Yoselin erschrocken an.

»Oha, was ist denn mit dir los? Kollege Säger wird doch mal vermuten dürfen. Na ja, ich nehme mal mit Frau Kellermann Kontakt auf. Kann ja nicht schaden«, sagte er und schickte sich an, den Raum zu verlassen.

»Warte kurz«, hielt ihn Yoselin zurück. »Wenn du diese Frau Kellermann anrufst, sag ihr nichts von dem Brand. Falls es tatsächlich eine der Frauen gewesen sein sollte, dann wäre sie gewarnt. Sag ihr, dass du einen anonymen Hinweis auf einen Betrugsfall bekommen hast und dass du im Zuge der Recherche auf ihre Adresse gestoßen bist. Und dass du dich erkundigen willst, wie so etwas abläuft, weil du von diesen Angelegenheiten keine Ahnung hast.«

»Ist klar. Ich mach so etwas nicht zum ersten Mal«, erwiderte Konietzny beleidigt. »Ich geh erst mal essen.«

»Und was machen wir jetzt mit Salzmann?«, fragte Säger.

Kriminalrat Kästle winkte ab. »Im Moment nix. An

den komma mir jetzt net so recht ran. Aber nemmat euch doch mal den Verei vor. Mi dät interessiera, wer da älles mitg'mischt hot. Ond vor ällem, was im Umfeld von dem Verei älles passiert isch.«

»Fein«, sagte Yoselin. »Das ist doch die richtige Aufgabe für mich.«

Kästle zog die Stirn kraus. »Passet Se bloß uff! Wenn des Rechte sen, dann hen vor allem Sie koin Spaß.«

»Isch klar, i mach des au net zum erschde Mol«, antwortete Yoselin aufgebracht. Kästle sah verständnislos zu Säger, doch der zuckte nur mit den Schultern.

»Die oberschwäbischen Gene, da kann man nichts machen«, sagte er und folgte seiner Kollegin.

TREIBJAGD

Da war er wieder. Viktor Koester ballte die Faust, als hätte er soeben einen Sieg errungen. Lange Zeit hatte es so ausgesehen, als wäre Giacomo alias Rauscher alias Morten Nadler verschwunden, auf Nimmerwiedersehen untergetaucht. Es schien, als habe er sich einen neuen Computer beschafft samt neuem Internet-Browser, neuen Mail-Adressen. Es hätte das Ende der Verfolgung bedeutet, die Kapitulation vor einem Gegner, der zu raffiniert war, um gefasst zu werden. Koester hatte fast etwas wie Bewunderung empfunden, wie für einen ausgebufften Ganoven, der mit ein paar klugen Schachzügen Unternehmen um Millionen prellte.

Und dann dieser Anfängerfehler.

Nadler musste unter enormem psychischen Druck stehen oder sich seiner Sache ziemlich sicher sein. Warum sonst hatte er sich so unbedarft wie ein Teenager ins WLAN des Hotels Graf Zeppelin in Stuttgart eingeloggt? Oder war das nur ein Ablenkungsmanöver?

Nadler hatte Zugverbindungen nach Athen gesucht, aber keine davon gebucht. Er wollte also Urlaub machen. Oder sich absetzen. Womöglich ahnte er, dass er aufgeflogen war. Dann war schnelles Handeln angesagt.

Koester gab die Strecke von Hannover nach Stuttgart in den Routenplaner ein. Wenn es gut lief, konnte er in knapp fünf Stunden in der schwäbischen Metropole sein. Er sah auf seine iWatch, es war kurz nach Mitternacht. Wenn er Nadler noch erwischen wollte, bevor er seine Reise fortsetzte, durfte er keine Zeit verlieren. Er überprüfte den Inhalt seiner Geldbörse, verstaute sie in seiner Jackentasche, nahm den Autoschlüssel vom Haken. »Okay, Nadler«, sagte er leise. »Möge der Schnellere gewinnen.«

Nadler war ein Trottel. So viel war klar. Seine Flucht war so hirnrissig wie planlos. Ließ sich von einem Taxi nach Stuttgart gondeln, und anstatt sich an den Flughafen bringen zu lassen und ein Flugzeug zu besteigen, checkte er in ein Hotel ein, das von außen betrachtet sicher eines der teuersten der Stadt war.

Damit hatte er nicht gerechnet, er schlug wütend auf das Lenkrad seines Fahrzeugs ein. Das Paket mit dem Wecker sollte Nadler erschrecken, ihm unruhige Nächte bescheren, ihn zu Fehlern verleiten. Stattdessen floh dieser Feigling Hals über Kopf und wusste offensichtlich noch nicht einmal, wohin. Wahrscheinlich leerte er in diesem Moment die Minibar, schaute sich Pornos an und holte sich einen runter, während er im Auto in einer Seitenstraße saß und womöglich die ganze Nacht ausharren musste, bis sich Nadler wieder bewegte.

Er klappte seinen Laptop auf, öffnete den Internet-Browser und loggte sich mit Nadlers Kennwort ein. Wenige Minuten später war er im Bilde. Er lachte heiser, als er von seinem Vorhaben, mit dem Zug nach Athen zu reisen, las. »Was für ein unglaublicher Schwachkopf«, murmelte er und ließ sich etwas tiefer in den Sitz sinken. Ihm stand eine lange, unbequeme und höchstwahrscheinlich schlaflose Nacht bevor.

Werner Richter wälzte sich unruhig im Bett hin und her. Das Telefonat mit Georg von Rechberg hatte Wirkung gezeigt. Der Immobilienmogul war außer sich gewesen, dass ausgerechnet Rainer Salzmann mit dem Brand in Nußdorf in Verbindung gebracht wurde. Richter hatte beteuert, nichts von dessen angeblichem Vorhaben gewusst zu haben, doch von Rechberg hatte das nicht interessiert. »Wenn wegen diesem Kretin die Sache in Bad Saulgau wieder aufgenommen wird und womöglich im Zuge der Ermittlungen auch andere Geschichten, dann ziehe ich dich persönlich zur Verantwortung. Und glaube mir, das wird unangenehm, äußerst unangenehm.«

Dieser Satz ging Werner Richter nicht mehr aus dem Kopf. Er kannte von Rechberg lange genug, um zu wissen, dass er nicht zimperlich mit Leuten umging, die ihm in die Quere kamen. Er hatte beste Verbindungen zu den oberen Ebenen von Firmen und Institutionen und konnte mit nur einem Anruf Lebensläufe zerstören.

Eine heiße Welle der Wut quoll in Richter hoch. Salzmann, dieser Verlierer, dieser Hornochse. Er hatte ihn noch nie leiden können, diesen Mitläufer, Mitjubler, Fahnengetreuen ohne eigene Meinung. Große Fresse, nichts dahinter. Aber auch einer, der dumm genug war, sich für wenig Geld für gewisse Dienste einspannen zu lassen. Daher war der Auftrag in Bad Saulgau auch an ihn gegangen. Wenn er erwischt oder überführt worden wäre, und das hatte lange Zeit im Bereich des Möglichen gelegen, dann wäre es einfacher gewesen, ihn fallen zu lassen wie eine heiße Kartoffel. Dann wäre der Vorfall als die bedauerliche Tat eines geistig Verwirrten durchgegangen. Denn genau das war Salzmann: ein alkoholsüchtiger Psychopath, ein von Selbstmitleid durchdrungenes Weichei. Allerdings mit großem Geltungsbedürfnis und einem Hang zu Gewalt. Ob dies jedoch ausreichte, um die eigene Frau in einer Villa anzuzünden?

Richter drehte sich zur Seite und sah auf die Digitalanzeige seines Weckers. Halb zwei. In vier Stunden war die Nacht für ihn vorbei. Der frühe Vogel fängt den Wurm. Und der Wurm hieß Salzmann. Er musste mit ihm sprechen.

IM VISIER

»Das ist wirklich unglaublich … Das tut mir sehr leid … Ich kann das gut nachvollziehen …«

Konietzny winkte Yoselin zu, als sie das Büro betrat, und deutete auf den Telefonhörer in seiner Hand. Sie nickte, begab sich zur Kaffeemaschine und schenkte sich eine Tasse ein.

»Ob ich Single bin? Na ja, im Moment ist es kompliziert, aber es geht ja auch nicht um mich, nicht wahr? … Nein, im Moment kann ich nicht nach Reutlingen kommen … Zu viel zu tun. Sie können mir doch eine Liste der Frauen schicken, die sich bei Ihnen gemeldet haben … Datenschutz, ja, sicher. Aber es geht doch darum, einen Betrüger dingfest zu machen … Ach so, Sie würden mir Einsicht in Ihre Dateien erlauben, wenn ich persönlich bei Ihnen vorbeikommen würde …«

Konietzny verdrehte die Augen, aber Yoselin gab ihm ein Zeichen, dass er auf das Angebot eingehen solle.

»Wann ginge es denn bei Ihnen? Heute Vormittag? Oh, ich muss da erst mal auf meinen Dienstplan sehen …« Er sandte Yoselin einen verzweifelten Blick, doch die hob einen Daumen in die Höhe.

»Gut, dann komme ich später bei Ihnen vorbei. So

gegen 11 Uhr. Wunderbar. Vielen Dank, ich freu mich auch.«

Er legte auf, ließ den Kopf auf die Schreibtischplatte sinken und stöhnte.

»War das Frau Kellermann von dieser Vereinigung der Frauen, die auf Betrüger reingefallen sind?«, erkundigte sich Yoselin und versuchte, neutral zu klingen. Was ihr nur schwer gelang, denn die Reaktion ihres Kollegen am Telefon ließ darauf schließen, dass Frau Kellermann Kommissar Konietzny Avancen gemacht hatte. Ein lang gezogener Seufzer bestätigte sie in der Annahme.

»Ach komm, Konny, diese Befragung ist wie für dich gemacht. Du trinkst mit der Dame eine Tasse Tee, wickelst sie mit deinem betörenden Charme um den Finger, und schon bekommen wir alle Informationen, die uns hoffentlich auch die Machenschaften von Nadler aufzeigen. Vielleicht lernst du ja auch etwas dazu.«

Konietzny hob den Kopf und rieb sich die Druckstelle an der Stirn, die seine Armbanduhr verursacht hatte. Die Verzweiflung stand ihm ins Gesicht geschrieben. »Einen Hinweis hat Frau Kellermann bereits geliefert«, sagte er und blätterte in seinen Notizen. »Eine Evi Bayerl hat offensichtlich ein Kopfgeld auf die Ergreifung des Mannes ausgesetzt, der sie betrogen hat. ›Tot oder lebendig‹, steht laut Frau Kellermann in dem Aufruf. Und offensichtlich gab es auch einen jungen Mann, der sich im Auftrag seiner Tante gemeldet hatte. Die hat wohl auch schlechte Erfahrungen mit einem Romantic Scammer gemacht.«

»Okay. Und wie heißt die Tante?«

Konietzny fuhr mit dem Finger die Zeilen seiner Aufschriften nach. »Warte, einen Moment … Ich habe es aufgeschrieben. Ah ja, hier: Muriel Herzberg heißt die Tante. Allerdings hat sich der Neffe nur einmal gemeldet und dann nicht mehr. Sehr zum Bedauern von Frau Kellermann. War offensichtlich ganz ihre Kragenweite, der junge Mann.«

»Frau Kellermann hat ja nun dich und du bist ja viel mehr als ein adäquater Ersatz für so einen jungen Schnösel. Mach dich auf den Weg. Ältere Damen lässt man nicht warten, das ist extrem unhöflich. Ich versuche, mehr über Frau Herzberg und ihren Neffen herauszufinden.«

Konietzny zog fluchend ab, nicht ohne Norman Säger in die Arme zu laufen. Dessen Morgengruß erwiderte der Kommissar nicht.

»Was hat er denn, der Kollege?«, fragte Säger.

»Unser Fall erfordert seinen vollen Einsatz. Psychisch wie physisch«, antwortete Yoselin und gluckste. »Da ist höchste Konzentration gefragt.«

Säger runzelte die Stirn und ähnelte in diesem Moment Kermit, dem Frosch von der Muppet Show. Yoselin konnte das Lachen nicht mehr unterdrücken. »Jetzt gucken Sie doch nicht so. Ich erkläre es Ihnen gleich«, sagte sie und goss sich eine weitere Tasse Kaffee ein.

»Es tut mir leid, ein Morten Nadler wohnt hier nicht. Da kann ich Ihnen leider nicht weiterhelfen.«

Der Rezeptionist blickte Viktor Koester bedauernd an, zuckte die Schultern und wandte sich einer Dame zu, um sich um ihr Anliegen zu kümmern.

Koester drängte die Frau zur Seite, die lautstark protestierte. »Hören Sie«, raunte er den Rezeptionisten an. »Ich weiß, dass Nadler hier abgestiegen ist, ich muss ihn dringend sprechen. Schauen Sie bitte noch einmal in Ihrem Computer nach.«

»Ich werde nichts dergleichen tun«, erwiderte der Hotelangestellte in hölzernem Ton. »Bitte gehen Sie, sonst muss ich den Sicherheitsdienst rufen.«

Koester stieß einen leisen Fluch aus, durchschritt die Lobby und ließ sich in einen der schweren Sessel fallen. Er war nicht fünf Stunden lang durch die Nacht gefahren, um sich abweisen zu lassen. Er würde warten, bis Nadler auftauchte. Irgendwann musste er ja erscheinen, schließlich wollte er einen Zug erreichen. Dann würde er ihn zur Rede stellen. Beziehungsweise ein Geschäft vorschlagen. Eines, das er nicht ablehnen konnte.

Er griff nach einer Tageszeitung und blätterte lustlos darin. Der Krieg in der Ukraine, die steigenden Preise, Inflation, Rekord-Hitze … Nachrichten, die seine Gereiztheit nur verstärkten. Er faltete das Blatt zusammen und warf es auf den Tisch.

Die Dame, die eben noch an der Rezeption hinter ihm gestanden hatte, war neben ihn getreten und sah ihn strafend an. »Sie, so goht mr aber net mit em Sach om, des oim net g'hört. Andere wellat die Zeidong ja au no lesa«, keifte sie.

Koester verstand kein Wort und schon gar nicht, was diese Fremde von ihm wollte. »Was is los?«, fragte er verdutzt.

»Die Zeidong derf mr net so verwurschdla. Sen Sie mit der Raket durch d' Kenderstub gschossa worda?«, erwiderte sie giftig, griff nach dem Nachrichtenblatt und strich es glatt.

»Entschuldigung, ich verstehe Sie nicht. Wenn Sie mich bitte in Ruhe lassen würden.«

»Spricht mr do, wo Sie herkommat, koi Deitsch? Koine Maniera ond sich dann no recht bled astella. Des hemmer gern«, grummelte die Dame und ging in Richtung Fahrstuhl.

Koester sandte ihr eine obszöne Geste hinterher. Er sah zum Rezeptionisten, als wollte er sich vergewissern, dass dieser den kleinen Disput nicht mitbekommen hatte. Der Angestellte beobachtete ihn, griff zum Telefon und sprach hinein. Offensichtlich benachrichtigte er den Sicherheitsdienst, es war nur eine Frage der Zeit, bis Koester aus dem Hotel geworfen wurde. Vielleicht war es besser, sich selbst auf den Weg zu machen, um unnötiges Aufsehen zu vermeiden. Er erhob sich.

In diesem Moment öffnete sich die Fahrstuhltür und spuckte »Casanova 2.0« in die Hotellobby. Morten Nadler schien es eilig zu haben, mit großen Schritten näherte er sich der Rezeption. Koester schnitt ihm den Weg ab.

»Morten! Da bist du ja!«, rief er und umarmte den Verdutzten, der versuchte, sich aus dem kräftigen Griff zu befreien.

»Lassen Sie mich los! Ich kenne Sie nicht!«

»Spielen Sie mit, sonst hat das üble Konsequenzen«, wisperte Koester Nadler ins Ohr. Um seiner Bitte Nachdruck zu verleihen, zog er das Knie nach oben und rammte es dem Frauenhelden zwischen die Beine. Nadler entließ einen Schmerzenslaut, sackte zusammen und konnte nur durch die Umarmung seines Widersachers in der Vertikalen bleiben.

»Wir gehen jetzt in Ihr Zimmer. Ich habe etwas mit Ihnen zu klären«, zischte Koester. »Sollten Sie Anstalten machen zu fliehen oder dem gleich auftauchenden Sicherheitsdienst ein Zeichen zu geben, dann werden Sie die Strände Griechenlands so schnell nicht sehen und schon bald in einer Gefängniszelle schmoren.«

»Woher wissen Sie …«, keuchte Nadler.

»Dass Sie nach Griechenland wollen? Das hat mir ein kleines Vöglein zugezwitschert. Und jetzt reißen Sie sich zusammen.«

Der Rezeptionist hatte sein Telefonat beendet und ließ die beiden Männer nicht aus den Augen.

Koester blickte in seine Richtung und deutete auf Nadler. »Da ist er doch, mein Freund Morten. Hab ich doch gesagt, dass er hier wohnt. Hat sich mit seinem Künstlernamen angemeldet, da hätte ich wirklich draufkommen können.« Er schickte ein gewinnendes Lächeln in Richtung des Angestellten, der zwei heraneilenden Männern in schwarzen Anzügen ein Zeichen gab. Sie bedachten Nadler und Koester mit misstrauischen Blicken und zogen wieder ab.

»Wir gehen jetzt in Ihr Zimmer und unterhalten uns

von Mann zu Mann. Oder besser ausgedrückt: von betrogenem Mann zu Betrüger. Das ist doch eine gute Idee, nicht wahr, Casanova 2.0?«

Nadler zuckte, als er den Codenamen hörte, ließ sich von Koester in Richtung Fahrstuhl schieben. Sie stiegen ein. Kurz bevor sich die Tür schloss, stieg noch eine weitere Person zu. Den Kopf gesenkt, das Gesicht durch die Kapuze eines Hoodies verborgen. Die Person stellte sich vor die beiden Männer und drehte ihnen den Rücken zu.

»Auch in den dritten Stock?«, fragte Koester.

»Ja«, krächzte die Person, ohne sich umzudrehen.

»Nehmen Sie noch eine Tasse Tee?«

Frau Kellermann füllte Kommissar Konietznys Tasse nach, ohne eine Antwort abzuwarten. Dabei beugte sie sich etwas zu weit nach vorn und präsentierte einen freizügigen Einblick in die einen Tick zu weit aufgeknöpfte Bluse. Ihr stattlicher Busen wurde von einem schwarzen Spitzen-BH gehalten, der sicher nicht billig gewesen war. Sie lächelte, als sie Konietznys Blick bemerkte, setzte sich und ließ den Saum ihres Rocks nach oben rutschen.

»Sie haben meinen selbst gebackenen Mohnstrudel noch gar nicht probiert«, sagte Frau Kellermann, wies auf das unberührte Stück Kuchen auf seinem Teller und zog einen Schmollmund. Was erotisch wirken sollte, verlieh ihr eher etwas Dümmliches.

Die Mittsechzigerin war eine attraktive Erscheinung, hatte eine weibliche Figur, die sie zu betonen wusste, trug die blondierten Haare in einem modischen Bob-Schnitt. Und dennoch waren einige Details an ihr zu viel. Die langen, rot lackierten Fingernägel, die goldenen Kreolen an den Ohren, die hochhackigen Schuhe, die ihr einen eiernden Gang verliehen, die grellrot geschminkten Lippen, der blaue Lidschatten, das aufgesetzte Lachen, dieser Möchtegern-Sex-Appeal …

Gewollt, aber nicht richtig gekonnt, dachte Konietzny, zerteilte seinen Mohnstrudel mit der Kuchengabel und schob sich ein Stück in den Mund.

Mit jeder Kaubewegung vergrößerte sich die Masse, es war, als hätte ihm jemanden einen Becher Sand in den Mund gekippt.

»Und, schmeckt's?«, erkundigte sich Frau Kellermann. »Ist nach einem Rezept meiner Großmutter gebacken.«

Konietzny nickte, nahm einen Schluck Tee, um die staubige Angelegenheit hinunterzuspülen. »Erzählen Sie doch mal von Ihrer Vereinigung«, ermunterte er sein Gegenüber.

Frau Kellermanns Miene wurde ernst. »Wissen Sie, Herr Kommissar, ab einem gewissen Alter wird man als Frau immer unsichtbarer. Als wäre es nicht schlimm genug, dass man mit Wechseljahrbeschwerden zu kämpfen hat, die einem Hitzewallungen, Schweißausbrüche, Bartwuchs bescheren und zudem die Libido einschränken. Plötzlich sind wir Frauen für Männer nicht mehr attraktiv, nicht einmal für die in unserem Alter. Die gefallen sich als Sugar-Daddys und denken, sie könnten mit einer jungen Frau an ihrer Seite ihr eigenes Alter vertuschen. Dabei sind wir doch immer noch schön, begehrenswert, haben Erfahrung.«

Frau Kellermann schlug die Beine in lasziver Langsamkeit übereinander, was bei ihr wie eine misslungene Parodie auf die berühmte Filmszene aus »Basic Instinct« wirkte. Konietzny zwang sich, die Augen auf seinem Teller zu lassen.

»Wir haben Wünsche, Träume, sehnen uns nach Nähe, Geborgenheit, nach Zärtlichkeit und ja, auch nach Sex. Die Partnerbörsen im Internet versprechen, dass diese Wünsche und Träume erfüllt werden können. Und im Prinzip wäre es auch einfach. Frauen und Männer beschreiben sich, benennen ihre Erwartungen an eine Partnerschaft, und der Computer berechnet, bei welchen Personen die Übereinstimmungen am größten sind. Und es soll ja auch schon Paare gegeben haben, die sich auf diese Weise gefunden haben. Der Computer vereinfacht die Auswahl, indem er die Männer und Frauen zusammenbringt, die zumindest von den Eigenschaften zueinanderpassen. Und dann liegt es an den Ausgesuchten, diese Übereinstimmungen auch im wahren Leben zu finden. Noch ein Stück Mohnstrudel?«

Konietzny hatte noch mit seinem letzten Bissen zu kämpfen, machte eine abwehrende Geste. Frau Kellermann setzte wieder ihren Schmollmund auf. »Er schmeckt Ihnen wohl nicht, mein Kuchen?«, flötete sie.

»Moch, aber if ben firklich fatt«, erwiderte der Kommissar mit vollem Mund.

»Gut, aber nicht, dass es heißt, bei der Biggi gäbe es nichts zu essen und zu trinken, gell? Ich habe schließlich einen Ruf als gute Gastgeberin zu verlieren. Mögen Sie vielleicht ein Glas Champagner?«

»Nein, danke, sehr freundlich, aber ich bin ja im Dienst.«

»Na gut, vielleicht ein anderes Mal, gell? Wo war ich stehen geblieben? Ach so, bei den Partnerschaftsbörsen. So gut die Idee auch ist, den Algorithmus einzusetzen, um Paare zusammenzuführen, so bedauerlich ist es auch, dass sich in den Foren Heuchler und Betrüger mit anderen Interessen herumtreiben. Denen geht es nicht um die Liebe oder um eine Partnerschaft. Die einen wollen schnellen Sex mit möglichst vielen Frauen, und dann gibt es die ganz Schlimmen, die Frauen um ihr Geld betrügen, sie sogar in den Ruin treiben. Sie gaukeln die große Liebe vor, sind charmant, wortgewandt, machen Komplimente, geben einer Frau das Gefühl, begehrenswert zu sein, und versprechen eine gemeinsame Zukunft.«

Sie senkte den Blick, strich mit der Hand über die Tischdecke und verwandelte sich in die enttäuschte und traurige Frau, die hinter ihrer Fassade steckte.

»Die Frauen, die sich hier melden, haben alle ein ähnliches Schicksal. Sie wurden belogen, betrogen, für eine Illusion um ihr Hab und Gut gebracht. Sie haben Geschichten geglaubt, die sich für einen Außenstehenden hanebüchen anhören, aber die für eine Liebende den Traum von Glück wahr werden lassen. Und weil sich das alles so großartig und real anfühlt, ist der Schock umso größer, wenn sich alles in Luft auflöst. Was glauben Sie, wie viele Frauen sich nach solchen Geschichten das Leben nehmen? Oder sich zurückziehen, weil sie sich schämen. Sich niemandem anvertrauen, um nicht ausgelacht zu werden. Und schon gar nicht zur Polizei gehen, um die mitleidigen Blicke nicht aushalten zu müssen.«

Frau Kellermann sah Konietzny direkt in die Augen. Sie setzte sich auf, zog den Rock über die Knie, was aufgrund der Kürze misslang.

»Ich biete diesen betrogenen Frauen Hilfe an. Weil ich mich getraut habe, mit meiner Geschichte an die Öffentlichkeit zu gehen. Weil ich dieses Arschloch, das mich um rund 100.000 Euro erleichtert hat, angezeigt habe. Und der Typ sitzt heute völlig zu Recht im Knast, weil er nicht nur mich beschissen hat. Den Frauen, die sich an mich wenden, rate ich, dasselbe zu tun. Ich vermittle Anwälte, im Bedarfsfall auch Psychologen, denn viele der Frauen sind traumatisiert. Im Moment bin ich dabei, eine Hotline einzurichten, und auch über eine Selbsthilfegruppe denke ich nach. Ich möchte den Betrogenen helfen, ihre Selbstachtung zurückzuerlangen und den Glauben an die Liebe nicht zu verlieren.«

Kommissar Konietzny nickte, zog seinen Laptop hervor, rief die Bilder von Morten Nadler auf und drehte den Bildschirm in Richtung Frau Kellermann. »Kennen Sie den? Ist Ihnen der schon mal untergekommen?«

»Schmuck«, sagte Frau Kellermann und verwandelte sich wieder in die Verführerin. »Der Kapitän hätte mir auch gefallen. Oder dieser General. Ich muss gestehen, ich stehe auf Uniformen. Und ich bin fast ein wenig enttäuscht, dass Sie nicht in Uniform gekommen sind, Herr Kommissar. Das hätte mir sehr gut gefallen.«

Konietzny ging auf die Anspielung nicht ein, wies noch einmal auf die Bilder. »Also kennen Sie den Mann, oder nicht?«

Frau Kellermann beugte sich vor, kniff die Augen zusammen und rückte näher an den Laptop heran. »Hm, ich weiß nicht genau. Der könnte ... Nein, eher nicht. Oder der? Warten Sie mal. Den hier unten, könnten Sie das Bild bitte ein wenig größer machen?«

Sie zeigte auf Morten Nadler in seiner Rolle als Wissenschaftler in der Krebsforschung. Die rahmenlose Brille und die angegrauten Haare ließen ihn älter scheinen, als er war, ein heller Rollkragenpullover und ein graues Sakko verliehen ihm Ernsthaftigkeit.

»Ja, den kenn ich. Das ist der Typ, nach dem sich Colin erkundigt hat.«

»Colin?«

»Ja, dieser junge Mann, der im Auftrag seiner Tante hier angerufen hat. Ich habe Ihnen doch am Telefon von ihm erzählt. Seine Tante, Muriel Herzberg, wurde von diesem Pseudowissenschaftler gleich in doppelter Hinsicht betrogen. Er behauptete, dass er an einem Medikament arbeite, das ihren Krebs heilen könne. Und sie hat ihm Unmengen von Geld zukommen lassen, damit er mit seiner Forschung vorankommt. Die hat sich sogar als Probandin zur Verfügung gestellt, noch vor der Zulassung des Medikaments. Ihr Zustand verschlechterte sich und irgendwann brach dieser Gauner den Kontakt zu ihr ab. Colin hat damals gesagt, dieser Typ habe ihr die Lebenskraft gestohlen. Muriel ist kurz nach diesem Vorfall verstorben. Weil wir ihm nicht so recht helfen konnten, hat sich ihr Neffe nicht mehr gemeldet. Nicht einmal Anzeige hat er erstattet. Aber offensichtlich sind Sie diesem Halunken auf der Spur.«

Sie stand auf, schritt mit übertriebenem Hüftschwung auf ihn zu und setzte sich neben Konietzny auf das Sofa.

»Ich stelle mir das ziemlich spannend vor, so ein Polizistenleben«, säuselte sie und rückte noch näher an ihn heran. Konietzny spürte ihre Brüste an seinem Arm, dann ihre Hand auf seinem Oberschenkel.

»Haben Sie denn auch Ihre Waffe dabei?«, gurrte Frau Kellermann und ließ ihre Hand nach oben wandern. Konietzny biss sich auf die Lippe, um nicht loszukreischen. Das kitzelte.

»Was ist eigentlich mit dieser Frau, die ein Kopfgeld auf den, der sie betrogen hat, ausgesetzt hat? Meint sie das ernst?«

»Bei uns Frauen muss man immer damit rechnen, dass wir es ernst meinen. Aber manchmal reden wir auch nur dummes Zeug«, antwortete Frau Kellermann und leckte sich über die Lippen. Ihre Hand war am Reißverschluss seiner Hose angekommen und verharrte dort. Der Kommissar schob sie zur Seite, rückte von der Liebestrunkenen ab, klappte den Rechner zu und stand auf. »Ich muss jetzt gehen. Vielen Dank, Frau Kellermann, Sie haben mir sehr geholfen.«

Seine Reaktion löste wieder diese Schmollmund-Mimik bei der Zurückgewiesenen aus. »Ich hätte Ihnen gern noch mehr geholfen«, sagte sie.

»Wenn wir noch weitere Informationen benötigen, kommen wir wieder auf Sie zu. Vielen Dank für den Tee!« Den Kuchen verschwieg Konietzny absichtlich. Er hob die Hand zum Abschied und machte, dass er fortkam.

Auf der Rückfahrt nach Ravensburg unterrichtete Konietzny Yoselin Blaich über das, was er herausgefunden hatte. Die Begleitumstände des Gesprächs mit Frau Kellermann ließ er unerwähnt, obwohl er sich eingestehen musste, dass diese Situation die wohl erotischste in den letzten fünf Jahren seines Lebens gewesen war. Aber das war etwas, was er seiner Kollegin nicht auf die Nase binden wollte.

Die Hauptkommissarin hatte bereits Informationen über Muriel Herzberg eingeholt. Sie war vor etwa drei Monaten in die Universitätsklinik in Ulm eingeliefert worden. Es ging ihr zu dem Zeitpunkt schon sehr schlecht, die Tumore waren gewachsen und hatten die Leber, Niere und Lunge angegriffen. Eine Operation war unmöglich geworden, sämtliche Behandlungsmethoden hätten keinen Erfolg mehr gebracht. Eine Überweisung in ein Hospiz stand kurz bevor.

Muriel Herzberg hatte wenig Besuch bekommen, lediglich ein junger Mann habe sich des Öfteren nach ihr erkundigt. Da er kein naher Verwandter war, durfte er sie nicht auf der Intensivstation besuchen, saß dennoch stundenlang im Gang, als wartete er darauf, dass Muriel Herzberg die Station verlassen konnte.

»Das war wohl Colin«, ergänzte Konietzny.

»Ihr Neffe? Ist er Nadler auf die Schliche gekommen? Und könnte es sein, dass er sich rächen will, weil der so eine miese Masche mit einer Krebskranken abgezogen hat? Ich meine, da ist Nadler wirklich zu weit gegangen.«

»Das ist gut möglich«, sagte Konietzny. »Und wenn er wirklich so eine innige Beziehung zu seiner Tante hatte, dann hat sie ihn sicher eingeweiht, dass sie sich in einen Betrüger verliebt hat. Vielleicht hatte er auch Zugang zu ihrem Rechner und ist dort auf die Botschaften des ominösen Wissenschaftlers gestoßen.«

»Wir müssen diesen Colin finden. Aber ohne Nachnamen wird das schwierig.«

»Das ist richtig«, bestätigte Konietzny. »Wobei wir nicht einmal wissen, ob der Vorname stimmt. Geben Sie den Namen doch mal in unser System ein. Dann bekommen wir alle Colins zu sehen, die etwas auf dem Kerbholz haben. Und vielleicht ist ein Colin dabei, der schon Brandanschläge verübt hat oder durch eine gewisse Gewaltbereitschaft aufgefallen ist.«

»Gute Idee, Konny. Zu viele Molotowcocktail werfende Colins wird es ja nicht geben. Vielleicht haben wir Glück.«

Konietzny starrte auf das Display seines Smartphones, als habe sich Elon Musk persönlich ins Gespräch eingeklinkt. »Äh, habe ich da gerade ein Lob gehört? Ist alles in Ordnung bei dir? Bist du krank?«

Yoselin lachte. »Ach komm, als hätte ich dich noch nie gelobt. Ich weiß doch, was ich an dir habe. Und sei es nur jemanden zum Kitzeln.«

Allein der Gedanke daran ließ Kommissar Konietzny unruhig werden. »Was macht eigentlich Kollege Säger gerade?«, fragte er, um Ablenkung bemüht.

»Er trifft sich mit einem Kollegen vom BKA, um mehr über diesen seltsamen Reformer-Verein von Richter und von Rechberg zu erfahren. Er müsste eigentlich bald zurück sein.«

»Auf diese Neuigkeiten bin ich gespannt. Wir sehen uns gleich im Büro.«

»Betty ruft an«.

Es gab wenig Wortkonstellationen, die bei Yoselin Blaich äußerstes Unwohlsein auslösen konnten. Aber dieser kurze Satz, den sie auf dem Display ihres Smartphones las, hatte die Macht, eine Melange aus Freude, Ärger, Neugier und Angst hervorzurufen.

»Du musst kommen, es ist dringend!« Ihre beste Freundin, der immer wieder etwas Neues einfiel, um ihre Beziehung auf eine Belastungsprobe zu stellen, klang verzweifelt.

»Was ist los, Süße? Ich arbeite!«

»Deine Kollegen wollen mich foltern! Nur weil ich in eurem System nicht mehr mitmache und meinen Protest ausdrücke.«

Yoselin stöhnte. Wie oft hatte sie diesen Satz schon von Betty gehört? Ständig war sie im Konflikt mit Staat, Gesellschaft, Gesetzen und Mitmenschen. Stetig fühlte sie sich durch irgendjemanden oder irgendetwas gegängelt, unterdrückt, betrogen oder beleidigt. Die Welt gegen Betty oder Betty gegen die Welt? Was machte es für einen Unterschied!

»Okay, Betty, was ist es dieses Mal? Hat dein Vermieter wieder einen politisch inkorrekten Radiosender eingestellt? Hat einer deiner Kollegen in einer Mail das Gendersternchen vergessen? Oder hat sich einer deiner Schüler an den Tampons auf der Mädchentoilette vergriffen?«

Betty schnaubte hörbar. »Du sagst das so, als würde ich dich nur wegen Lappalien kontaktieren. Aber es ist ernst! Die wollen mich fertigmachen, und das nur, weil ich und meine Schüler auf die katastrophalen Umstände hier in der Region aufmerksam machen wollen.«

Im Hintergrund waren laute Stimmen zu hören, die durcheinanderschrien. Irgendetwas ging klirrend zu Bruch.

»Wo bist du?«, fragte Yoselin. »Was ist da los?«

»Ich bin in der Galerie in der Kantstraße. In der hast du damals den geilen Fotografen kennengelernt, du erinnerst dich? Der sah vielleicht gut aus, keine Ahnung, warum du den hast sausen lassen. Das wäre mir nicht passiert«, antwortete Betty.

»Betty, bitte, mach es kurz! Ich habe zu tun!«, unterbrach Yoselin harsch und verfluchte sich innerlich, das Gespräch angenommen zu haben.

»Ja, ist ja gut. Meine Schüler und ich haben uns an Kunstwerke geklebt. Weil dieser Trottel von Galerist Mitglied bei der FDP ist, in der gleichen Partei wie dieser Typ, der die Räumung des Protest-Camps im Altdorfer Wald gefordert hat. Nicht mit uns …«

Yoselin wusste nicht, ob sie lachen, weinen oder sich ärgern sollte. Auch so eine Gefühlsgemengelage, die bei Betty und ihren Aktionen normal war.

»Fass mich nicht an, Bulle!«, kreischte Betty. »Das ist sexuelle Nötigung, mindestens. Ich zeig dich an.«

»Betty, bitte, hör auf mit dem Mist«, schaltete sich Yoselin ein. »Du beendest jetzt die Aktion, sonst hast du ein massives Problem. Verstehst du mich?«

Betty antwortete nicht sofort, sie gab nur knurrende Geräusche von sich, es hörte sich an, als befände sie sich in einem Kampf.

»Yoselin, komm bitte, die drehen hier durch. Deine Cop-Kollegen wollen uns mit Lösemitteln von den Bildern wegbekommen. Die verätzen uns die Haut, womöglich auch die Atemwege. Das ist Körperverletzung.«

»Okay, ich bin sofort da«, stöhnte Yoselin. Wer solche Freundinnen hatte, musste keine Feinde fürchten.

Eine halbe Stunde später stand sie vor der Galerie in der Kantstraße, aus der die ersten Protestierenden von Polizeibeamten abgeführt wurden. Die Jungen und Mädchen waren zwischen 14 und 16 Jahre alt, schätzte Yoselin, aber in ihrem Blick trugen sie die Entschlossenheit von altgedienten Aktivisten. Ihre Freundin Betty befand sich im Ausstellungsraum und wehrte mit angedeuteten Tritten die Beamten ab, die sie von einer Skulptur befreien wollten. Oder wollten sie die Skulptur von Betty befreien? Yoselin trat näher heran, denn das Kunstwerk kam ihr mehr als bekannt vor. Als sie Gewissheit hatte, dass sie sich nicht irrte, schüttete sie sich aus vor Lachen, was bei ihrer Freundin nur einen verwirrten Blick hervorrief.

»Was lachst du denn so dämlich? Die Situation ist ernst«, blaffte Betty.

Yoselin nickte. »Das mag schon sein. Aber das gilt nicht für dich. Du hast dich an Yombé geklebt, Betty. Bleib dran, dann bist du dein ganzes Leben vor bösen Mächten beschützt.«

Ihre Freundin konnte mit dem Scherz offensichtlich nicht viel anfangen, sie runzelte die Stirn und sah die Hauptkommissarin fragend an, die sich gar nicht mehr beruhigen wollte.

»Sag diesen Schergen der Macht, sie sollen mich in Ruhe lassen. Außerdem verstehe ich kein Wort. Was soll das? Yombé, böse Mächte? Willst du mich verarschen?«

Yoselin gluckste noch einmal, nahm einer Polizistin das Gefäß mit dem Lösemittel ab und versuchte, die grimmig dreinblickende Statue von der Hand ihrer Freundin zu befreien. Bei jedem gelösten Zentimeter schrie Betty auf.

»Für eine Aktivistin bist du ganz schön wehleidig. Was soll dieser ganze Unfug überhaupt? Hast du nichts Besseres zu tun?«

»Und was wäre das deiner Meinung nach? Gummitwist auf dem Pausenhof spielen? Oder aus Salzteig Friedenszeichen basteln?«

»Das wäre besser, als sich in einer Galerie an jamaikanische Götter zu kleben und junge Menschen dazu anzuleiten, Unruhe zu stiften«, erwiderte Yoselin. Mit einem beherzten Ruck zog sie die Hand von der Figur, ein bisschen Haut blieb zurück. Betty schrie noch einmal auf. Yoselin gab einem Sanitäter ein Zeichen, dass er sich um ihre Freundin kümmern sollte.

Sie sah sich um und entdeckte den Galeristen. Er sprach heftig gestikulierend mit einem Mann, der sich Notizen machte. Die Presse hatte also auch Wind von der Aktion bekommen. Wahrscheinlich hatte Betty einen Tipp gegeben, zuzutrauen wäre es ihr in jedem Fall. Yoselin wartete, bis die beiden ihr Gespräch beendet hatten, und wandte sich an den Galeriebesitzer.

»Ich nehme an, Sie werden Anzeige erstatten, nicht wahr, Herr …?«, fragte sie.

Der Mittvierziger sah sie über den Rand seiner Hornbrille fragend an. »Marcel Eberwein. Und wer will das wissen?«

Yoselin zückte ihren Ausweis und hielt ihn dem Galeristen hin.

»Seit wann kümmert sich die Kriminalpolizei um solche Fälle?«

»Um solche Kleinigkeiten, wollten Sie sicher sagen«, fiel ihm Yoselin ins Wort. »Sehen Sie, genau darüber möchte ich mit Ihnen reden. Es ist doch eigentlich nichts passiert. Ein paar Jugendliche sind in ihrem Protest etwas zu weit gegangen, aber es ist doch nicht wirklich etwas kaputt gegangen. Bis auf die paar Hautfetzen, die an einigen Bilderrahmen hängen. Die bekommt man relativ leicht weg.« Sie hielt ihm das Fläschchen mit Lösungsmittel entgegen.

Der Galerist nahm seine Brille ab und musterte sein Gegenüber. Offensichtlich gefiel ihm das, was er sah, ein leichtes Lächeln umspielte seine Mundpartie. »Warum setzen Sie sich denn so für diese Chaoten ein? Dürfen Sie in Ihrer Position parteiisch sein?«

Er hatte eine angenehm tiefe Stimme, die das Gesagte samtig einrahmte. Yoselin spürte, wie ihr das Blut die Wangen färbte und es in ihrer Magengegend leicht kribbelte.

»›Chaoten‹ ist eine etwas harte Bezeichnung, oder? Die Jugendlichen kämpfen um ihre Zukunft. Gut, über die Aktionen kann man sich streiten, aber irgendwie müssen sich die jungen Menschen doch Gehör verschaffen.«

»Indem sie in meiner Galerie einrücken und sich an Kunstwerke kleben?« Eberwein lachte und schüttelte den Kopf. »Sie sind ja drollig.«

Yoselin lächelte. Ihr gefiel, dass der Galerist sich offenbar über diese Aktion amüsierte, anstatt sich zu empören. Außerdem leuchteten seine Augen, wenn er lachte. Die Hauptkommissarin wandte den Blick ab.

»Immerhin war die Presse da. Das nützt den jungen Menschen und Ihnen in gewissem Sinne auch. Mehr Aufmerksamkeit kann man nicht bekommen, ohne einen Cent zu bezahlen. Apropos Kunstwerk. Diese Statue da drüben. Ist die verkäuflich?«

Marcel Eberwein sah kurz in Richtung Yombé. Betty stand immer noch daneben und winkte mit ihrer verbundenen Hand. »Wir kommen wieder. Darauf können Sie Gift nehmen! Lass dir nichts gefallen, Yoselin!«, brüllte sie.

»Welche Statue meinen Sie? Die Stumme oder die Krawallbürste?«

Yoselin lachte. »Die Stumme. Die Krawallbürste ist unbezahlbar.«

Der Galerist lächelte, neben den Augen bildeten sich kleine, nach oben gebogene Fältchen. »Ich würde Ihnen das gute Stück für 500 Euro überlassen. Ein Schnäppchen, ich habe dafür eine wesentlich höhere Summe bezahlt. Aber seit die Figur hier steht, passieren seltsame Dinge. Stromausfall, Wasserrohrbruch, eine Kundin stürzt, Bilder fallen von den Wänden. Nicht, dass ich abergläubisch wäre …«

Er lächelte wieder und in seinen Blick mischte sich etwas Hundewelpen-, Katzenbabyartiges, sodass Yoselin ihn am liebsten umarmt hätte.

»Und wenn Sie mit mir dann noch essen gehen würden, denke ich darüber nach, ob ich eine Anzeige erstatte oder nicht. Was meinen Sie?«

»Das ist eine astreine Erpressung. Ob ich Sie damit durchkommen lassen kann …« Yoselin versuchte, streng zu klingen, was ihr jedoch nicht gelang. Marcel Eberwein war zwar nicht unbedingt ihr Typ, aber der große, sportlich-elegant gekleidete Mann gefiel ihr. Er strahlte etwas Weltmännisches und gleichzeitig etwas Spitzbubenhaftes aus, was zumindest einen interessanten Abend versprach. Und ein wenig Abwechslung in ihrem Leben konnte auch nicht schaden.

Ihr Telefon klingelte. Sie drehte sich von Eberwein weg.

»Hallo, Herr Säger, sind Sie zurück aus dem Untergrund? Haben Sie was über die ›Neuen National Reformer‹ herausgefunden?«

Ihr Lächeln gefror. Sekundenlang lauschte sie der sonoren Stimme ihres Kollegen. »Das ist ja unglaublich. Ich bin sofort da! Fahren Sie nicht ohne mich!«

Sie legte auf. »Ich muss gehen. Bitte reservieren Sie die Figur für mich. Sie gehört eigentlich meiner Großmutter, aber das erzähle ich Ihnen ein anderes Mal.«

Sie eilte zur Galerie hinaus.

»Und was ist mit unserem Essen?«, rief ihr Marcel Eberwein hinterher, aber er erhielt keine Antwort.

Auf dem Weg nach Stuttgart ließ sie sich von Norman Säger auf den neuesten Stand bringen. In einem Hotelzimmer in der Nähe des Hauptbahnhofs war ein toter Mann entdeckt worden. Erstochen. Seinen Papieren zufolge handelte es sich um keinen Geringeren als Morten Nadler.

»Eine Raumpflegerin hat ihn heute Morgen gefunden und sofort die Polizei informiert. Und die Kollegen aus Stuttgart haben schnell reagiert und diese Information an uns weitergespielt. Wenn wir schnell genug sind, ist die SpuSi noch bei der Arbeit.«

Yoselin sah zum Fenster hinaus und ließ die Information auf sich wirken.

»Dann haben wir es bei dem Brand in Nußdorf tatsächlich mit einem Racheakt zu tun, der Nadler galt«, sagte sie schließlich. »Es war also keine Auftragsarbeit, die in von Rechbergs Sinne durchgeführt wurde.«

Säger zuckte mit den Schultern, ließ sich Zeit mit seiner Antwort.

»Mit Sicherheit lässt sich das noch nicht sagen, aber es ist sehr wahrscheinlich, dass es jemand auf Nadler abgesehen hatte«, erwiderte er. »Aber eine ganz weiße Weste hat von Rechberg nicht. Seine politische Vereinigung hat wohl zu der Gentrifizierung einiger Gebäude in der Region Oberschwaben beigetragen.«

»Wie meinen Sie das?«

Säger starrte konzentriert geradeaus, setzte den Blinker, blickte in den Rückspiegel und über die Schulter, um endlich zum Überholen eines Lkws anzusetzen. Er fuhr, als säße ein Fahrschulprüfer auf der Rückbank, stetig bemüht, keinen Fehler zu machen.

»Sie wollten eben über den Schmutz auf der weißen Weste von Rechbergs erzählen«, erinnerte Yoselin ungeduldig.

»Richtig. Es gab wohl einige Anschläge auf Gebäude, die man den ›Neuen National Reformern‹ anlastete. Feuer, Faulgas, anscheinend auch manipulierte Stromkästen, ominöse Wasserschäden. Ältere Bürger und Menschen mit Migrationshintergrund wurden auf offener Straße bedroht, bis sie wegzogen. Und tatsächlich waren meistens Häuser und Wohnungen betroffen, die von Rechberg gehörten, bei der Abagarion Oberschwaben versichert waren und von Richter begutachtet wurden.«

»Das heißt, die Versicherung hat die Schäden bezahlt, die Häuser und Wohnungen wurden saniert und von

Rechberg konnte im Anschluss zu einem höheren Kurs verkaufen oder vermieten. Das ist ja ganz schön clever.«

»Ja, wenn man nun noch eine Anwaltskanzlei Volkmann beauftragt, die Verbindungen in die höchsten Kreise von Landesregierung und Verwaltung hat, dann werden diese Anschläge übersehen oder unter den Teppich gekehrt und in das Mäntelchen der Legalität gehüllt.«

»Das ist eine echte Sauerei. Da muss man doch was machen können«, ächzte Yoselin Blaich.

»Die Betrugsabteilung war lange dran, wurde aber immer wieder gestoppt, wenn das Gutachten von Richter kam. Ich habe die Kollegen noch einmal darauf angesetzt. Mal sehen, vielleicht bekommen die von Rechberg doch noch dran. Oder Richter. Im besten Fall beide.«

Yoselin klatschte in die Hände. »Dann werden hier also womöglich mehrere Fälle aufgeklärt. Und schuld daran war nur der Casanova«, sagte Yoselin. Sie summte die Melodie des Schlagers »Schuld war nur der Bossa Nova« von Manuela und wiegte sich im Takt.

Säger sah sie entgeistert an. »Von Aufklärung kann nun wirklich noch nicht die Rede sein«, entgegnete er empört. »Unser Fall wirft nur neue Fragen auf, auf die wir keine Antwort haben. Der Tod von Nadler macht das nicht einfacher.«

Werner Richter ging mit entschlossenem Schritt auf die drei Männer zu, die im Hof der Werkstatt in der Raiffeisenstraße einen in die Jahre gekommenen und etwas ramponierten Sportwagen bestaunten. Er hatte Salzmann nicht in dessen Wohnung angetroffen, jedoch einen Tipp von der Nachbarin bekommen, dass er womöglich zu einem Freund gefahren sei, der die Werkstatt betrieb. »Hallo, toller Wagen, zumindest war es mal einer«, sagte Richter mit gespieltem Frohsinn und sah an den misstrauischen Mienen der mit blauen Overalls Bekleideten, dass er mit dieser Begrüßung deutlich über das Ziel hinausgeschossen war. »Na ja, mit ein paar Schönheitskorrekturen und einer neuen Farbe wird das bestimmt wieder ein Schmuckstück. Das kriegt ihr sicher hin.«

Einer der Männer löste sich aus dem Verbund und ging auf Richter zu. Er baute sich breitbeinig vor ihm auf und verengte die Augen zu Schlitzen. In einem schlechten Western hätte ein Kojote in der Ferne geheult, vielleicht hätte eine Mundharmonika auch eine unheilvolle Melodie gespielt, aber dies war Ravensburg, die Gegenüberstellung lautete nicht Outlaw gegen Sheriff, sondern Mechaniker gegen Versicherungsspezialist.

»Was kann i denn gegen di doe?«, fragte der Mechaniker. »Isch dei Audo he oder willsch a neues kaufa? Oder willsch oifach dastanda ond bled rausschwätza?«

Die beiden anderen Overall-Träger beäugten die Szenerie und brachten sich in Position. Sollte es Ärger geben, waren sie bereit, diesem zu begegnen.

Richter wich einen Schritt zurück und hob die Hände. »He, Leute, bleibt cool. Ich suche Rainer. Rainer Salzmann. Seine Nachbarin hat gesagt, er sei hier.«

»Isch er aber net. Was willsch denn vom Raini?«, krächzte sein Gegenüber.

»Ich muss etwas mit ihm besprechen. Unter vier Augen.«

Richter sah ein, dass hier mit Freundlichkeit nichts auszurichten war. Er überragte seinen Widersacher um einen halben Kopf, und auch wenn er nicht mehr so richtig in Form war, würden drei, vier gezielte Boxhiebe genügen, um diesen Wichtigtuer auszuschalten. Er machte einen Schritt nach vorn, sodass zwischen die Kontrahenten kaum eine Briefmarke gepasst hätte.

»Wo ist er denn, der Raini? Es ist echt wichtig.«

»Geht dich an Scheißdreck a«, fauchte der Overall-Träger.

Seine beiden Freunde näherten sich, mit Schraubenschlüssel und Radkreuz bewaffnet. Richter trat einen Schritt zurück. »Leute, ich will keinen Stress. Ich will nur mit Salzmann reden, in aller Freundschaft. Es geht um seine Zukunft und der wollt ihr doch nicht im Wege stehen.«

Mit einer blitzschnellen Bewegung griff er in seine Jacke und beförderte eine Pistole hervor, die er auf den Mann richtete, der ihm gegenüberstand. Der verlor seine coole Fassade und starrte in den Lauf der Waffe. Seine beiden Gefährten blieben stehen und sahen ihn ratlos an.

»Och Mensch, dass es immer darauf hinauslaufen muss. Ich komme hier in friedlicher Mission, werde so gar nicht freundlich empfangen und muss einer ganz normalen Frage deutlich Ausdruck verleihen. Das kotzt mich vielleicht an …« Mit einer schnellen Bewegung überbrückte er die Distanz zu Widersacher eins und drückte ihm den Lauf an die Stirn. »Und jetzt noch einmal: Wo ist Salzmann?«, knurrte er.

»Der isch weggefahren. Mit dem Alfa!«, rief einer der Gefährten des Bedrohten.

»Der wollt nach Stuagart, was regla«, schob dieser nach. »Mehr woiß i net. Ond jetzt nemm des Deng weg!«

»Wo genau ist er hingefahren?« Richter spannte den Hahn des Revolvers und verstärkte den Druck.

»Koi Ahnung, Mann. Der hot nix g'sagt. Er hot g'frogt, ob er des Audo han ka ond isch wegg'fahra. Was woiß i, wo na? Aber mit der Rakete fälsch überall uff. Alloi wega dem Sound! Dagega klengat Rennwaga wie feuchte Baby-Fürz.«

Seine Kollegen nickten zustimmend.

Richter stieß sein Opfer von sich, den Lauf weiterhin auf ihn gerichtet. »Dass man immer erst böse werden muss«, sagte er und lächelte süffisant. Er schwenkte die Waffe in Richtung der Gefährten und dann wieder zurück.

»Danke für die Auskunft, meine Herren. Ich werde den Raini schon finden. Aber ganz ehrlich«, er wies mit der Pistole auf den Wagen im Hintergrund, »mit diesem Schrotthaufen dahinten könnt ihr maximal den Alteisenhändler glücklich machen.« Er lachte, drehte sich um und ging. Und er hatte auch schon eine Idee, wo er Salzmann finden würde.

Konietzny konnte nicht glauben, dass Yoselin und Säger ohne ihn nach Stuttgart gefahren waren. »Und ich kann hier wieder Stallwache schieben, oder wie?«, brüllte er, schälte sich aus seiner Jacke und warf sie wütend zu Boden. Kommissaranwärterin Chiara, die ihm die Hiobsbotschaft überbracht hatte, legte ihm eine Hand auf den Arm. »Reg dich nicht auf. Die beiden wollen vor Ort sein, bevor die SpuSi mit der Arbeit fertig ist, um sich persönlich einen Eindruck zu verschaffen. Aber ich versteh deinen Ärger. Ich werde auch immer zu Büroarbeit verdonnert, wenn es spannend wird. Aber irgendwann kommt unsere Zeit.«

»Da bin ich aber mal gespannt, wann das sein wird«, maulte Konietzny und blätterte lustlos in den Ausdrucken, die auf seinem Schreibtisch lagen. Ein Stapel an Colins, die straffällig geworden und erkennungsdienstlich behandelt worden waren. Der Rauschgiftdealer-Colin, der Einbruch-Colin, der Hooligan-Colin, der Vergewaltiger-Colin, der mehrfach wegen Schwarzfahrens in der Bahn verdonnerte Colin, der wegen Sachbeschädigung und unerlaubten Waffenbesitzes vorbestrafte Colin, der Autoklau-Colin …

Konietzny stutzte und blätterte zurück. »Sachbeschädigung und unerlaubter Waffenbesitz?« Er las die Eintragungen auf der ersten Seite, blätterte hektisch um, las, blätterte, las, blätterte. »Oh Gott, ich glaube, das ist er!«

Chiara sah ihn fragend an.

»Hier, das könnte unser Colin sein, der seine Tante rächen will. Er kennt offenbar keine Skrupel, wurde angezeigt, weil er Tiere getötet hat. Einen Mitschüler hat er krankenhausreif geprügelt. Bei ihm wurden auch mehrere Messer sichergestellt und er war bei Kundgebungen der ›Neuen National Reformer‹ dabei. Der

Typ ist gemeingefährlich, wenn du mich fragst. Dem ist alles zuzutrauen.«

Er griff zum Telefon und wählte Yoselins Nummer. Belegt.

»Das gibt es doch nicht. Ich bin auf einer heißen Spur und die telefoniert mit was weiß ich wem.«

Chiara verließ kopfschüttelnd den Raum.

»Ja, Mama, das habe ich verstanden. Natürlich ist es nicht in Ordnung, dass Lourdes deine schönsten Nachthemden zerschnitten hat, um Totengeister zu simulieren. Aber ehrlich gesagt bist du ein bisschen selbst schuld daran. Das kommt davon, wenn man sich an Dingen, die anderen gehören, vergreift.«

Judiths Stimme wurde lauter, Yoselin hielt den Hörer weg vom Ohr, sah Säger entschuldigend an und rollte mit den Augen. Sie bereute in diesem Moment, den Anruf angenommen zu haben, obwohl sie es hätte ahnen können, dass ihre Mutter wieder in Konflikt mit der Großmutter stand.

»Pass auf, Mama«, unterbrach sie die Tobende, »wir klären das, wenn ich wieder zu Hause bin. Übrigens: Ich weiß, wo Yombé steckt, und er wird schon bald wieder bei uns einziehen. Dann kehrt endlich Ruhe ein.«

»Nur über meine Leiche!«, kreischte es am anderen Ende der Leitung.

Der sonst so auf den Straßenverkehr konzentrierte Säger ließ sich dazu hinreißen, Yoselin anzusehen und die Brauen nach oben zu ziehen. Seine Kollegin machte eine abwehrende Geste. »Okay, Mama, ich muss jetzt auflegen. Schließlich bin ich bei der Arbeit. Ich melde mich.«

Yoselin seufzte: »Manchmal habe ich den Eindruck, ich bin die Hauptfigur in einer Komödie, die das Schicksal dreht, um andere, denen es echt schlecht geht, bei Laune zu halten.«

»Wir sind gleich da«, erwiderte Norman Säger und wies mit dem Kinn auf den abgesperrten Hoteleingang, der links von ihnen lag. Hinter dem von Polizisten gesicherten Flatterband hatte sich eine Traube an Schaulustigen versammelt, die im Grunde nichts anderes sahen als die Pendeltür, die hin und wieder einen Gast ausspuckte. Einige Smartphones wurden in die Höhe gereckt, bereit, etwas von dem zu erhaschen, was nur vermutet werden konnte. Allein die Präsenz der Polizei beschwor Geschichten herauf, mit denen die Gaffer ihre öde Existenz zumindest in den sozialen Medien aufwerten konnten. »Neugier ist eine Tochter der Eifersucht«, murmelte Yoselin leise.

»Ah, Molière«, erwiderte Säger wissend. Er machte einen U-Turn, fuhr auf den für Taxis reservierten Standstreifen und hielt an.

Ein Polizist kam auf sie zugerannt. »Sie können hier nicht stehen bleiben. Sie behindern einen Polizeieinsatz.«

Säger zückte seinen Ausweis. »Hier, mein Parkschein. Und eines ist gewiss: Wir behindern den Einsatz nicht, wir bringen ihn voran.«

In dem Hotelzimmer waren die Spurensicherer immer noch dabei, Details zu sammeln, die irgendeinen Hinweis auf die Tat und den Täter geben konnten. Der Tote steckte bereits in einem Leichensack, zwei Männer waren dabei, ihn in einen Aluminium-Sarg zu hieven.

»Stopp«, rief Yoselin ihnen zu. »Wir wollen kurz noch einen Blick auf den Toten werfen, bevor Sie ihn abtransportieren.«

Die Männer blickten zu einer Frau in der Mitte des Raumes, die dabei war, etwas in ihr Smartphone zu diktieren. Sie unterbrach ihre Tätigkeit, folgte den Blicken der Polizisten und ging auf Yoselin zu.

»Ah, Sie müssen die Kollegen aus Ravensburg sein«, sagte sie. »Hauptkommissarin Sarah Stern. Stern wie Schnuppe. Vielen Dank, dass Sie so schnell kommen konnten.«

Sarah Sterns Lächeln hatte etwas Gewinnendes, Yoselin kam es vor, als würde sie die hochgewachsene Frau mit den dunklen, schulterlangen Haaren schon eine Ewigkeit kennen. Säger ging es wohl ebenso. »Sehr erfreut«, sagte er und deutete eine kleine Verbeugung an.

»Was ist passiert?«, fragte Yoselin.

»Wir haben einen Toten, männlich, Mitte 50. So, wie es aussieht, wurde das Opfer aus kurzer Distanz erstochen. Ein tiefer, gezielter Stich mit einer ziemlich langen sowie breiten Klinge, direkt ins Herz. Die Schnittwunden an den Händen rühren wohl daher, dass er versucht hat, den Stich abzuwehren. Ansonsten sind weder Kampf- noch Einbruchspuren vorhanden. Er scheint seinen Mörder gekannt und ihn ins Zimmer gelassen zu haben. Der Angriff hat sehr schnell zum Tod geführt. Ich würde mal sagen, da hat jemand sein Handwerk beherrscht.«

»Wissen wir, wie lange er hier schon lag, bevor er gefunden wurde?«

»Leider nein. Eine Raumpflegerin hat ihn heute Morgen entdeckt. Zur Tatzeit können wir noch nichts Genaues sagen. Sobald wir Näheres wissen, geben wir Ihnen Bescheid.«

»Was wollte Nadler hier in Stuttgart? Eine neue Bekanntschaft treffen?«, fragte Yoselin und wandte sich an ihren Kollegen. Der blickte kurz von seinem Notizbuch auf und zuckte mit den Schultern.

»Neue Bekanntschaft? Wie meinen Sie das? Kennen Sie das Opfer?«

Sarah Stern blickte irritiert drein und Yoselin schilderte in aller Kürze, unter welchem Verdacht Morten Nadler stand.

»Ich kenne mich in solchen Fällen nicht so gut aus. Aber meines Wissens kommt es selten zu Treffen von Romantic Scammern mit ihren Opfern. Dadurch würden sie den Verlust der Identität riskieren. Warum sollte Nadler in diesem Fall eine Ausnahme machen?«

Säger nickte der Stuttgarter Kollegin anerkennend zu. »Das ist richtig, die Gefahr, in eine Falle zu tappen, wäre bei einem persönlichen Treffen viel zu groß. Vielleicht hatte Nadler Angst vor weiteren Anschlägen. Haben Sie irgendetwas gefunden, was auf eine Flucht schließen lässt? Ein Flugticket zum Beispiel? Oder eine Zugfahrkarte?«

Hauptkommissarin Stern schüttelte den Kopf. »Nein, nichts dergleichen. Aber vielleicht hat er online gebucht. Seinen Computer werten wir gerade noch aus. Das kann ein bisschen dauern.«

»Und Sie sind sicher, dass es sich um Morten Nadler handelt?«, fragte Norman Säger.

»Seinen Ausweispapieren zufolge, die er bei sich trug, schon. Aber Sie können sich gern selbst ein Bild machen.«

Sarah Stern gab den Männern ein Zeichen, den Leichensack zu öffnen. Yoselin und Säger beobachteten, wie der Zipper langsam aufgezogen wurde und den Toten freigab. Sie näherten sich, um einen Blick auf das bleiche Gesicht zu werfen, sahen sich schweigend an.

»Was ist?«, fragte Hauptkommissarin Stern.

»Keine Ahnung, wer das sein soll«, antwortete Yoselin. »Aber Morten Nadler ist das definitiv nicht.«

AUFBRUCH

Als Morten Nadler wieder zu sich kam, dauerte es einige Minuten, bis er sich seiner Orientierungslosigkeit bewusst wurde. Absolute Dunkelheit umschloss ihn, sein Rücken schmerzte, mit jeder Bewegung stieß er gegen eine Wand. Er versuchte zu schreien, um auf sich aufmerksam zu machen, doch ein Knebel dämpfte seine Laute. Hände und Beine waren gefesselt, er war zu Regungslosigkeit verurteilt. Das Dröhnen eines Motors ließ erahnen, dass er sich in dem Kofferraum eines Autos befand.

Die Bilder des Morgens erschienen, als hätten sie nur darauf gewartet, abgerufen zu werden. Die Begegnung mit diesem Fremden im Foyer des Hotels, der sich als vermeintlicher Freund ausgegeben hatte, die Fahrt im Fahrstuhl, der vermummte Dritte. Der Tumult, der entstanden war, nachdem er die Tür zu seinem Zimmer aufgeschlossen hatte. Plötzlich war er aufgetaucht, dieser Dritte, hatte ein Messer gezückt, sie bedroht. Nadler hatte gehofft, dass es sich bei dieser Situation um einen miesen Scherz handelte, den Richter ausgeheckt hatte, um ihn zu ärgern. Doch diese Hoffnung war schnell verschwunden, als der Vermummte den größeren Mann wegstieß.

»Verpiss dich, Nadler gehört mir«, hatte er gesagt. Der Größere hatte sich nicht beirren lassen, war auf den Vermummten zugegangen. Im nächsten Moment war er zusammengesackt, die Hände an den Brustkorb gepresst, Blut zwischen den Fingern, die Augen vor Entsetzen weit geöffnet.

Nadler hatte keine Zeit gehabt, um Hilfe zu rufen oder wegzulaufen, eine Hand hatte ihm Mund und Nase verschlossen. Verschwommene Blitzlichter der Erinnerung. Erneut Fahrstuhl, Garage, Dunkelheit. Aus!

Aus! Galt das auch für sein Leben? Wer war dieser Vermummte, was wollte er von ihm? Ein gehörnter Ehemann, der herausbekommen hatte, dass seine Frau eine Affäre mit einer seiner Identitäten eingegangen war? Hatte er trotz seiner Vorsicht etwas übersehen bei der Auswahl seiner »Liebschaften«? War eine von ihnen doch nicht so allein, wie sie vorgegeben hatte?

Nadlers Puls raste, die aufsteigende Panik raubte ihm fast den Atem. Hier ging es um Leben und Tod. Um sein Leben oder seinen Tod. Er trat gegen den Kofferraumdeckel, hatte jedoch nicht genug Spielraum, um die nötige Kraft in seinen Tritt zu legen. Er versuchte, Worte zu formen, doch der Knebel in seinem Mund ließ nicht mehr zu als ein unverständliches Brabbeln, das in Schluchzen überging. Tränen traten ihm in die Augen, er zitterte am ganzen Körper. Und dann tat er das, was er noch nie zuvor in seinem Leben getan hatte: Er betete.

Yoselin Blaich und Norman Säger waren der Einladung von Sarah Stern gefolgt und begleiteten sie ins Präsidium in der Hahnemannstraße, um sich die Bilder der Überwachungskameras des Hotels anzusehen.

»Keine schlechte Lage«, sagte Yoselin Blaich und wies auf das Milaneo, das dem Präsidium direkt gegenüber lag. »Das Einkaufszentrum in direkter Nachbarschaft. Da weiß Frau wahrscheinlich am Ende des Monats, wohin das Gehalt entschwunden ist.«

Sarah Stern lachte. »Ja, viel Geld loszuwerden, ist im Milaneo nicht schwer. Zum Glück haben wir wenig Zeit zum Bummeln.«

Einer ihrer Kollegen saß bereits am Rechner und ließ die Aufnahmen der Hotelkamera ablaufen. Allzu viel war in der Hotellobby zu der frühen Uhrzeit, zu der die Bilder aufgenommen worden waren, nicht los. Vereinzelte Menschen durchkreuzten die Halle, gingen zur Rezeption, um kurz darauf in Richtung Fahrstuhl zu entschwinden. Andere wiederum verließen schnurstracks das Gebäude.

»Stopp, da kommt Nadler aus dem Aufzug!«, rief Norman Säger. Ein Mann, der zuvor mit dem Angestellten am Empfang gesprochen und offenbar im Foyer auf ihn gewartet hatte, ging rasch auf ihn zu, umarmte ihn.

»Das ist das Opfer«, stellte Sarah Stern fest. »Sehr groß war die Freundschaft zwischen den beiden offenbar nicht. Es sieht fast so aus, als ob Nadler die Berührung unangenehm wäre.«

Der Fremde rief dem Portier etwas zu, die beiden Herren begaben sich zum Fahrstuhl. Kurz nachdem sie eingestiegen waren, gesellte sich ein Dritter dazu, der den beiden den Rücken zukehrte.

»Halt noch mal an und versuch, das Gesicht des Vermummten größer zu machen.«

Der Kollege zoomte näher an die dritte Person heran, doch mehr als die Mund- und Nasenpartie waren nicht zu erkennen. Der Rest wurde von einer Schirmmütze, die er unter der Kapuze seines Hoodies trug, verdeckt.

»Für eine Fahndung ist auf dem Bild zu wenig zu erkennen. Das können wir komplett vergessen«, bemerkte Yoselin verärgert.

»Es müsste noch Bilder der Kamera aus dem dritten Stock geben. Die schauen wir uns an, vielleicht ist der mysteriöse Unbekannte darauf besser zu erkennen.«

Der Kollege öffnete die entsprechende Datei und spulte die Aufzeichnung im Schnelldurchlauf vor. Lange Zeit regte sich nichts auf dem Gang, dann stiegen Nadler und das Mordopfer aus dem Fahrstuhl aus und begaben sich zu einem Zimmer. Nadler steckte den Schlüssel ins Schloss, hantierte ungeschickt herum. Seinem Begleiter dauerte das offensichtlich zu lange, er stieß Nadler weg, öffnete die Tür, zog Nadler mit sich ins Zimmer. Noch bevor die Tür ins Schloss fallen konnte, tauchte der Kapuzenmann aus dem Nichts auf, rannte den Gang entlang und verschwand ebenfalls in Nadlers Zimmer.

»So ein Mist, er ist nur von hinten zu sehen. Er macht es uns ziemlich schwer«, maulte Yoselin.

»Abwarten, sie müssen ja das Zimmer wieder verlassen haben«, erwiderte Hauptkommissarin Stern.

Ungefähr zehn Minuten später verließen ein sichtlich benommener Morten Nadler und der Vermummte das Zimmer in Richtung Fahrstuhl. Nadler schwankte stark, wurde von dem Vermummten gestützt, fiel kurz vor dem Lift auf die Knie. Bei dem Versuch, ihn wieder aufzurichten, rutschte dem Begleiter die Kapuze vom Kopf.

»Ah, haben wir dich. Vergrößere bitte das Bild und gib eine Fahndung raus. Es ist ziemlich sicher, dass dieser Typ der Mörder von Mister Unbekannt ist. Am besten, du schickst gleich ein Foto unseres Opfers mit raus. Vielleicht gibt es irgendeinen Hinweis auf die Tat. Im Moment ist das alles noch sehr nebulös. Und schau doch mal, ob die Aufzeichnungen aus der Tiefgarage einen Hinweis liefern, mit welchem Fahrzeug die beiden unterwegs sind.«

Säger näherte sich dem Bildschirm, legte den Kopf schief. »Den Kerl mit dem Kapuzenshirt habe ich schon mal irgendwo gesehen. Ganz bestimmt sogar. Ich komm nur im Moment nicht drauf, wo.«

Sein Gedankengang wurde von dem Klingeln von Yoselins Smartphone unterbrochen. Die Hauptkommissarin nahm das Gespräch genervt an.

»Konny, das ist gerade ganz schlecht. Was gibt es denn so Wichtiges?«

Sie lauschte ihrem offensichtlich sehr aufgeregten Kollegen, dessen Stimme blechern zu hören war.

»Okay, das ist interessant. Kannst du mir ein Bild von diesem Colin schicken? Ja, sicher, sofort.«

Sie legte auf, ein Klingeln signalisierte die Ankunft einer WhatsApp-Nachricht. Yoselin öffnete sie und zeigte das Foto in die Runde. Ein junger Mann mit kurz rasierten Haaren, stechenden Augen und finsterer Miene blickte sie an. Offenbar stammte das Bild aus einer erkennungsdienstlichen Behandlung.

»Das ist der Typ aus dem Video«, sagte Sarah Stern. »Er hat zwar jetzt längere Haare, aber immer noch die gleiche fiese Visage.«

Yoselin nickte. »Sein Vorstrafenregister ist auch nicht von Pappe. Und auch wenn ich noch keine Ahnung habe, welches Problem dieser Colin mit Nadler hat, würde ich sagen, das sieht für unseren Casanova gar nicht gut aus.«

»Herr Salzmann, bleiben Sie stehen. Ich habe gesagt, dass Herr von Rechberg eine wichtige Besprechung hat. Sie können da nicht so einfach hineinplatzen.«

Die Assistentin des Immobilienmoguls stöckelte Salzmann hinterher, versuchte, ihn am Ärmel seiner Jacke festzuhalten. Der Wütende riss sich los.

»Hau ab, Bitch«, krakeelte er und blies ihr seine Schnapsfahne ins Gesicht. »Ich muss mit dieser Ratte sprechen. Er hat meine Frau auf dem Gewissen. Und mich auch.«

Salzmann riss die schwere Tür auf. Von Rechberg saß an seinem Schreibtisch, hinter ihm stand eine junge Frau und massierte ihm den Nacken. Sie stellte ihre Bewegungen ein, als sie Salzmann auf sich zuwanken sah. Der wies mit dem Zeigefinger auf von Rechberg.

»Mörder!«, schrie er. »Du hast meine Frau umgebracht, dafür musst du bezahlen.«

Von Rechberg stand auf und fuhr seine Sekretärin an. »Was genau verstehen Sie nicht, wenn ich Ihnen sage, dass ich nicht gestört werden will? Rufen Sie den Security-Dienst an und lassen Sie den Spinner entfernen.«

Die Assistentin lief rot an und ging zur Tür hinaus.

Als wäre Salzmann nicht da, setzte sich von Rechberg wieder und deutete der jungen Frau mit einer Geste an, mit der Massage fortzufahren.

Salzmann stürmte auf ihn zu, stieß die junge Frau zur Seite, drehte von Rechberg zu ihm herum. »Ich geh zur Polizei und dann pack ich aus. Jeder soll wissen, was du für ein skrupelloses Schwein bist.«

Von Rechberg erhob sich schnell und packte sein Gegenüber am Kragen. »Du willst mir drohen, du Würstchen? Ausgerechnet du? Ein Versager, der seine Frau auf den Strich schicken muss, damit er über die Runden kommt? Der hier schon auf den Knien rumgerutscht ist, damit er für mich arbeiten darf? Du willst zur Polizei gehen? Das ist lächerlich.«

Salzmann riss sich los und stieß von Rechberg gegen die Brust, sodass er nach hinten taumelte. Er hielt sich an der Tischkante fest, um nicht zu stürzen, doch der zweite Hieb seines Widersachers brachte ihn aus dem Gleichgewicht und er ging zu Boden. Die junge Frau schlug sich entsetzt die Hände vor den Mund, versuchte, von Rechberg aufzuhelfen. Salzmann schob sie unsanft zur Seite und baute sich vor dem Immobilienmogul auf.

»Zwei Millionen Euro und ich halte meine Klappe. Das ist nicht zu viel verlangt für das, was ich für dich getan habe, und den Tod meiner Frau.«

Von Rechberg rappelte sich auf. »Was faselst du von deiner Frau? Was habe ich mit ihrem Tod zu tun? Ich habe die Villa nicht abgefackelt. Wobei ich zugeben muss, dass mir da jemand einen großen Gefallen getan hat. Die Gemeinde hätte einem Abriss nie zugestimmt. Manchmal hat man eben Glück im Leben, nicht wahr? Wo bleibt denn die Security, verdammt noch mal! Der Herr würde gern gehen!«

Salzmann schnaubte vor Wut, griff in die Innentasche seiner Jacke und beförderte einen Schraubenschlüssel hervor. Ohne Vorwarnung attackierte er von Rechberg, traf ihn an der Schläfe und an der Stirn. Der blickte seinen Gegner entsetzt an, griff sich an den Kopf, betrachtete das Blut in seinen Händen. Ein dritter Schlag raubte ihm das Bewusstsein. Salzmann blickte nervös zu der jungen Frau, die sich langsam Richtung Tür schob. »Das wollte ich nicht. Ich will doch nur mein Geld«, brachte er stammelnd hervor.

Zwei Security-Leute, gefolgt von Richter, stürmten in das Büro, blieben bei dem Anblick des Bewusstlosen stehen. Salzmann hob den Schraubenschlüssel in die Höhe. »Keine Bewegung, sonst mache ich ihn platt«, knurrte er und wies auf von Rechberg.

»Ganz ruhig«, erwiderte Richter und ging langsam auf Salzmann zu. »Wir wollen doch nicht, dass die Sache eskaliert. Wir können über alles reden, nicht wahr?«

»Zwei Millionen und ihr seht mich nie wieder. Ist ein fairer Deal!«

»Manche sagen so, manche so«, erwiderte Richter süffisant. »Einem Idioten, der nicht mit Geld umgehen kann, zwei Millionen zu bezahlen, ist zunächst ein ziemlich bescheuerter Deal. Es stellt sich zudem die

Frage: Wofür soll von Rechberg bezahlen? Was weißt du denn schon?«

»Ich weiß alles«, brüllte Salzmann, ging auf Richter los und holte zum Schlag aus. Der Schadenermittler wich aus, wurde an der Schulter getroffen. Der nächste Hieb traf ihn an der Augenbraue, Blut lief ihm ins Auge, verschleierte seinen Blick. In Boxermanier hob er die Fäuste, um den Kopf vor weiteren Verletzungen zu schützen. Salzmann schlug blind um sich, hielt Richter und die Sicherheitsmänner auf Distanz. Ein Schlag auf den Hinterkopf raubte ihm die Sinne. Er drehte sich um die eigene Achse und sah, bevor er zu Boden ging, von Rechberg mit einer Bronzefigur in der Hand.

»Offensichtlich muss man in diesem Haus alles selbst erledigen«, ätzte der Geschäftsmann in Richtung der Security-Leute. »Wo seid ihr, wenn man euch braucht? Haut ab, ich will euch nicht mehr sehen!«

Die beiden Uniformträger trollten sich, Richter sah ihnen wortlos nach. »Und von dir hätte ich auch mehr erwartet«, bellte von Rechberg Richter an. »Hatte ich nicht gesagt, du sollst dafür sorgen, dass dieser Dummkopf keinen Ärger mehr macht? Das war doch unmissverständlich, oder etwa nicht?«

»Er ist mir entwischt. Und er hatte Vorsprung. Aber ich wusste, dass er zu dir will, und bin ihm sofort gefolgt«, erwiderte Richter kleinlaut.

»Ach, spar dir deine Erklärungen. Wir müssen Salzmann aus dem Weg räumen. Der Typ ist so bescheuert, dass er uns und sich selbst ans Messer liefert. Ich meine, ich habe Verbindungen in oberste Kreise, auch bei der

Staatsanwaltschaft. Mir wird nicht viel passieren, aber was wird aus dir?«

Richter starrte betreten zu Boden und schwieg.

»Es gäbe da natürlich eine Lösung.«

Von Rechberg kehrte an seinen Schreibtisch zurück, stellte die Bronze-Figur ab, schrieb etwas auf einen Notizzettel, den er Richter reichte. Dieser las die Notiz und schüttelte den Kopf. »Eine Adresse? Das verstehe ich nicht.«

»Es ist die Adresse einer Baustelle, bei der heute Nacht das Fundament gegossen wird. Ich möchte, dass ihr euch an den Arbeiten beteiligt. Jeder auf seine Weise. Und jetzt geh und nimm den Trottel hier mit.«

»Ich soll … Aber das ist doch …«, stammelte Richter.

Von Rechberg ging nicht weiter darauf ein, setzte sich an seinen Schreibtisch und griff zum Telefon. »Cindy soll wieder reinkommen. Meine Nackenmuskulatur ist total verkrampft«, bellte er in den Hörer. »Ist noch was?«, blaffte er Richter an, der wie angewurzelt im Raum stand.

»Nein«, sagte Richter, zog den wiedererwachten, stöhnenden Salzmann in die Vertikale und verließ das Büro.

»Och nö, schon wieder Rot. Verkehrsberuhigung ist ja gut und schön, man kann es aber auch übertreiben«, maulte Yoselin Blaich. Seit gefühlt einer Stunde waren sie auf der Theodor-Heuss-Straße in Richtung Stadtmitte unterwegs und kamen aufgrund des Feierabendverkehrs nur schleppend voran. Den Menschen, die auf dem Bürgersteig vor den zahlreichen Bars saßen, schien die endlose Fahrzeugkolonne nichts auszumachen. Sie unterhielten sich, tranken und lachten, als wäre es das Normalste der Welt, an einer viel befahrenen Straße den Feierabend zu genießen.

Säger schien das Schneckentempo, mit dem sie sich fortbewegten, nicht zu stören. Seit sie in den Wagen gestiegen waren, hatte er kein Wort gesprochen, es wirkte, als hätte er sich selbst ausgeknipst. Yoselin kannte ihren Kollegen gut genug, um zu wissen, dass ihn irgendetwas gedanklich beschäftigte. Es hatte keinen Zweck, ihn zu fragen, über was er nachdachte. Ihn aus einer Grübelei herauszureißen, war in etwa so, als weckte man einen Schlafwandler. Mehr als verwirrte Blicke und zusammenhangloses Gestammel brachte das nicht ein.

Yoselin beobachtete, wie ein Abschleppwagen mittels eines Krans ein falsch geparktes Fahrzeug auf seine Ladefläche hob. Das auffällig rote Auto schaukelte einen Moment freischwebend an der Kette, dann setzten die Reifen auf der Ladefläche auf.

»Tja, da wären die paar Euro für das Parkhaus wohl bedeutend günstiger gewesen«, sagte Yoselin. »Aber womöglich hätte das Auto dort nicht die Aufmerksamkeit bekommen, die es verdient hat.«

Säger zog das Lenkrad nach rechts und bremste scharf. Yoselin konnte sich mit viel Mühe abstützen und verhinderte so eine Kollision ihrer Stirn mit dem Armaturenbrett. »Mann, Säger! Was ist denn mit Ihnen los? Haben Sie einen Geist gesehen?«, brachte sie keuchend hervor.

»Das Auto! Es ist der Alfa Romeo Giulia aus der Werkstatt von Salzmanns Freund. Wie kommt das hierher?« Säger schnallte sich ab und stieg aus. Mit langen Schritten eilte er auf den Abschleppwagen zu und umkreiste die Ladefläche. »Er ist es hundertprozentig. Ravensburger Kennzeichen. Und auch die Lackschäden sind identisch!«, rief er aufgeregt.

Yoselin stieg ebenfalls aus. »Ja und?«, erwiderte sie. »Was will uns das sagen?«

Säger ging zum Fahrerhaus des Lkws, sprach mit dem Fahrer und machte sich Notizen. Dann fuhr der Transporter ab.

»Der Wagen wird zur Mercedes-Benz Arena gebracht«, sagte Norman Säger und schwenkte sein Notizbuch. »Ich vermute, dass Salzmann seinem Retter von Rechberg einen Besuch abstattet. Um sich für den Rechtsbeistand zu bedanken. Oder um neue Verhaltensanweisungen zu bekommen. Da könnten wir doch mal vorbeisehen. Einfach mal reinhören, was die beiden sich zu sagen haben.«

»Was soll denn das bringen? Wir müssen diesen Colin finden, bevor er Nadler etwas antun kann. Lassen Sie uns fahren.« Yoselin schickte sich an, ins Auto einzusteigen. Säger verriegelte die Tür.

»Kommen Sie! Die Fahndung läuft, das Bild von Colin ging an alle Polizeidienststellen im Umkreis raus. Es ist eine Frage der Zeit, bis er uns ins Netz geht. Er hat keine Chance. Aber was Salzmann und von Rechberg vorhaben, das interessiert mich schon sehr. Sie nicht?«

Ohne eine Antwort abzuwarten, setzte sich Säger in Richtung Rotebühlplatz in Bewegung.

»Ihre Neugier überrascht mich etwas, aber gut, wenn Sie meinen …«, sagte Yoselin und lief ihrem Kollegen hinterher.

Der Wagen wurde langsamer, bog ab. Die Fahrbahn wies wohl erhebliche Schlaglöcher auf, denn Morten Nadler wurde kräftig durchgeschüttelt und schlug sich immer wieder den Kopf an. Wie lange lag er schon in diesem Kofferraum? Er konnte es nicht sagen, hatte das Gespür für Raum und Zeit komplett verloren. Sein Rücken schmerzte, der Kabelbinder, mit dem seine Hände gefesselt waren, scheuerte die Haut wund, seine Beine spürte er nicht mehr. Durch die Rüttelei wurde ihm übel.

Nur nicht kotzen, dachte er und wurde von einer weiteren Panikattacke erfasst. »Erstickt am eigenen Erbrochenen«, was für ein unwürdiger, ekelhafter Tod. Nadler kreischte seine Angst in den Knebel, er schrie, bis sein Hals schmerzte. Irgendjemand musste ihn hören. Doch der Wagen fuhr ungerührt weiter, holperte über eine unebene Piste, setzte mit einem gewaltigen Geräusch auf. Nadler hörte das Splittern von Glas, gleich darauf stieg ihm der Geruch von Benzin in die Nase und schwor die bekannten Bilder herauf: die Villa in Flammen, die tote Lady Kira, durch das Feuer unkenntlich gemacht, überall Rauch, Ruß und Asche. Nadler stemmte sich mit aller Kraft gegen den Kofferraumdeckel, aber er gab nicht nach. Sein Schicksal war besiegelt.

Wer auch immer ihn entführt hatte, würde das, was er vorhatte, vollstrecken.

Der Wagen stoppte, der Motor wurde abgestellt, eine Tür wurde geöffnet und fiel krachend ins Schloss. Schritte. Dann wurde es hell. Nadler kniff die Augen zusammen, doch mehr als die Kontur eines Menschen konnte er nicht erkennen. Er spürte ein Reißen am Kragen und am Gürtel seiner Hose, wurde Zentimeter um Zentimeter aus seiner unbequemen Behausung gezerrt. Sein Kopf schlug hart auf, dann verlor er das Bewusstsein.

Yoselin Blaich und Norman Säger gaben sich keine Mühe, die Förmlichkeit der Anmeldung bei Georg von Rechberg einzuhalten. Sie zückten ihre Dienstausweise, marschierten an dem verdutzten Pförtner und an der panisch dreinblickenden Assistentin vorbei und enterten das Büro des Immobilienmanagers. Er saß an seinem Schreibtisch, eine junge Frau, die nur noch mit BH und Slip bekleidet war, saß auf seinem Schoß und nestelte an der Knopfleiste seines Hemds. Säger räusperte sich, die Dame fuhr herum, sprang auf und versuchte, ihre Nacktheit durch ihre Arme zu verbergen.

Von Rechbergs Mimik wechselte zwischen Verblüffung und Wut hin und her. Seine Assistentin war den Polizisten hinterhergeeilt, blieb wie versteinert im Türrahmen stehen, als sie sah, was ihr Boss in Wirklichkeit hinter der verschlossenen Tür trieb. Sie errötete. »Ich konnte die beiden Herrschaften nicht aufhalten. Sie sind einfach an mir vorbeigegangen.«

Der Immobilienmanager stand auf, zog die Hose hoch und knöpfte sie zu. »Wissen Sie, was der Unterschied zwischen einer Paprika und Ihrer hohlen Birne ist? Die Paprika kann man mit Hack füllen. Wenn ich sage, ich will nicht gestört werden, dann erwarte ich von Ihnen, dass Sie dafür sorgen, und sei es unter Einsatz Ihres erbarmungswürdigen Lebens, dass ich nicht gestört werde. Und jetzt machen Sie, dass Sie rauskommen. Ich will Sie heute nicht mehr sehen.«

»Das ist eine Unverschämtheit. Ich kündige!«, kreischte die Angestellte und schmiss die Tür hinter sich zu.

»Und jetzt zu Ihnen: Was fällt Ihnen ein, hier einfach so hereinzuspazieren?«, polterte von Rechberg. »Hängt an der Fassade ein Schild, dass wir heute ›Tag der offenen Tür‹ haben?«

»Na ja, Tag der offenen Hosentür würde ja stimmen. War wohl ein ziemlich wichtiges Meeting«, sagte Yoselin und sah der jungen Frau zu, wie sie ihre Kleider zusammensammelte. »Wir würden gern von Ihnen wissen, ob Herr Salzmann heute bei Ihnen war oder womöglich noch ist? Sein Wagen wird nämlich gerade abgeschleppt.«

»Sind Sie jetzt bei der Verkehrspolizei gelandet? Da würde ich ja glatt mein Fahrzeug auch mal im Parkverbot abstellen. Damit Sie mich auch abschleppen können«, erwiderte von Rechberg und grinste schief. »Aber was Ihre Frage betrifft, muss ich Sie enttäuschen: Salzmann war nicht hier.«

Er gab der jungen Frau, die unentschlossen im Raum stand, ein Zeichen, dass sie verschwinden sollte. Empörung erfasste ihre Miene und einen kurzen Moment sah es so aus, als wollte sie protestieren, doch schließlich drehte sie ab und stampfte Richtung Ausgang.

»Sie hätten der jungen Dame wenigstens Zeit geben können, sich vollständig anzuziehen«, bemerkte Yoselin spitz. Die Frau tat ihr leid, auch wenn sie nicht verstehen konnte, dass sie sich auf einen derartigen Misanthropen, wie es von Rechberg war, eingelassen hatte. Sie wollte sich auch nicht vorstellen, in welcher Situation sie die beiden angetroffen hätten, wenn sie später gekommen wären.

Norman Säger näherte sich dem Firmenchef und betrachtete ihn genauer. »Was ist denn mit Ihrem Gesicht passiert? Sieht ein bisschen so aus, als hätten Sie einen Boxkampf verloren. Gab es Ärger mit Salzmann?«

»Ich habe Ihnen doch eben gesagt, dass Salzmann nicht hier war. Ich bin gestürzt, auf einer Treppe, und habe mir den Kopf am Geländer gestoßen.«

Norman Säger nickte. »Natürlich. Diese Art von Treppenstürzen kennen wir zur Genüge. Sie passieren normalerweise Frauen, die von ihren Ehemännern misshandelt werden. Um was ging es denn bei der Auseinandersetzung? Um die Villa und den Tod seiner Frau?«

Von Rechberg setzte sich an seinen Platz, zog eine Akte aus einer Schublade und gab vor, sich auf den Inhalt zu konzentrieren. Yoselin ärgerte die Ignoranz des Immobilienmoguls. Sie ging auf ihn zu, beugte sich über die Schreibtischplatte und schloss die Akte.

»Noch einmal, Herr von Rechberg: Wir sind ziemlich

sicher, dass Rainer Salzmann hier war. Und wir möchten nun wissen, was er von Ihnen wollte. Sich bedanken, dass Sie ihn aus der Untersuchungshaft geholt haben? Oder wollte er um eine finanzielle Unterstützung bitten, damit er die Klappe hält und nichts von den anderen warmen Abrissen erzählt, die er in Ihrem Auftrag durchgeführt hat? Und was ist eigentlich aus Ihrem Bürgerverein geworden?«

»Jetzt hören Sie aber auf!«, brüllte von Rechberg und erhob sich. Er zitterte vor Wut und hielt sich am Schreibtisch fest. »Ihre Unterstellungen sind hanebüchen. Sie kommen hier herein, konfrontieren mich mit irgendwelchen ausgedachten Geschichten, anstatt sich um Ihre Arbeit zu kümmern. Noch immer ist das Gebäude in Nußdorf beziehungsweise das, was davon übrig ist, nicht freigegeben. Darum sollten Sie sich kümmern. Damit meine Versicherung endlich den Schaden schätzen und regulieren kann. Ich werde mich bei Ihrem Vorgesetzten beschweren. Und nun verlassen Sie mein Büro!«

Er griff zum Telefon, wählte eine Nummer und hielt sich den Hörer ans Ohr.

»Die Reformer! Jetzt weiß ich, woher ich diesen Colin kenne«, platzte es aus Norman Säger heraus. »Er war auch auf dem Foto zu sehen. Genau wie Richter, Salzmann und Sie, Herr von Rechberg.«

Der Unternehmensleiter verlor seine aufrechte Haltung, stellte langsam das Handteil in die Station zurück und sah Säger verdutzt an. Hinter seiner Stirn arbeitete es, er war sichtbar überrascht über die neuen Erkenntnisse.

»Wie kommen Sie denn jetzt auf Colin, diesen minderbemittelten Spinner? Der ist noch verrückter als Salzmann, gehört ganz klar in die Klapse.«

»Sie kennen Colin? Hat er für Sie gearbeitet?«, hakte Säger nach.

Von Rechberg gab einen Zischlaut von sich. »Ganz bestimmt nicht. Typen wie Colin liegen mit der ganzen Welt stetig im Krieg, die haben keine Zeit für Arbeit. Er ist eine tickende Zeitbombe, niemand weiß, was in seinem Hirn vor sich geht. Zum Glück hatte ich nur kurz das Vergnügen.«

»Wieso? So einen Colin kann doch jede Bürgerbewegung gut gebrauchen. Um den Gegnern mal zu zeigen, wer das Sagen hat im Land. Den Kanacken, den Asylbetrügern, den Wirtschaftsflüchtlingen.«

Von Rechberg sah Yoselin scharf an. »Die ›Neuen National Reformer‹ haben stets demokratische Mittel angewandt, um Protest zum Ausdruck zu bringen. Und ich lasse mich von Ihnen nicht in eine politische Ecke drängen, in die ich nicht gehöre. Unser Anliegen war, auf gesellschaftliche Missstände aufmerksam zu machen. Mag sein, dass dies radikaler Denkende angezogen hat, aber das war nicht in unserem Sinne …«

»Aber Sie haben sich natürlich auch nicht dagegen gewehrt, schon klar.«

Yoselin ballte die Fäuste und biss sich auf die Lippe. Sie konnte diesen verharmlosenden Quatsch nicht ertragen. Zu oft hatte sie diese Worthülsen von sogenannten bürgerlichen Vereinigungen gehört, mit denen sich menschenfeindliches Gedankengut kaschieren ließ.

»Wir haben nicht nach einem polizeilichen Führungszeugnis gefragt, wenn sich jemand angeschlossen hat. Aber wir haben Colin auch zu verstehen gegeben, dass wir auf seine Unterstützung keinen Wert legen. Er dachte wohl, er befände sich in einer Wehrsportgruppe. Hatte auch immer eine Waffe bei sich und hat mit anderen Schwachköpfen Schieß- und Sprengübungen durchgeführt. Irgendwann ist er dann zum Glück verschwunden. Keine Ahnung, wohin.«

»Was waren das für Waffen? Wo hatte er die her? Wie hießen die anderen, die mit ihm Schieß- und Sprengübungen gemacht haben? Halten Sie uns nicht weiter zum Narren, Herr von Rechberg. Sie und Ihr ultrarechter Bürgerverein sind ein Fall für den Verfassungsschutz, aber Colin hat im Moment einen Mann in seiner Gewalt, um dessen Leben es nicht zum Besten steht. Wo kann er sein?«

»Ich sage jetzt überhaupt nichts mehr ohne meinen Anwalt. Ich bin froh, dass ich mit Colin und seinesgleichen nichts mehr zu tun habe. Schließlich habe ich einen Ruf zu verlieren. Ich weiß nur, dass sie sich in einem Wäldchen in der Nähe von Ravensburg getroffen haben, um dort Cowboy und Indianer zu spielen.« Er hielt sich mit gespieltem Schrecken eine Hand vor den Mund. »Ich meine natürlich Viehhirten und Indigene.«

»Mal sehen, ob Sie immer noch so viel Humor besitzen, wenn die Kollegen des Betrugsdezernats mit Ihnen fertig sind. Die dürften demnächst bei Ihnen auftauchen«, murmelte Yoselin im Hinausgehen.

Norman Säger hatte Mühe, mit seiner Kollegin Schritt zu halten. Sie raste die Treppe hinunter zum Ausgang, als würde sie verfolgt.

»War doch keine schlechte Idee von mir, von Rechberg zu besuchen, oder?«, keuchte er. »Immerhin haben wir ein bisschen mehr über diesen Colin herausgefunden. Vielleicht bringt er Morten Nadler in dieses Wäldchen, weil er sich da auskennt und sicher fühlt.«

»Ich gebe Konny Bescheid. Er soll einen Hubschrauber anfordern, der die Gegend abfliegt. Es gibt schließlich nicht nur ein Waldstück in der Nähe von Ravensburg. Außerdem müssen die großen Straßen abgesperrt werden. Und das muss schnell gehen, sonst haben wir noch einen Toten zu beklagen.«

Yoselin griff zum Telefon, wählte eine Nummer, gab in knappen Worten ihre Anweisungen durch. Sie nickte Säger zu. »Konny kümmert sich, und wenn wir uns beeilen, können wir uns an der Suche beteiligen.«

Norman Säger nickte und wies mit dem Finger in Richtung Ausgang. »Da scheint jemand auf uns zu warten.«

In der großen Eingangshalle vor der Drehtür stand von Rechbergs Sekretärin und winkte den beiden Polizisten zu. Sie lief nervös hin und her, ließ Yoselin und Norman Säger nicht aus den Augen, machte ihnen ein Zeichen, ihr nach draußen zu folgen.

Yoselin sah, dass sie geweint hatte. Überhaupt schien sie in einem sehr aufgewühlten Zustand zu sein. Eine Strähne hatte sich aus den streng nach hinten gebundenen Haaren gelöst und fiel ihr ins Gesicht. Ihre Lippen bebten.

»Ich muss Ihnen etwas sagen«, begann sie leise und holte tief Luft, um die aufsteigenden Tränen zu unterdrücken.

Yoselin legte ihr eine Hand auf den Arm. »Beruhigen Sie sich, auch wenn es schwerfällt. Wie von Rechberg Sie behandelt, ist eine absolute Unverschämtheit. Wenn Sie das mit Ihrer Kündigung ernst gemeint haben, kann ich Ihnen nur gratulieren.«

»Und ob ich das ernst gemeint habe. Ich halte ihn und seine Machenschaften nicht mehr aus. Und ich habe Angst vor ihm. Weil er vor nichts zurückschreckt.«

»Wie meinen Sie das?«, schaltete sich Norman Säger ein.

Die Sekretärin wischte sich die Tränen mit dem Handrücken ab. »Bevor Sie gekommen sind, war Herr Salzmann da. Er war sehr wütend, ist in Herrn von Rechbergs Büro gestürmt und hat ihn beschuldigt, seine Frau auf dem Gewissen zu haben. Er konnte sich nicht beruhigen, hat Herrn von Rechberg angegriffen und niedergeschlagen. Später kam auch noch Herr Richter dazu. Zunächst war ein unglaubliches Spektakel zu hören und dann war Stille. Richtig unheimlich war das.«

Yoselin drückte die Frau an sich. Die Sekretärin schluchzte, sie atmete schnell und unregelmäßig. Nach wenigen Augenblicken befreite sie sich sanft aus der Umarmung.

»Was ist dann passiert?«, fragte Yoselin sanft.

»Irgendwann ist Herr Richter mit Herrn Salzmann

rausgekommen. Und der Herr Salzmann war ziemlich benommen. Er hing in Richters Armen wie ein Sack Kartoffeln. Herr Richter hat gefragt, wo das Parkside-Areal ist, und ich habe ihm den Weg dahin beschrieben. Das ist so furchtbar.«

»Was genau ist daran so furchtbar?«, fragte Yoselin. »Was hat es mit dieser Adresse auf sich?«

»Da steht im Moment kein Gebäude. Herr von Rechberg erstellt dort einen Neubau mit 60 Wohneinheiten. Kindertagesstätte, Nahversorgung. Ich habe Herrn Richter gefragt, was er denn dort wolle, aber ich habe keine Antwort erhalten. Ich habe kein gutes Gefühl.«

Yoselin Blaich sah ihren Kollegen an, der jegliche Gesichtsfarbe verloren hatte. »Richter bringt den bewusstlosen Salzmann zu einer Baustelle«, wiederholte Yoselin. »Die gehen da bestimmt nicht hin, um sich die Pläne zeigen zu lassen. Er soll den Störenfried verschwinden lassen. Für immer.« Die Sekretärin weitete die Augen vor Schreck, dann brach sie erneut in Tränen aus. »Das ist alles meine Schuld. Ich hätte Herrn Salzmanns Zutritt zu Herrn von Rechbergs Büro verhindern müssen. Jetzt ist er wegen mir in Gefahr.«

»Sie haben damit überhaupt nichts zu tun. Wir sorgen dafür, dass Herrn Salzmann nichts geschieht. Herr Säger, informieren Sie unsere Kollegin Stern. Sie soll sich sofort auf den Weg machen, sonst wird Salzmann noch zu einem tragenden Element in einem neuen Gebäudekomplex. Und sie soll einen Haftbefehl für Richter und von Rechberg beantragen. Diese Schlangengrube werden wir jetzt mal ausräuchern.«

Sie versuchte sich an einem Lächeln, das jedoch erstarb, als sie Sägers verständnisloses Kopfschütteln sah. »Ich finde diese Formulierung angesichts unserer Ausgangslage ein wenig geschmacklos«, sagte er, bevor er das Smartphone zückte, um Hauptkommissarin Stern über die neuesten Entwicklungen zu informieren.

ABRECHNUNG

Morten Nadler blinzelte gegen das Licht einer Taschenlampe, das ihm direkt in die Augen leuchtete. Er drehte den Kopf zur Seite und wurde von einer enormen Schmerzwelle erfasst. Er stöhnte.

Seine Hände und Füße waren immer noch gefesselt, der Knebel im Mund unterdrückte seine Laute. Zum Glück war die Nase frei geblieben, er konnte atmen. Es dämmerte, die Umgebung war nur noch konturenhaft zu erkennen. Bäume, Sträucher. Demnach befand er sich auf der Lichtung eines Waldes. Er versuchte, sich auf Geräusche zu konzentrieren. Irgendwo schrie ein Kuckuck, ein Specht hämmerte mit seinem Schnabel einen schnellen Rhythmus in einen Baum. Nadler drehte den Kopf, sah die Schuhspitzen zweier schwerer Stiefel, ließ den Blick nach oben wandern. Neben ihm stand der Kapuzenmann aus dem Hotel, der ihn schweigend betrachtete.

»Na, ausgeschlafen?«, sagte er schließlich, beugte sich hinunter und riss mit einer schnellen Bewegung Nadlers Knebel aus dem Mund. Morten hustete und spuckte, sein Hals war trocken, zu gern hätte er seinen Entführer um einen Schluck Wasser gebeten, doch seine Stimme gehorchte ihm nicht, er brachte nur unverständliche Laute heraus.

Der Kapuzenmann hielt den Kopf schief, als versuchte er zu verstehen, was Nadler von sich gab. »Möchtest du mir was erzählen? Oder einen Deal anbieten? Darin bist du doch ganz gut. Oder um Gnade winseln? Dafür ist es allerdings zu spät.«

Er griff hinter sich und zog eine Flasche hervor. Er ließ den Schnappverschluss knallen und hielt Nadler die Öffnung unter die Nase. Der stechende Geruch von Benzin löste bei Morten den nächsten Husten- und Würgereiz aus. Er schnappte nach Luft.

»Das ist nicht schön, wenn man das Gefühl hat zu ersticken, nicht wahr? Aber keine Sorge, du wirst nicht allzu lange leiden.«

Der Kapuzenmann trat einen Schritt zurück, goss den Inhalt der Flasche in einem Halbkreis um Morten Nadler. Diese Prozedur wiederholte er mit einer zweiten Flasche.

Nadler wimmerte heiser. »Was soll das? Ich habe keine Ahnung, wer du bist und was ich dir getan habe. Wir können doch reden.«

Der Kapuzenmann warf sich auf ihn, drückte mit einer Hand Mortens Kehle zu. An seiner Stirn trat eine Ader hervor, die Augen waren von Hass verdunkelt. »Was du getan hast? Das fragst ausgerechnet du? Ich sage es dir: Du hast betrogen, belogen und hast mir den einzigen Menschen genommen, den ich je geliebt habe. Und der mich je geliebt hat.«

Er lockerte seinen Griff, Nadler zog geräuschvoll Luft ein. »Ich … weiß nicht … wovon du redest. Wer bist du?«, stammelte er.

Der Aggressor schob die Kapuze nach hinten, legte sein von Aknenarben gezeichnetes Gesicht frei. »Es spielt keine Rolle, wer ich bin. Und natürlich weißt du nicht, wovon ich spreche«, raunte Colin und griff nach der nächsten Flasche mit Benzin. »Vielleicht sollte ich mit Professor Durscheid vom Krebsforschungszentrum London sprechen, der einer verzweifelten, todkranken Frau Hoffnung auf Heilung gemacht hat. Nicht umsonst, das ist klar. Hoffnung hat ihren Preis. Insgesamt 70.000 Euro hat meine Tante dafür ausgegeben und nichts dafür bekommen. Nicht die Liebe, nach der sie sich sehnte, und nicht das neue Medikament, das du ihr versprochen hast.«

Colin schüttete den Inhalt der Flasche über Nadlers Beine. Morten kreischte seine Panik in den Wald. »Bitte nicht, wir finden eine Lösung. Ich habe einen großen Fehler gemacht. Das tut mir leid. Ich mache das wieder gut, wirklich. Gib mir eine Chance!«

Colin trat ihm in die Seite, Nadler krümmte sich vor Schmerz. In Erwartung eines weiteren Tritts rollte er sich zusammen.

»Da gibt es nichts, was du wiedergutmachen kannst«, brüllte Colin. »Muriel ist tot. Gestorben an einem gebrochenen Herzen und an Krebs, den du heilen wolltest. Du wirst die gleichen Schmerzen durchleiden wie sie. Und am Ende kommt ihr zusammen. Ich habe es ihr versprochen.«

»Bitte, ich wusste nicht, dass es ihr so schlecht geht. Ich wollte ihr doch nur eine Perspektive bieten, damit sie den Glauben an ihre Heilung nicht verliert. Sie war so traurig und aufgelöst, ich wollte sie trösten.«

»Halt jetzt dein Maul!«, schrie Colin und holte zum nächsten Tritt aus.

»Oh, du hast schon angefangen, wie ich sehe.«

Colin fuhr herum, blickte in die Richtung, aus der die Stimme gekommen war. Er ballte die Fäuste, bereit zum Angriff. Als er erkannte, wer sich da näherte, ließ er sie sinken. »Du hast Glück. Ein paar Minuten später und du hättest dem Ritual nicht mehr beiwohnen können.«

»Gibt es vom Hubschrauber schon eine Rückmeldung? Haben die irgendeine Spur von Colin?« Yoselin rutschte nervös auf ihrem Sitz hin und her, während Norman Säger den Wagen mit gefühlter Lichtgeschwindigkeit gen Ravensburg steuerte.

»Negativ«, erwiderte Konietzny am anderen Ende der Leitung. »Es gibt zu viele Waldflächen rund um Ravensburg. Außerdem wissen wir ja nicht genau, ob Colin dahin unterwegs ist und was er mit Nadler vorhat.«

»Habt ihr die Mobilfunkanbieter abgefragt, ob ein Vertrag mit ihm vorliegt? Damit wir seine Nummer orten können.«

»Nochmals negativ. Er scheint ein Kartentelefon zu benutzen.«

»Kreizkrabbesack, des gibt's doch it«, entfuhr es Yoselin.

Säger zog die Brauen nach oben, sah sie tadelnd an. Die Hauptkommissarin atmete tief durch, versuchte, sich zu beruhigen. »Hat der Fahndungsaufruf etwas gebracht? Hat sich irgendjemand gemeldet, der Colin gesehen hat?«

Am anderen Ende der Leitung war ein tiefer Seufzer zu vernehmen.

»Ja, klar, es haben sich jede Menge Leute gemeldet, aber bis wir diese Hinweise alle ausgewertet haben, stehen wir kurz vor der Pensionierung. Einmal wurde er in Memmingen gesehen, dann wieder in Bad Waldsee, auch in Biberach soll er gewesen sein. Offensichtlich hat er die Fähigkeit, an vielen Orten gleichzeitig zu sein. Und ein Typ scheint regelrecht auf Colin fixiert zu sein. Er hat schon dreimal angerufen.«

»Wie heißt der Anrufer und was hat er gesehen?«

»Warte, ich habe mir seinen Namen notiert. Helmut Stöffinger, wohnhaft in der Donauschwabenstraße 16. Er will Colin in letzter Zeit des Öfteren im Haus gesehen haben. Die Kollegen sagen, dass Herr Stöffinger regelmäßig anruft und Menschen, nach denen gefahndet wird, bei sich im Haus gesehen haben will. Leider erweisen sich seine Hinweise sehr oft als falsch. Doch dieses Mal ist er sich ganz sicher.«

Yoselin starrte Säger mit offenem Mund an. »Colin wurde anscheinend in der Donauschwabenstraße 16 gesehen. Der Zeuge hat zwar im Allgemeinen ein Glaubwürdigkeitsproblem, aber das wäre dann mehr als Zufall.«

»Es könnte also sein, dass Colin Kontakt zu Evelyn Weidle hatte oder noch hat. Was kann er von ihr wollen?«, entgegnete der Hauptkommissar.

»Vielleicht wollte sie ja etwas von ihm. Konny, hattest du nicht gesagt, dass eine der Frauen in dieser Vereinigung der Romantic-Scammer-Geschädigten eine Belohnung für die Ergreifung ihres vermeintlichen Liebhabers ausgesetzt hat? Kannst du herausfinden, wer das war?«

»Menno, dann muss ich diese mannstolle Frau Kellermann noch mal anrufen. Kann das nicht einer von euch machen?«, maulte Konietzny.

»Nein, für die Befragung von Frau Kellermann bist du geradezu prädestiniert. Was meinst du, wie sie sich freut, wenn du dich bei ihr meldest?«

Yoselin legte auf, grinste Säger an, doch der Hauptkommissar war zu tief in seinen Gedanken versunken, um das Gespräch zu registrieren.

»Sie denken also, dass Evelyn Weidle die Dame war, die eine Belohnung ausgesetzt hat«, sagte er nach einer Weile. »Und diesen Colin hat sie in der Vereinigung der Romantic-Scammer-Geschädigten getroffen. Womöglich hat sie ihm von dem ausgesetzten Kopfgeld erzählt und Colin damit auf Nadler angesetzt. Haben wir eine Mobilnummer von Frau Weidle?«

Yoselin zuckte die Schultern. »Keine Ahnung, vielleicht steht eine auf ihrer Homepage.«

Sie öffnete den Internetbrowser, gab den Namen der Escort-Agentur ein und scrollte in der Menüleiste zu der Rubrik mit den Kontaktdaten. »Hier ist eine Mobilnummer angegeben. Das müsste die von Evelyn Weidle sein. Warum fragen Sie?«

»Stille SMS«, lautete die kryptische Antwort Sägers.

»Wir schicken an Frau Weidles Nummer eine SMS, die sie nicht bemerkt, in der Hoffnung, dass ihr Telefon eingeschaltet ist. Der Mobilfunkanbieter weiß dann, in welchem Bereich sich Frau Weidle befindet und fordert ihr Telefon auf, sich an einer der Funkzellen in der Nähe anzumelden. Vielleicht trifft sie sich mit Colin, um Nadler gemeinsam zu bestrafen.«

»Einen Versuch ist es wert.« Yoselin wählte erneut Konietznys Nummer, der Kollege meldete sich genervt. »Nein, ich habe Frau Kellermann noch nicht angerufen. Vielleicht gibst du mir einfach fünf Minuten …«

»Frau Kellermann kann einen Augenblick warten. Wir brauchen deine Hilfe in einer anderen Sache. Hör mir ganz genau zu …«

»Hättest du keinen besser erreichbaren Platz auswählen können, um dieses Schwein zu erledigen?«

Evelyn Weidle ließ sich ächzend auf einem Baumstumpf nieder und massierte sich die geschwollenen Knöchel. Dem Anlass entsprechend war sie ganz in Schwarz gekleidet, was ihr die Strenge einer altgedienten Domina verlieh. Sie betrachtete den am Boden liegenden, zitternden Nadler mit einer Miene, die ihre Abscheu vor diesem Mann deutlich zum Ausdruck brachte. »Sehen wir uns also doch noch, Casanova. Ich hatte dich ja schon abgeschrieben. Klar, als Kriegsfotograf lebt man ja auch gefährlich, und nachdem ich dich zweimal vermeintlich aus dem Gefängnis freigekauft hatte, war es sicherer für dich, komplett zu verschwinden. Um in anderen Gestalten wiederaufzutauchen und noch mehr Frauen unglücklich zu machen. Mein Gott, wie dumm ich war.«

Nadler starrte Evelyn Weidle an und kramte in seinem Gedächtnis nach der von ihr erwähnten Episode.

Zu viele Identitäten hatte er in seinem Leben schon angenommen, er hatte sie über- und wieder abgestreift, wenn das Risiko zu groß wurde, entdeckt zu werden. Am Anfang hatte er seine Geschichten im Griff gehabt, doch im Laufe der Zeit war er ein wenig nachlässig geworden. Er starrte die Frau in Schwarz an, die auf dem Baumstumpf saß, als würde sie über ihn Tribunal halten.

»Du warst nicht dumm«, schaltete sich Colin ein. »Verliebt warst du. Wie Tante Muriel auch. Wie glücklich sie am Anfang war, als sie mit diesem Scheißkerl geschrieben hat. Sie hat regelrecht geleuchtet. Plötzlich gab es wieder Mut und Zuversicht, ihre Krankheit besiegen zu können. Sie hat sich schöne Kleider gekauft, hat Make-up getragen, ging regelmäßig zum Friseur. Ich war richtig eifersüchtig auf ihn, andererseits hat es mich gefreut, sie endlich wieder lachen zu sehen.«

»Ja, er konnte einen mit Worten verführen, unser Casanova. Und hat am Ende doch nur gebrochene Herzen hinterlassen. Und leere Bankkonten.«

Sie erhob sich ächzend und ging unsicheren Schritts auf Nadler zu.

»Aber Gier macht blind, mein Lieber, und auch ein bisschen blöd. Als die kleine Salzmann, Gott habe sie selig, von dir und deinen Rollenspielen erzählt hat, da kam in mir der Verdacht auf, dass du der Kriegsfotograf bist, der mich um mein Geld betrogen hat und es nun dazu benutzte, eine Jüngere zu vögeln. Immerhin habe ich auf diese Weise einen Teil wieder zurückbekommen, aber meine Liebe habe ich für immer verloren.«

»Es tut mir leid, ich zahle dir alles zurück«, winselte Nadler.

»Damit wird Tante Muriel nicht wieder lebendig!«, kreischte Colin. Er zog eine Streichholzschachtel aus der Hosentasche, öffnete sie, entnahm ein Hölzchen und hielt es in die Höhe.

»Irgendwann hat sich Muriel von der schönen Frau wieder zurückverwandelt. Sie verlor Gewicht, stand nicht mehr auf, ließ sich gehen, trank Alkohol. Sie hat mir von dir erzählt, von dem Medikament, an dem du arbeitest. Einem Medikament, das sie gesund machen konnte. Sie hat mir von dem vielen Geld erzählt, das sie dir überwiesen hat, damit du weiterforschen kannst. Und davon, dass du plötzlich von der Bildfläche verschwunden warst. Ohne ein Abschiedswort. Einfach das Profil gelöscht, auf Nimmerwiedersehen.«

Er riss das Zündholz an der Reibefläche an. Zischend bildete sich eine kleine Flamme. Nadler brüllte, versuchte, sich von der Benzinlache um ihn herum wegzurollen. Er spürte, wie warmer Urin an seinem Schenkel hinunterfloss, wie seine Muskeln krampfartig zuckten und ihm nicht gehorchen wollten. »Bitte, bitte nicht«, flehte er. »Ich gebe es zu, ich habe den Bogen überspannt, hab die Kontrolle verloren. Im Grunde wollte ich nur Frauen kennenlernen. Am Anfang. Aber dann habe ich von einem Typen gelesen, der einsamen Frauen Liebe vorgaukelte und ihnen damit das Geld aus der Tasche zog. Ich hab das bei einer Frau ausprobiert, es hat funktioniert. Und dann noch einmal und noch einmal …«

Evelyn Weidle spuckte vor ihm aus.

»Was soll diese Heulerei? Schlechtes Gewissen? Die Frauen haben in eine Zukunft mit dir investiert und du hast ihre Naivität ausgenutzt. So sieht es aus. Alle Anzeigen bei der Polizei liefen ins Leere. Mehr noch: Man muss die spöttischen Blicke aushalten, wenn Leute von diesen Geschichten erfahren. In ihren Augen ist die unausgesprochene Frage zu sehen: Wie bescheuert kann man eigentlich sein? Weißt du, wie sich das anfühlt? Beschissen fühlt sich das an.«

Die Flamme des Streichholzes erlosch. Mit betretener Miene betrachtete Colin das verkohlte Stäbchen, das er zwischen Daumen und Zeigefinger hielt. »Ich habe alle E-Mails gelesen, die ihr euch geschickt habt. Tante Muriel hat dich wirklich geliebt. Als du ihr nicht mehr geantwortet hast, wurde ihr klar, dass du nichts weiter bist als ein geldgeiles Phantom. Ihr ging es von Tag zu Tag schlechter. Sie litt unter Schmerzen, berichtete davon, dass sie das Gefühl habe, innerlich zu verbrennen. An ihrem Sterbebett habe ich mir und ihr geschworen, dass du auch das Gefühl haben wirst zu verbrennen.«

Er riss ein weiteres Hölzchen an. Dieses Mal pustete Evelyn Weidle die Flamme aus. »Warte kurz, er soll ruhig alles hören, bevor er sich für immer verabschiedet.« Evelyn Weidle beugte sich ein wenig nach vorn, um Nadler ins Gesicht sehen zu können. »Ich bedauere es sehr, dass die kleine Salzmann in der Villa ums Leben gekommen ist. Ich mochte sie wirklich. Aber sie hat mich angelogen. Sie hat mir von eurem Treffen erzählt, aber es hätte erst am Sonntag stattfinden sollen. Sie hat zwei Tage in die eigene Tasche arbeiten wollen und genau das hat sie das Leben gekostet. Der Einzige, der in der Villa umkommen sollte, hättest du sein sollen. Ein bedauerlicher Irrtum.«

»Das holen wir jetzt nach«, fügte Colin an und pulte ein weiteres Hölzchen aus der Schachtel. »Das hier ist zwar kein sehr standesgemäßer Ort. Ein Wissenschaftler sollte in einem Labor sterben. Oder mitsamt seinem Forschungsergebnis in die Luft fliegen. Aber so inmitten der Natur zu sterben, das hat doch auch was, oder?«

»Time to say goodbye«, fügte Evelyn Weidle an, gab Colin ein Zeichen und wandte sich ab.

»Es hat geklappt. Die stille SMS an Evelyn Weidles Mobiltelefon konnte ausgewertet werden. Sie befindet sich in einem Waldstück an der B 32, auf Höhe des Hoherhofs. Womöglich will sie dabei sein, wenn Morten Nadler seine Strafe erhält. Wie immer die auch aussehen wird. Geben Sie Gas, Kollege Säger, das wird eine enge Kiste.«

Yoselin konnte ihre Aufregung nicht verbergen und auch Kollege Säger schien angespannt zu sein. Er schaltete einen Gang zurück, gab Gas und zog auf die linke Spur, um einen Lastwagen zu überholen. Ein Pkw kam ihnen entgegen, ließ die Lichthupe aufflammen. Gerade noch rechtzeitig konnte der Hauptkommissar vor dem Laster einscheren. Yoselin hielt sich an dem Griff über der Tür fest und stemmte die Beine gegen den Fahrzeugboden.

»Mensch, Säger, es wäre aber schon gut, wenn wir den Tatort lebend erreichen würden«, zischte sie.

Ihr Handy klingelte, Konietzny war dran.

»Der Hubschrauberpilot hat drei Personen auf einer Lichtung ausgemacht. Er kann nicht landen, hat uns aber die Position durchgegeben. Ich schicke sie dir.« Yoselin wartete, bis das Klingelzeichen die Ankunft der Nachricht ankündigte, und gab die Koordinaten in ihre Karten-App ein.

»Sie sind auf einer Lichtung und wir befinden uns ganz in der Nähe. In 500 Meter müssen wir rechts in einen Feldweg einbiegen.«

Säger nickte, nahm den Fuß vom Gas und lenkte den Polizeiwagen auf einen unbefestigten Weg. Yoselin wurde mächtig durchgeschüttelt, der Wagen ächzte und knarrte. Doch Säger blieb davon ungerührt und hielt stoisch auf das grüne Portal zu, das in den Wald hineinführte.

»So ein Mist, die haben uns gefunden. Wie kann denn das sein?«

Evelyn Weidle wies auf den Hubschrauber, der in ungefähr 50 Meter Höhe über ihnen kreiste. »Mach hin, Colin, wir müssen weg.«

Hektisch riss der junge Mann ein Streichholz an, das jedoch sofort erlosch. Umständlich kramte er das nächste Hölzchen hervor, strich fahrig über die Reibefläche. Das Stäbchen brach ab.

»Lass mich das machen!«, rief Evelyn Weidle und versuchte, Colin die Schachtel zu entwinden. Sie fiel zu Boden und entleerte ihren Inhalt.

»Jetzt sieh dir das an. Die Hölzer sind alle nass. Wenn Nadler überlebt, kannst du die Belohnung vergessen. Und deine Tante wäre auch sehr enttäuscht von dir.«

In der Ferne näherte sich eine Polizeisirene. Colin griff eines der Hölzer und die Schachtel, riss den Kopf über die Reibefläche, betrachtete die lodernde Flamme einen Moment und ließ sie in die Benzinlache fallen. Sofort bildete sich eine bläulich schimmernde Feuerwand, die sich unaufhaltsam auf Nadler zuschob. Morten kreischte, versuchte, sich von dem Feuer zu entfernen, was ihm nicht so recht gelingen wollte.

»Wir müssen abhauen«, brüllte Colin, wies auf das Fahrzeug, das sich mit großer Geschwindigkeit näherte, und zog Evelyn Weidle mit sich. Die Alte stolperte hinter dem jungen Mann her, strauchelte und fiel zu Boden. Einen Augenblick dachte Colin daran, sie hochzuziehen. Ein letzter Blick zurück auf das Feuer. Nadlers Schreie kündeten davon, dass ihn die Flammen erreicht hatten. Der heranrasende Wagen. Die ächzende Evelyn Weidle, die ihm eine Hand zustreckte und von ihm hochgezogen werden wollte.

»Vergiss es«, sagte er und rannte in Richtung seines Wagens.

»Komm zurück, du kleiner Drecksack!«, rief ihm Evelyn Weidle hinterher. Sie kroch auf allen vieren voran, bekam einen Strauch zu fassen, zog sich an ihm hoch und blickte Hauptkommissarin Blaich direkt ins Gesicht.

»Sie sind vorläufig festgenommen«, sagte Yoselin und

legte der Alten Handschellen an. Dann eilte sie ihrem Kollegen Säger zu Hilfe, der mit seiner Jacke versuchte, den brennenden Nadler zu retten.

»Scheiße, Scheiße, Scheiße.«

Colin drosch auf sein Lenkrad ein und drückte das Gaspedal noch weiter durch. Der Wagen machte einen Satz nach vorn, die Benzinflaschen auf dem Rücksitz prallten klirrend aneinander. Seine Gedanken überschlugen sich. Der Tote im Hotel, die Entführung Nadlers, das uneingelöste Versprechen, Mortens Asche in die Urne von Tante Muriel zu füllen, die Belohnung, die er wahrscheinlich abschreiben konnte, das überraschende Auftauchen der Polizei. Sein Plan war nicht aufgegangen, die Jagd hatte ein vorzeitiges Ende genommen, er blieb ohne Beute. Mehr noch, er war enttarnt und nun selbst zum Gejagten geworden.

Mit großer Geschwindigkeit näherte er sich einem vorausfahrenden Fahrzeug, er zog das Lenkrad herum, wechselte auf die linke Spur. Die Straße vor ihm beschrieb eine starke Kurve nach rechts, in etwa 100 Meter Entfernung gab ihm das entgegenkommende Fahrzeug Lichtzeichen. Colin gab Gas, riss das Steuer herum, scherte vor dem Überholten ein. Das Heck des Wagens brach aus, er drehte sich einmal um die eigene Achse, rutschte eine Böschung hinunter und überschlug sich mehrfach, bevor er auf dem Dach zu liegen kam. Colin stöhnte. Von seiner Stirn tropfte Blut in seine Augen, sein rechter Arm schmerzte und sein linkes Bein steckte fest. Sein Blick fiel auf eine der zerbrochenen Benzinflaschen neben ihm. Ein leises Ticken, als würde jemand das Rad an einem Feuerzeug betätigen, erlöste ihn aus seiner Panik. Dann ging der Wagen in Flammen auf.

WUNDPFLEGE

Yoselin stand am Fenster ihres Büros und blickte gedankenverloren hinaus. Sie war hundemüde, die Anspannung der letzten Stunden wich der Erschöpfung. Sie wäre liebend gern nach Hause gegangen, um sich für mehrere Tage im Bett zu verkriechen.

»Was meinen Sie? Wird Nadler durchkommen?«

Sie drehte sich zu ihrem Kollegen Säger um und nickte. »Ich habe gerade mit dem behandelnden Arzt gesprochen. Nadler hat Verbrennungen zweiten Grades, allerdings ist auch die Lederhaut zerstört. Er hat wohl kaum Schmerzen, weil auch die Nervenenden in Mitleidenschaft gezogen wurden. In drei Wochen dürfte das Gröbste verheilt sein. Und das hat er nur Ihnen zu verdanken, Kollege Säger.«

Der Hauptkommissar winkte ab. »Das war erstklassiges Teamwork. Wenn unser Konny nicht so schnell die Ortung hergestellt hätte, dann stünde es sehr viel schlechter um unseren Casanova. Gibt es neue Erkenntnisse zu Frau Weidle?«

»Na ja, sie war eine Betrogene, wie viele andere auch«, antwortete Konietzny, der das Verhör geleitet hatte. »Aber sie wollte das nicht auf sich sitzen lassen und hat tatsächlich ein Kopfgeld auf Nadler ausgesetzt. Unter dem Namen Evi Bayerl, zusammengesetzt aus der Abkürzung ihres Vornamens und dem Nachnamen ihres Ex-Mannes. Immerhin 20.000 Euro hätte sie sich das kosten lassen. Allerdings war es ihr nur darum gegangen, Nadler in Todesangst zu versetzen, und ich würde mal sagen, das hat geklappt. Es ist übrigens total nett von Ihnen, dass Sie mich Konny nennen, Herr Säger.«

»Ach guck, jetzt wird er rot, unser Konny. Das ist ja süß!«, rief Yoselin aus. Mit einem Sprung stand sie hinter dem Kollegen und wuschelte ihm durch die Haare. Konietzny versuchte sie abzuwehren.

»Sen ihr scho wieder am rombubla«, schaltete sich Kriminalrat Kästle ein, der das Zimmer betreten hatte. »Wenn des so weitergoht, dann versetz ich euch in die Verkehrserziehung im Kendergarta. Allerdings dät ich euch scho vermissa, denn des hier zeigt, dass ihr sauber gschafft hen.«

Er hielt ein Stück Papier in die Höhe und überreichte es Yoselin. Sie überflog das Schreiben und stieß einen leisen Pfiff aus.

»Das ist ein Brief vom Polizeipräsidenten in Stuttgart, der sich für die großartige Zusammenarbeit bedankt. Die Betrugskommission hat von Rechbergs Geschäfte genauer unter die Lupe genommen und rollt einige Fälle neu auf. Auch bei der Abagarion Oberschwaben wurden Akten sichergestellt, denn es ist inzwischen offensichtlich, dass von Rechberg und Richter Absprachen getroffen haben.«

Kriminalrat Kästle nickte. »Haftbefehle sen naus ond so schnell werdat mir denne boide Herra nemme in Freiheit begegna.«

»Hat sich Kollegin Stern schon gemeldet? Hat sie Richter noch rechtzeitig erwischt, bevor er Salzmann in sein Betonbett legen konnte?«, fragte Yoselin.

»Au des stoht in dem Schreiba dren«, antwortete ihr Vorgesetzter. »Durch euern Hinweis isch nix passiert. Mehr noch: Der Salzmann hot Richter ond von Rechberg schwer belastet. Er war der Handlanger von denne, hat die Kabelbrände ond die Wasserschäda herbeigeführt. Für a paar Euro fuffzig. Wenn es gut für ihn lauft, kommt der mit ner Bewährungsstrof davo.«

»Bleibt nur die Frage: Wer war der Tote im Hotel?«, hakte Norman Säger nach.

»Wenn i älle Froga selber beantworta muss, dann hätt i des Briefle ja net mitbrenga müssa«, polterte Kästle. »Des kennat ihr selber lesa. Steigat mir doch in d' Dasch.«

Yoselin sah ihrem Chef nach, der sich maulend entfernte, und vertiefte sich erneut in das Schreiben. »Bei dem Toten handelt es sich um Viktor Koester, einem IT-Spezialisten aus Hessen. Seine Frau, die sich von ihm trennen wollte, hat 30.000 Euro an Nadler überwiesen. Er wurde misstrauisch und hat sich wohl in ihren Account gehackt. So kam er Nadler auf die Spur. Nach seinem Verschwinden hat eine Kollegin von ihm seine Frau informiert, dass er schon einige Tage nicht ins Büro gekommen sei, und sie hat dann eine Vermisstenanzeige aufgegeben.«

»Boah, der Fall hatte es aber in sich. Eine Escort-Lady, ein betrogener Ehemann und ein Racheengel, der am Ende selber dran glauben musste.«

»Schuld war nur der Casanova, er war schuld daran«, sang Yoselin. »Nächste Woche ist übrigens Karaoke-Party im ›Acht‹ am Marienplatz. Hat jemand Lust mitzukommen? He, wo wollt ihr hin?«

Als Yoselin die heimische WG betrat, wurde sie von Großmutter Lourdes stürmisch empfangen. »Yombé ist wieder da!«, rief die Alte aus und zerrte ihre Enkelin mit sich. Die Figur stand in Omas Zimmer und war mit Tüchern und Ketten behängt. Ausnahmslos Dinge, die eigentlich ihrer Mutter gehörten. »Ach Oma, was soll das denn? Warum hängen Mamas Tücher und Ketten auf Yombé? Weiß sie davon? Das gibt doch wieder Ärger!«

Lourdes nickte heftig. »Es ist eine Liebeszauber. Der Mann, der Yombé gebracht, hat deine Mutter verrückt gemacht. Ist verliebt bis über die Augen, wie kleines Mädchen.«

»Bis über beide Ohren, heißt das. Welcher Mann hat Yombé gebracht? Marcel? Ist er noch hier?«

Yoselin merkte, wie ihr das Blut ins Gesicht schoss, eine nervöse Unruhe erfüllte sie.

»Ja, er sitzt in der Küche und deine Mutter macht ihm schöne Ohren. Ojojoi, wie kleine Mädchen.«

Yoselin musste über die unfreiwillig komische Formulierung ihrer Großmutter lachen und verzichtete auf die erneute Korrektur. Aber dass ihre Mutter sich für einen Mann interessierte, der ihr sehr gut gefiel, ärgerte sie. Dieser Marcel Eberwein gehörte ihr.

»Dann geh ich da mal hin, bevor die Ohren meiner Frau Mama zu schön werden. Dieser Mann ist doch viel zu jung für Judith.«

Großmutter Lourdes hielt sie fest und deutete ihr an, dass sie ihr etwas ins Ohr flüstern wollte. Als sie fertig war, prustete Yoselin los. »Oma, du bist echt 'ne Marke. Gut, dass Yombé wieder zu Hause ist und seinen vollen Schutz erbringen kann«, gluckste sie. »Ich schau mal nach den Turteltäubchen.«

»Ich hätte nicht gedacht, dass es so spontan klappt mit der Verabredung zum Essen«, sagte Marcel Eberwein und prostete Yoselin mit einem Glas Rotwein zu.

»Manche Dinge vertragen keinen Aufschub. Womöglich hätte dich meine Mutter weiter bezirzt, wenn ich nicht eingeschritten wäre. Sie kennt in dieser Beziehung keine Skrupel.«

Eberwein stellte sein Glas ab und lächelte. »Das habe ich schon gemerkt. Und natürlich schmeichelt es einem Mann, wenn er von Tochter und Mutter begehrt wird.«

Yoselin ließ mit gespielter Bestürzung ihr Besteck auf den Teller fallen. »Wer hier wen begehrt, gilt es noch herauszufinden. Außerdem hat meine Großmutter schon dafür gesorgt, dass zwischen dir und meiner Mutter nichts laufen konnte.«

Marcel blickte sie verwundert an. »Muss ich das verstehen?«

Yoselin lachte. »Na ja, sie hat Yombé mit Ketten und Tüchern meiner Mutter behängt. Damit steht sie unter seinem Schutz gegen alles, was Veränderungen bringen kann: Arbeitslosigkeit, Krankheiten, aber auch gegen Herzschmerz. Und weil Oma Lourdes gleich erkannt hat, dass du jemand bist, der meiner Mutter Herzschmerz bereiten kann, hat sie sofort ein Schutz-Ritual inszeniert. Meine Mutter ist jetzt vor dir geschützt.«

Eberwein runzelte die Stirn.

»Tja, du siehst, ich habe nicht nur völlig verrückte Freunde, die sich an Kunstgegenstände kleben. Meine Familie toppt das sogar noch.«

»Da habe ich ja Glück gehabt, dass sie dich nicht gegen mich geschützt hat, deine kluge Oma.« Marcel nahm ihre Hand und küsste sie sanft. »Ich glaube, da müssen wir vorsorglich sofort einen Gegenzauber starten. Bei mir zu Hause.«

Yoselin sah ihn lange an. Der Galerist gefiel ihr. Er weckte in ihr das Gefühl, Frau zu sein. Nicht Hauptkommissarin, nicht Kollegin, nicht Tochter, nicht Enkelin. Und nach all den Strapazen der letzten Tage war sein Angebot durchaus verlockend. Sie legte ihre Hand auf seine Wange und streichelte sie sanft.

»Manche Rituale brauchen Zeit, um eine Langzeitwirkung zu entfachen«, flüsterte sie. »Und ich denke, wir zwei sind es wert, sie uns zu nehmen.«

ENDE

DANKSAGUNG

Mein Dank geht an all die Menschen, die mir in den letzten Jahren durch ihren Zuspruch, ihre Freundschaft und Liebe geholfen haben, den Glauben an bessere Zeiten zu bewahren. In erster Linie gilt das für meine Lebensgefährtin Regina, die mein Motivations-Schiffchen immer wieder in die Fahrrinne setzt, wenn es zu kentern droht.

Mein Dank gilt dem gesamten Gmeiner-Verlags-Team für die tolle Unterstützung, allen voran meiner Lektorin Teresa Storkenmaier, die mit viel Geduld und Empathie den Schreibprozess begleitete und den Text sensibel und profund zu dem gemacht hat, der vor Ihnen, liebe Leserinnen und Leser, liegt.

Alle Bücher von Olaf Nägele:

Goettle und der Kaiser von Biberach
ISBN 978-3-8392-2826-5

Goettle und die Blutreiter
ISBN 978-3-8392-2827-2

Schuld war nur der Casanova
ISBN 978-3-8392-0411-5

MICHAEL BOENKE
Camping mortale
KRIMI AUS DER PROVINZ
GMEINER